MAGIA en la calle Navidad

IVY PEMBROKE

MAGIA
en la calle Navidad

TITANIA
Argentina • Chile • Colombia • España
Estados Unidos • México • Perú • Uruguay

Título original: *Snowflakes On Christmas Street*
Editor original: Little, Brown Book Group
Traducción: María Laura Saccardo

1ª. edición Noviembre 2021

ISBN: 978-84-17421-33-5
E-ISBN: 978-84-18480-63-8
Depósito legal: B-13.695-2021

Fotocomposición: Ediciones Urano, S.A.U.
Impreso por Romanyà Valls, S.A. – Verdaguer, 1 – 08786 Capellades (Barcelona)

Impreso en España – *Printed in Spain*

Prólogo

Si Jack tuviera que contar esta historia, diría:

Esta es una historia sobre lo que crees que nunca perderás en la vida, lo que sí pierdes y lo que queda atrás, ya sea por accidente o de forma deliberada.

Pero también es una historia sobre lo que crees que nunca encontrarás en la vida, lo que sí encuentras y lo que otros han dejado atrás, que tú recoges y haces tuyo.

Jack tenía una familia hasta el día en que dejó de tenerla. Y luego todo lo que tuvo Jack fue una calle.

Jack perdió una familia, pero ganó muchas más.

La Navidad es una época muy especial.

Jack es un perro muy especial.

Capítulo 1

Cuando Bill Hammersley se había mudado a la calle Navidad, estaba
llena de casas elegantes, bien cuidadas y tranquilas, donde todos se conocían unos a otros. Es más, se *entendían* unos a otros. Todos hablaban
el mismo idioma, trabajaban en los mismos lugares, comían las mismas
cosas y escuchaban la misma música. Nadie conducía por la calle con
una desagradable música a todo volumen ni quería instalar cortinas con
estampados estrafalarios en sus ventanas. Todos mantenían sus jardines limpios y con hermosas rosas, intercambiaban cumplidos y compartían tazas de azúcar o leche cuando era necesario. Eran simplemente
amables.

Ahora, sin embargo, Bill no tenía ni idea de si alguno de sus vecinos
tendría azúcar o leche en caso de que preguntara. Solo Dios sabía lo que

esas personas consideraban comida. Quizá tenían especias extrañas de las que Bill nunca había oído hablar, o tal vez alguna clase de azúcar «orgánico» (como si el azúcar normal no hubiese sido lo bastante bueno durante años), o leche extraída de frutos secos (como si los frutos secos pudieran producir leche. ¡Cualquier idiota podía mirar una nuez y ver que no salía leche de ella!). El mundo se había vuelto completamente loco a su alrededor.

Pero el flamenco, el flamenco fue la gota que colmó el vaso.

—¿Has visto ese flamenco de plástico? —le dijo a Jack—. ¿Qué se creen que es este lugar? ¿Alguna vez habías visto un flamenco por aquí? Es decir, las cosas han cambiado, Dios sabe que las cosas han cambiado, pero no tanto, ¿verdad, Jack? ¿O sí?

Jack meneó la cola.

—Tienes razón —suspiró Bill—. Quizá *sí* han cambiado tanto —zanjó mientras rascaba a Jack detrás de las orejas en recompensa por su sabiduría.

Hasta donde Bill sabía, Jack era el vecino más inteligente que tenía por entonces. Estaba claro que Jack no tenía hijos adolescentes que deambularan por los jardines de todos como si fueran suyos y, aunque saliera corriendo por la calle detrás de una ardilla o dos de vez en cuando, no cargaba una extraña bebida verde y pastosa al hacerlo. Jack bebía agua después de correr. El agua siempre había sido buena después de correr. No había nada natural en una bebida verde.

En la casa contigua, donde se había erguido el ofensivo flamenco, había una familia mudándose: un hombre, una mujer, un pequeño. El niño había sido el que había clavado el flamenco justo en medio de los preciados rosales de Dolores. Como si un flamenco tuviera que estar en un perfecto jardín británico en medio de unas hermosas rosas ornamentales. Como si tuviera algo de sentido que un flamenco fuera lo primero en ser desempaquetado.

—Como si no fuera suficiente que tuviéramos que lidiar con todos los martillazos que se produjeron en esa casa —le dijo Bill a Jack—, con todos esos extraños entrando y saliendo de la calle. Has tenido que vigilarlos a todos y lo has hecho muy bien. Pero no se trata de eso, ¿sabes? Lo que pasa es que parece que la gente ya no puede ser feliz con las cosas como *son*.

Bill se acaloró con el asunto y Jack se mostró receptivo a sus palabras.

—No, las personas de hoy en día, antes de mudarse a un lugar, tienen que derribarlo todo y luego reemplazar lo que hay por flamencos de plástico. Un pajarraco rosa y falso, justo allí en el jardín de enfrente, justo allí en medio de las rosas de Dolores. —Bill apuntó un dedo hacia las rosas de Dolores, frente a las cuales había personas de pie, que no eran Dolores. Los nuevos vecinos. *Nuevos* nuevos vecinos; porque Dolores hacía años ya que no vivía en esa casa, se la había vendido a los antiguos dueños de Jack, quienes a su vez la habían vendido, porque nadie parecía estarse quieto ya. Más gente nueva. Había tanta *gente nueva* últimamente...

Bill bajó su dedo y consideró a sus nuevos vecinos con otro suspiro.

—¿Recuerdas cuando este lugar parecía un hogar, en vez de... un lugar que pertenece a otros? Ya casi he olvidado qué se siente.

Jack meneó su cola, lo que hizo pensar a Bill.

—Tienes razón —coincidió y negó con la cabeza enérgicamente—. No hay necesidad de quedarse aquí sentado quejándose. ¿Cuándo se ha logrado algo con quejas?

Jack siguió a Bill mientras caminaba hacia donde uno de los nuevos vecinos luchaba con una caja.

—No está levantando eso correctamente —rugió Bill en dirección al hombre. Realmente, la gente de hoy en día no sabía *nada*—. Debe levantarla con las rodillas. ¿No lo sabe?

El hombre renunció a forcejear con la caja, se enderezó y apartó el pelo que le había caído sobre la frente. Si lo hubiera llevado más corto, no habría tenido que preocuparse por eso, pensó Bill.

—Sí, tiene razón, estoy tentando a la suerte —respondió el hombre, que sonrió con facilidad y luego alargó la mano—. Soy Sam.

—Eso... El flamenco... —Bill ignoró la mano alargada para señalar el flamenco, en caso de que ese nuevo vecino llamado Sam fuera demasiado despistado como para no saber a qué se estaba refiriendo.

—¡Ah! —El hombre lo miró—. Sí. Bob.

—¿Qué? —Bill lo miró sorprendido. No había esperado esa reacción.

—El nombre del flamenco es Bob.

Bill se quedó atónito. ¡Caray! Acababan de tocarle unos locos por vecinos.

—Hola, colega —saludó el nuevo vecino.

Bill apartó su vista del flamenco para ver que Sam se había agachado y estaba rascando a Jack detrás de las orejas, justo como a Jack le gustaba. El perro movía la cola, pero Bill lo entendió: Jack tenía que infiltrarse con todos los vecinos chiflados para poder vigilarlos más de cerca. Bill aprobaba esa sólida estrategia.

—Ustedes han causado demasiado ruido, ¿sabe? —comentó, porque no quería que Sam pensara que eso era aceptable—. Martillazos constantes. Apenas podía escuchar la televisión por encima de todos esos golpes en la pared de su salón, para colgar todo su arte moderno o lo que fuera.

—La instalación eléctrica necesitaba reparaciones —afirmó Sam—. Había riesgo de incendio.

Como si eso fuera una explicación. Bill resopló.

—¿La antigua instalación no era lo bastante buena para usted? Nunca antes había representado un riesgo de incendio.

—Y había humedad en las habitaciones, así que también hemos tenido que encargarnos de ello —agregó Sam.

—Humedad. Un poco de humedad nunca ha matado a nadie.

—Uno puede ponerse muy enfermo por este motivo —afirmó Sam.

—Usted no sabe lo que es estar «muy enfermo» —refutó Bill—. En mis tiempos, una cosa pequeña como la humedad no nos detenía. ¿De dónde viene?

—De Estados Unidos —respondió Sam.

—¡Ah! —comentó Bill—. Bueno, eso lo explica todo. Intente recordar que tiene que conducir por el lado correcto. —Decidió que eso era todo lo que necesitaba decir, giró sobre sus talones y regresó a su casa caminando con determinación.

—¡En realidad, soy de aquí! —exclamó Sam tras él.

Como si haber vivido en Estados Unidos durante muchos años no lo hubiera afectado en *eso*.

Bill, de regreso en su cocina, decidió prepararse una taza de té y buscó a Jack para ver si quería una galleta. Le sorprendió ligeramente descubrir que Jack no estaba en ningún lugar de la casa, pero supuso que era astuto por su parte hacer un reconocimiento de los de al lado. Toda prudencia era poca.

Teddy Bishop no estaba sentado en el jardín trasero por *elección*, pero la elección no era algo que formara parte de la vida de Teddy en esa época. De hecho, Teddy ni siquiera estaba en ese *país* por elección.

Dentro de la casa, papá y la tía Ellen apilaban una estúpida cantidad de cajas, fingiendo que desempaquetar iba a ser sencillo. Sin embargo, Teddy ni siquiera había querido mudarse allí, así que no estaba interesado en ayudar con nada. Por eso estaba en el jardín trasero.

El problema era que tampoco estaba interesado en el jardín trasero. No creía que eso fuera un «jardín»: era pequeño y desordenado, había una gran parte pavimentada y, al fondo, tenía una pequeña porción de césped, que sin duda no era lo bastante grande como para jugar a básquet. También había unos feos arbustos y un único estúpido árbol, todo ello rodeado por unas cercas altas que lo separaban de las casas contiguas. El «jardín» era, básicamente, un cajón.

Se oyeron gritos en el patio de al lado, alguien llamar a alguien un par de veces y luego, como resultado, un quejido de «mamá» en respuesta y una puerta cerrándose de golpe.

Teddy se levantó para investigar, solo para ver, pero apenas podía ver nada espiando por la verja. Y entonces se apartó y encontró a un perro sentado en el lugar exacto en el que él había estado. Llegaba casi hasta la cintura de Teddy, iba ligeramente desgreñado y tenía las orejas caídas y el pelo casi totalmente negro, a excepción de un poco de blanco en su pecho y estómago.

—¿Quién eres tú? —preguntó sin pensarlo y luego se dio cuenta de que el perro no le respondería.

El perro no le respondió. Solo se levantó y movió su cola.

Teddy se acercó, lo observó y se preguntó si lo mordería.

No parecía que fuera a morderlo. Alargó una mano con cuidado y le palmeó la cabeza. El animal meneó su cola con más intensidad.

Teddy notó que estaba sonriendo y admitió:

—Bueno, supongo que *tú* no eres tan malo.

El perro bajó la cabeza para poder lamer la mano de Teddy.

—Pero todo el resto, todo lo que hay aquí es horrible —continuó el niño, solo para asegurarse de que el perro lo entendiera—. Como ese estúpido árbol. Ni siquiera creo que ese árbol sea lo bastante grande como para una cabaña. Mamá me construyó una cabaña en el árbol tan increíble en nuestra casa... No podríamos construir una en ese árbol ni aunque papá no fuera un completo inútil con esas cosas.

El perro chocó la mano de Teddy con su cabeza y él notó que había dejado de acariciarlo, así que volvió a empezar.

Bajó la vista hacia ese animal extraño, en ese lugar extraño, y pensó que no conocía a nadie ni nada, ni a las personas de al lado, ni a ese perro en su propio jardín, ni siquiera cómo sería la vista desde una de las ramas superiores del árbol, y dijo (porque era fácil hablar con el perro y Teddy tampoco tenía a nadie más por allí):

—Las cosas no paran de cambiar. No sé por qué todo tiene que seguir cambiando. ¿Por qué no puede simplemente... permanecer como está? A mí me gustaba cómo eran las cosas, pero no pude mantenerlas. Todo tenía que cambiar. Y yo no entiendo por qué.

El perro gimió ligeramente, como diciendo: «Tampoco sé por qué las cosas no pueden quedarse como están».

Teddy suspiró. Habría sido agradable que los perros británicos desconocidos tuvieran respuestas a preguntas como esa, pero Teddy estaba bastante seguro de que nadie tenía respuestas a ese tipo de preguntas. Lo había aprendido hacía tiempo.

—Echo de menos tener un lugar que pueda considerar mi hogar —le confesó al perro—. En vez de un sitio que parece como si... perteneciera a otros. Ya casi he olvidado qué se siente.

El perro apoyó la cabeza sobre la rodilla de Teddy, luego la levantó y le ladró a una ardilla que saltó de una rama a la siguiente.

Y luego volvió a bajar la cabeza.

Sam Bishop observó cómo su nuevo vecino caminaba de regreso a su casa. Se movía con la precaución de alguien de su edad, que Sam estimaba cercana a los ochenta años, pero manteniendo sus hombros hacia atrás y su cabeza en alto, de un modo que Sam reconocía como orgullo y terquedad, envueltos en un empaque de malhumor.

—Eso ha estado bien —comentó con Bob el flamenco, quien no estuvo de acuerdo ni en desacuerdo. Eso era lo bueno de Bob: nada de críticas. No como sus nuevos vecinos, por ejemplo.

Sam levantó la caja de forma inconveniente y atravesó con esfuerzo el recibidor y todo el camino hasta la cocina. Ya habían llenado las habitaciones delanteras de cajas y ya estaban en proceso de llenar la cocina también. Sam estaba comenzando a cuestionarse sus elecciones de vida, en especial el hecho de haberse mudado al otro lado de un océano, aunque ese lugar al otro lado del océano hubiera sido originalmente su hogar.

Su hermana Ellen estaba sentada en la encimera de la cocina comiendo patatas chips, lo que no era precisamente la cosa más útil que podría haber estado haciendo.

—Conocí a uno de los vecinos —dijo Sam y dejó la caja sobre la encimera junto a ella.

—Excelente. ¿Has tenido una buena impresión?

—No aprueba a Bob.

—¡Qué triste para Bob! —comentó Ellen—. ¿Quién es Bob?

—El flamenco.

—¿El nombre del flamenco es Bob?

Sam la ignoró.

—No aprueba que haya cambiado la instalación eléctrica y piensa que debería tener una salud más fuerte en lo que respecta a la humedad.

—¿Bob el flamenco?

—No, mi nuevo vecino. —Sam frunció el ceño y le robó algunas patatas en reprimenda—. Quería saber por qué había habido operarios trabajando y haciendo ruido por aquí.

—¡Vaya! ¡Qué contratiempo! —Ellen resopló—. ¡¿Cómo vas a dar fiestas salvajes ahora?!

—Creo que mi hijo de ocho años es mayor contratiempo en lo que respecta a las fiestas salvajes que mi malhumorado vecino —afirmó Sam.

—Aunque yo puedo cuidar de tu hijo de ocho años —señaló su hermana—, probablemente no cuidaría de tu vecino. Tendrás que invitarlo a las fiestas. Si es un invitado, no puede quejarse de ellas.

—Algo me dice que encontraría una forma de quejarse de lo que sea —remarcó Sam con sequedad.

—¡Ah! ¿Es de esos? —preguntó Ellen, comprensiva.

—Sí. De esos. —Sam llevó las manos a su cintura, se inclinó hacia atrás y rehusó reconocer que quizá su espalda comenzaba a molestarle por haber cargado mal las cajas—. Solo unas pocas cajas más y habremos terminado. —Estaba fantaseando con terminar de entrar las cajas. Por supuesto, eso implicaba que luego tendría que *desempaquetarlas* todas. Pero antes de hacerlo bebería algunas cervezas.

—¿Estás seguro? —preguntó Ellen—. Pensé que nunca terminaríamos. Pensé que las cajas seguirían multiplicándose sin parar. ¿Has aplicado un método efectivo de anticoncepción para cajas? ¿Has entregado condones para cajas de mudanzas?

—¿Te das cuenta de la cantidad de cosas absurdas que salen de tu boca?

—No —respondió Ellen con seriedad—. Soy una constante sorpresa para mí misma.

Sam rio, porque algunas veces era inevitable reírse de Ellen. Ella respondió dejando la bolsa de patatas, tomándolo de la mano y hablando con el corazón.

—Quiero decir algo completamente tópico, pero que de verdad creo desde el fondo de mi amoroso corazón de hermana mayor. Y no es algo absurdo.

—Eso no puede ser bueno... —Sam se preparó y miró a Ellen con precaución.

—Ella habría querido que encontraras a alguien, Sam. —Los ojos azules de Ellen eran solemnes e ineludibles—. No habría querido que vivieras tu vida en un perpetuo homenaje solitario dedicado a ella.

—Eso no es lo que estoy haciendo —negó Sam—. Lo he empaquetado todo y me he mudado a un océano de distancia. Nada en Inglaterra es un homenaje a Sara.

—A excepción de su flamenco de plástico, Bob. Literalmente la única cosa de la que conocías su ubicación en este mar de cajas. —Empujó una caja a sus pies con su zapato deportivo, como si eso probara su argumento.

—Es para Teddy —dijo él en su defensa—. Quería asegurarme de que tuviera algo cerca que lo hiciera sentir como en casa.

—Ella no querría que estuvieras solo, Sam.

—No estoy solo. Tengo a Teddy. Te tengo a ti, por más ambigua que pueda resultar esa circunstancia. Tengo a tus niñas.

—No estoy hablando de eso —respondió ella—, y lo sabes.

—Créeme, Ellen, es muy poco lo que sé ahora mismo. Acabo de hacer que mi pequeño abandonara todas las cosas que le eran familiares para venir a vivir a un país completamente diferente, en el que no conoce nada ni a nadie.

—Conoce a las niñas y me conoce a mí —afirmó Ellen.

—No estoy hablando de nada de eso —refutó Sam, con las palabras de ella—, y lo sabes.

—Lo has hecho con las mejores intenciones, Sam —dijo ella, después de pensarlo un momento.

—Parado en medio de un mar de cajas y con un niño fuera que apenas me habla, es difícil recordar cuáles eran esas intenciones —afirmó Sam y odió haberlo dicho, porque había sonado patético.

Y eso era algo que había olvidado en todos los años que había vivido en Estados Unidos: se puede ser patético frente a una hermana mayor. Ellen simplemente bajó de la encimera y lo abrazó, y Sam no estaba de ánimo como para rechazar un abrazo. Apretó un poco más y recordó que esa era en parte la razón por la que estaba allí en primer lugar: para tener a alguien cerca que le diera la oportunidad de ser el abrazado en lugar del abrazador. Sam se había mudado con Teddy por muchas razones, pero en ese instante esa parecía de vital importancia.

—Eres un buen padre —afirmó Ellen—. Sé que lo sabes. Pasas por un mal momento, pero eres un muy buen padre y él te quiere mucho y estará bien. Es resiliente.

—Sí. Lo he notado. —Sam hubiera deseado no haber sido él la causa que le permitiera notar lo resiliente que era su hijo.

—Hará amigos, encontrará su lugar y estará bien.

—Sí —repitió Sam y respiró hondo—. Sí, tienes razón. —Liberó a Ellen del abrazo y se dispuso a regresar a la agobiante tarea de mudarse.

Solo que Ellen lo tomó del brazo y dijo:

—Espera, tengo una cosa más importante que decirte. —Y de nuevo lo envolvió en su abrazo—. Tú también estarás bien —agregó.

Sam no habría dicho en voz alta que necesitaba escuchar eso. De hecho, Sam habría dicho que ya llevaba mucho tiempo bien, pero repentinamente se descubrió muy agradecido de que Ellen estuviera allí.

Pari Basak espiaba lo que pasaba en la casa de al lado a través de la cerca. Pari era una *muy* buena espía.

—¡Pari! —gritó su madre—. ¡Ven adentro un segundo!

Pari frunció el ceño y se acercó más a la verja. El niño nuevo estaba sentado fuera, con expresión muy triste por alguna razón, y Pari podía jurar haber visto a Jack atravesar el jardín del vecino.

Su Jack.

—¡¡Pari!! —gritó su madre con más insistencia.

—¡Uf! —masculló ella—. ¡Mamá! —Corrió adentro, solo para poder protestar por haber sido llamada a entrar—. Estaba haciendo *algo*.

—¿Y se puede saber qué era ese *algo?* —preguntó su madre vagamente, porque estaba distraída con lo que estaba haciendo: empaquetar *pakoras*.

—Estaba... mirando al niño nuevo. —A la madre de Pari no le gustaba la palabra «espiar».

—¿Qué niño nuevo? —Su madre levantó la vista.

—El que se ha mudado a la casa de al lado —respondió Pari.

—Déjalo en paz —dijo su madre automáticamente—. ¿Quieres venir conmigo a casa de tu tío?

Pari no tenía ningún interés en ir a casa de su tío. Quería quedarse allí a espiar al niño nuevo y descubrir dónde estaba Jack. El paradero de Jack era muy importante para ella.

—No —respondió.

—Entonces puedes quedarte aquí y esperar a que Sai regrese de la biblioteca —concedió su madre.

Sai, el hermano mayor de Pari, no estaba en la biblioteca. Sai estaba en casa de los Pachuta, a dos casas de distancia, con su novia Emilia. Pero si su madre se enteraba, sería, como diría Sai, «un escándalo épico». No se suponía que Sai estuviera saliendo con nadie; se suponía que pasaba los días, todo el día, en la biblioteca para poder ingresar en una buena universidad y tener una excelente carrera. Aunque fueran las vacaciones de verano.

—Sí —dijo Pari, que tenía tantas ganas como Sai de evitar que su madre montara un escándalo, y que también se sentía algo mal por su hermano, porque ¡qué aburrido podía ser pasar cada día, todo el día, en la biblioteca durante las vacaciones de verano!—. Esperaré a que Sai regrese.

Su madre tomó las *pakoras* e intentó mantenerlas en equilibrio mientras apuntaba con un dedo a Pari.

—No molestes al niño nuevo de al lado.

—Entendido —asintió ella.

Y entonces su madre se detuvo y la miró sonriente.

—Eres tan hermosa... —reflexionó y la besó en la base de la cabeza—. ¡Hasta luego! —se despidió.

Pari se acercó a la ventana frontal de la casa y observó a su madre hasta que la perdió de vista. Luego se escabulló de inmediato por la puerta de atrás, se acercó a la cerca y espió a través de ella. Y vio a Jack. *Jack*. Con el chico nuevo.

—Estábamos ocupados —informó Sai a Pari al dejarla entrar a casa de Emilia.

—Solo estabais besuqueándoos —respondió Pari—. No importa. Hay *algo* más importante.

—Hola, Pari —dijo Emilia al entrar en la cocina mientras recogía su pelo rubio en una coleta—. ¿Puedo ofrecerte una taza de té?

—No —negó Pari, maravillada por la capacidad de Emilia de preocuparse por el té en un momento como ese—. Hay una emergencia.

—¿Cuál es la emergencia? —preguntó Sai y se sentó en una silla frente a la encimera, sin parecer apropiadamente alarmado.

—Se está mudando una nueva familia.

—Lo he visto —afirmó Emilia desde la despensa, donde estaba agarrando unas galletas—. ¿Queréis? —les ofreció a Sai y a Pari. Una vez más, como si no hubiera una emergencia en curso.

—Gracias, bebé —agradeció Sai.

—No me llames «bebé». —Emilia le dio un golpe juguetón en la parte trasera de la cabeza y Sai le mostró la lengua, sonriente.

Emilia negó con la cabeza, tomó su taza de té y los guio de regreso a la sala.

—Hay un niño nuevo y está sentado fuera en su jardín trasero *con Jack* —anunció Pari con urgencia para hacer que volvieran a enfocarse.

—¿Y? —respondió Sai mientras se acomodaba en el sofá junto a Emilia.

Por un segundo Pari no pudo decir nada. ¿Cómo podía ser que Sai no viera lo importante que era eso?

—¿Y? —repitió—. ¡¿Y?! ¿Estás *loco*? ¿Cómo es posible que mamá crea que pasas el día en la biblioteca con lo tonto que eres?

Sai frunció el ceño.

—Hay un niño y un perro fuera. ¿Cuál es el gran...?

—Se supone que Jack es *mi* perro —afirmó Pari, remarcando lo obvio.

—Jack no es tu perro —dijo Sai—. Jack no es el perro de nadie. Es el perro de la calle.

—Cierto. Pero será mío cuando convenza a mamá y a papá.

Parecía que Sai y Emilia no creyeran que eso fuera a suceder, pero *sin duda* sucedería. *Obviamente.* Solo si el niño nuevo no le robaba a Jack.

Pari se sentó de piernas cruzadas en la incómoda y elegante silla de la sala de los Pachuta. Estaba claro que el asunto requería una *estrategia*.

Emilia miró por la ventana; luego se enderezó un poco.

—¡Oh, oh! Vuestro padre está en casa. Es hora de que regreséis. No comiences una guerra por Jack, Pari. Hay suficiente Jack para todos.

Pari puso los ojos en blanco, porque era evidente que Emilia no lo entendía.

Sai besó a Emilia.

—Te veré mañana, bebé —dijo Emilia.

—No me llames «bebé» —respondió Sai.

Emilia le mostró la lengua.

Arthur Tyler-Moss no solía estar en casa antes que Darsh Basak, por lo que no solía ser testigo del despliegue de actividad provocado por la aparición de Darsh en lo alto de la calle. Arthur observaba desde su cocina (donde picaba hierbas para agregar al revoltijo que burbujeaba en el fuego, dentro de la cacerola) cómo el chico Basak y la pequeña Basak entraban en su jardín, pasando apretujados a través de la valla rota de la izquierda y, luego, se escabullían por la cerca rota de la derecha.

—Sin duda, tenemos que arreglar la verja —le dijo a Max.

—Tonterías —respondió Max—. ¿De verdad te preocupa que nuestro jardín trasero ayude a la causa del amor juvenil?

Entonces apareció Jack corriendo y ladrando alegremente por el jardín, que se congeló al ver a Max por la puerta y cambió de dirección para acercarse a él, saltando y sacudiendo felizmente la cola.

—¿Por qué está Jack mendigando en nuestra puerta? —Arthur miró a Max.

—No tengo ni idea —respondió este con inocencia—. No será porque alguna vez lo haya alimentado...

Arthur suspiró y se agachó para alcanzar la parte trasera del armario debajo del fregadero, del que sacó la caja de galletas para perro que Max había «escondido» allí, y la arrojó en dirección a Max.

Max no escarmentó, porque Max nunca escarmentaba.

—Gracias, cariño —dijo simplemente, tomó las galletas para perro, abrió la caja y le ofreció algunas a Jack.

—¿Sabes qué? Que los maridos de otras personas esconden evidencias de sus infidelidades —comentó Arthur—. Pero tú no, tú escondes galletas para perros.

—Tienes suerte de que la única criatura con la que tenga una aventura sea un perro —respondió Max.

—Eso suena algo inquietante —afirmó Arthur—. ¡No digas que tienes una aventura con un perro!

Max sonrió al cerrar la puerta y dejar a Jack al otro lado. El perro movió la cola una vez más, luego giró para ladrarle a una ardilla y siguió a los chicos Basak a su jardín.

—No es que me preocupe el amor juvenil... —continuó Arthur mientras picaba sus hierbas.

—¡Ay, Dios! Temía que estuvieras a punto de decir algo aterradoramente romántico.

—Es solo que, si les pasa algo mientras están en nuestra propiedad, escabulléndose por una cerca desvencijada, entonces...

—Cállate —interrumpió Max—. Eso ha sido aterradoramente anti-rromántico. Pareces un agente de seguros.

—*Soy* un agente de seguros.

—Tenemos nuevos vecinos —comentó Max para cambiar de tema. Se acercó para meter un dedo en la preparación de Arthur y la probó, especulativo.

—He visto el flamenco —respondió Arthur—. ¿Qué tal está? ¿Sabroso?

—Osado —decidió Max.

A Arthur le pareció que eso era lo bastante bueno como para comerse. Arrojó su puñado de hierbas y lo revolvió todo antes de continuar.

—¿Has ido a saludar?

—¿A quién? —preguntó Max, inexpresivo.

—A los nuevos vecinos —explicó Arthur.

—¿Qué? —reaccionó Max—. Por supuesto que no. ¿Eso es algo que hacemos ahora?

—No lo sé. —Arthur se encogió de hombros—. Tal vez deberíamos comenzar a hacerlo. Sería amable por nuestra parte.

—Lo más amable sería que todos nos ignoráramos unos a otros y siguiéramos con nuestras propias vidas y no interfiriéramos con las de nadie. El anciano ya ha estado allí molestándolos.

—¿Cómo lo sabes?

—Los he espiado, por supuesto. Espío a todo el mundo mientras finjo estar en casa «pintando». —Max hizo unas elaboradas comillas con las manos al decir la palabra.

—¡Ah! Sabía que el asunto de la pintura era una treta elaborada. Ven, comamos mi osada comida.

Se sentaron juntos a la mesa. Arthur encendió la televisión para ver las noticias y decidió que Max tenía razón en su apreciación de que la comida era «osada».

—¿Estás bien? —preguntó Max al cabo de un rato.

—Estoy bien —respondió Arthur de inmediato, con la mirada fija en la televisión.

Max, sin rendirse, insistió:

—Hoy has llegado a casa más temprano de lo normal...

—Estoy bien —repitió Arthur.

—Sé que la semana pasada fue...

—Estoy bien —volvió a repetir Arthur tan duramente como pudo. Y entonces se sintió mal, así que agregó—: ¿Y tú? ¿Estás bien? —Y miró a Max. Él lo miró fijamente.

—Bien —respondió pasado un momento.

—Fantástico —dijo Arthur—. Ambos estamos bien. —Regresó su atención al televisor.

—Volveremos a intentarlo, querido —agregó Max—. Tiene que ser...

—¿Podemos no hablar de eso ahora? —preguntó Arthur, con esperanza de no sonar como si estuviera suplicando, a pesar de que básicamente lo estaba haciendo—. Me gustaría no hablar de eso ahora.

Tras unos segundos, Max —bendito fuera— asintió.

—Sí.

Fuera de la última casa de la calle, se encontraba Penélope Cheever, quien vivía allí sola, escribía artículos independientes acerca de una amplia variedad de temas y había plantado cuidadosamente un huerto (después de escribir un artículo acerca de cómo tener buena mano para la jardinería) e instalado una pequeña colmena (ahora agonizante), tras escribir un artículo sobre la importancia de las abejas para el medio ambiente. Pen sirvió comida saludable a Jack (porque, si ella no lo hacía, nadie lo haría) y, antes de entrar, se soltó el pelo y sacudió su frondosa cabellera, que había sujetado en una coleta para salir a correr. Entonces preparó los ingredientes para un batido de proteínas y luego escribió en la libreta que tenía junto a la nevera para ocasiones como esa: «Flamencos. ¿Por qué son rosados? ¿Qué otros animales son rosados? ¿Por qué se quedan quietos sobre una pata? ¿Es simplemente porque las aves son extrañas? SÍ, POR LOS DINOSAURIOS».

Estudió críticamente lo que había escrito y decidió dejar que la idea se marinara un tiempo más en su cabeza. Uno nunca sabía dónde podía encontrar una buena idea para un artículo, y el flamenco que acababa de aparecer en el pequeño jardín delantero de una de las casas de la calle podía resultar una buena inspiración.

—¡Hola, Jack! —saludó mientras tanto al perro que había aparecido para comenzar a comer lo que le había servido, disfrutó el movimiento de la cola que recibió en respuesta y dirigió su atención a su batido de proteínas.

Sam pensó que lo de mudarse a una nueva casa llena de sonidos nuevos y cosas viejas, que en realidad no parecían encajar, no le resultaría real hasta pasada la primera noche.

Sam había vivido una buena cantidad de mudanzas, pero llevaba tiempo (desde Sara y Teddy) sin cambiar de sitio. Había perdido la práctica para empaquetar y había olvidado lo desconectado que uno podía sentirse en una vivienda cuyos crujidos y ángulos aún no eran familiares. Había enviado a Ellen a su casa despreocupadamente, para que alimentara a Sophie y a Evie, con el razonamiento de que él y Teddy tendrían que arreglárselas solos en la nueva casa tarde o temprano, y temprano le había parecido bien. Pero en ese momento se preguntaba si no habría cometido un gran error de cálculo, pues echaba de menos la presencia de su hermana y notó que había estado apoyándose en ella para aplacar lo doloroso que le resultaba que Teddy pareciera tan infeliz.

Sam había instalado una pequeña mesa plegable en el comedor y había improvisado sillas con cajas, queriendo que pareciera una gran aventura, pero Teddy parecía poco interesado en comer su *pizza* y, sin duda, nada hacía pensar que estuviera viviendo una gran aventura.

—No parece como si estuvieras en una gran aventura —dijo Sam.

Teddy pareció dudar de la cordura de su padre y este se preguntó si los hijos de ocho años de otras personas las mirarían de ese modo. No había conocido a otros padres de niños de ocho años en Estados Unidos; Sara había sido amiga de otros padres, pero ninguno de los amigos de Sam había tenido hijos... Ese había sido otro argumento a favor de regresar a casa: volver a empezar, hacer nuevos amigos entre los padres de los niños en la clase de Teddy, no ser etiquetado de inmediato como «el de la esposa muerta» del que todos susurraban cuando pasaba por el pasillo.

—De hecho, ¡esto es una gran aventura! —continuó con audacia ante el escepticismo de Teddy.

—Si tú lo dices... —afirmó Teddy, con tono poco impresionado.

—¿Sabes qué haremos? —continuó su padre, a quien de repente se le había ocurrido algo—. Cada noche, durante la cena, contaremos una aventura que nos haya pasado durante el día.

—¿Cada noche? —repitió Teddy.

—Cada noche durante la cena, lo que significa... sí, cada noche.

—¿Crees que viviremos una aventura todos los días? —Teddy alzó las cejas hacia Sam.

—Así es, sí —respondió él—. Incluso aunque solo sea... haber encontrado una araña enorme en el baño.

—Esta aventura es horrible, papá —comentó su hijo.

—O podría ser derramar leche con chocolate sobre ti mismo por la mañana.

—Esta también es horrible —insistió Teddy, pero su boca se torció en una sonrisa en toda regla, nada triste, que Sam no estaba dispuesto a rechazar. De hecho, se devanó los sesos en busca de otra aventura horrible.

—O podría ser cepillarse los dientes con lodo por accidente.

—¡Eso es asqueroso! —Teddy cedió y rio—. Además, ¡¿cómo va a pasar eso?!

Sam vio reír a su hijo y pensó que diría las cosas más tontas que pudiera por el resto de su vida si eso hacía que Teddy siguiera riendo.

—No lo sé —dijo—. Eso es lo que lo hace una aventura: cuando ha pasado, nunca sabes cómo ha ocurrido. Por eso sé que tendremos una aventura cada día, porque así es la vida: una serie de eventos a los que no le encuentras explicación después de que sucedan. Todo aventuras.

—¿Como mudarse a Inglaterra? —Teddy lo miró con su típica mirada dudosa, su alegría se había desvanecido.

—Mudarnos a Inglaterra es la mayor aventura en la que nos hemos embarcado desde hace mucho tiempo —respondió Sam—. Y eso es algo bueno. ¿No crees que sea algo bueno? ¿No crees que necesitábamos... encontrar nuevas aventuras que vivir? Teníamos las mismas aventuras cada día, y ni siquiera eran *buenas* aventuras, y... eso no es bueno. Eso no es vida. —Sam estudió detenidamente a Teddy, preguntándose si su hijo comprendía lo que le estaba diciendo. Sabía que él no había sido el único atrapado en la constante burbuja de tragedia de la que la comunidad no los dejaba salir, ni siquiera años después; sabía que Teddy también lo había sentido. Solo que no sabía si el pequeño estaba dispuesto a admitirlo.

—Pero eran *nuestras* aventuras, en casa —afirmó.

—¿Y de quién son estas aventuras, las que tenemos aquí? Seguimos siendo nosotros los que las vivimos. Seguimos siendo tú y yo. Siguen siendo nuestras.

Teddy miró la *pizza* y tomó un trozo de *pepperoni*, con expresión de no estar convencido.

—Escucha —continuó Sam con delicadeza—. Aquí estaremos bien, conoceremos a gente buena, haremos buenos amigos y tendremos buenas aventuras.

—¿Cómo lo sabes? —Teddy levantó la vista hacia su padre por debajo de su flequillo rubio.

—¿Porque soy muy listo? —arriesgó Sam.

—No tan listo —respondió Teddy sin pensarlo.

—¡Ay! Eso ha dolido. Hubo un tiempo en el que esta respuesta habría valido para cualquiera de tus preguntas...

Su hijo lo miró fijo con sus ojos verdeazulados. Teddy no se parecía para nada a Sara a primera vista, pero algunas veces Sam la veía en la inclinación de la cabeza de su hijo o en el peso de su mirada cuando le pedía *de más*.

—No lo sé —admitió Sam—. Solo tengo un buen presentimiento.

Teddy lo miró un momento más sin hablar y él intentó discernir lo que estaba pensando, pero su hijo podía ser reservado con sus emociones cuando quería. Lo que sí pudo hacer Sam fue escuchar la pregunta que el pequeño pronunció en voz baja:

—¿Cuál ha sido tu aventura hoy?

Y Sam se agarró a ello como a una rama de olivo.

—Hoy mi aventura ha sido dejar caer una caja de libros directamente sobre el dedo gordo de mi pie y lograr que no se rompiera —dijo de inmediato.

—¿Está hinchado, morado y asqueroso? —preguntó Teddy—. ¿Se te cayó la uña?

—¡¡No!! —respondió Sam.

—Papá, esta es otra aventura malísima. ¿Por qué solo se te ocurren aventuras horribles?

—Oye, mi dedo no se ha roto, cuento eso como una victoria —replicó Sam—. ¿Cuál ha sido tu aventura de hoy?

—He conocido a un perro —dijo Teddy tras pensarlo un poco.

Sam se sintió aliviado de que Teddy se involucrara en su propuesta, pero le sorprendió su aventura.

—¡Ah! Yo también. ¿Dónde has conocido a tu perro? —Sentía curiosidad acerca de cuándo había sucedido, porque Teddy había pasado todo el día en el jardín trasero.

—En el jardín trasero —respondió Teddy.

«Era de esperar», se dijo Sam. Y se preguntó si se trataría del perro del anciano.

—¿Y cómo ha entrado en el jardín?

—Las verjas están algo destartaladas. Puede que no te hayas dado cuenta porque no has salido.

—He salido alguna vez —respondió Sam automáticamente, aunque era justo que Teddy señalara que las actividades más usuales de Sam eran de puertas adentro. Automáticamente agregó «arreglar las cercas» a su lista mental de tareas pendientes relacionadas con problemas inesperados que había encontrado durante la mudanza, como si reparar la instalación eléctrica y la humedad no hubiera sido suficiente—. ¿Y qué ha sucedido con el perro?

—No lo sé. Se ha ido a algún lugar.

—¿Por la cerca rota?

—No te preocupes. —Teddy asintió, con la mirada en la *pizza*—. Era un buen perro, no era malo ni nada. Ha sido básicamente lo mejor del día.

Sam supuso que eso era un punto a favor del vecino malhumorado y su perro.

Jack tenía una buena noción del tiempo. De hecho, Bill pensaba que Jack tenía mejor noción del tiempo que la mayoría de las personas que conocía últimamente, quienes aparecían cuando querían y no pensaban antes de hacerte esperar mientras miraban de nuevo sus teléfonos. Pero Jack nunca llegaba tarde a cenar. Jack era *de fiar*.

Bill lo dejó entrar cuando llegó.

—¿Qué? ¿Cómo ha ido el día? —dijo—. ¿Has averiguado lo que necesitabas saber sobre los nuevos vecinos? Veo que no has molestado a su flamenco de plástico, y realmente podrías haberlo hecho, no habría sido una gran pérdida. Podrías haberlo masticado, aunque fuera solo un poco.

Dejó a Jack en la cocina y caminó por el corredor hasta la puerta delantera, donde se aseguró de haber puesto el cerrojo, como lo hacía cada noche. Luego se acercó a la ventana de la sala y miró hacia la calle, solo para ver si había alguna locura en marcha. Nada. Estaba realmente tranquila ahora que los vecinos se habían mudado y los trabajadores se habían marchado. La mujer india que vivía más adelante estaba llegando a casa y uno de los gatos de la casa de la familia polaca se escabullía por el jardín delantero.

Bill cerró las cortinas y le dio la espalda a la calle. Jack, que al parecer había terminado de comer, apareció en la sala moviendo la cola felizmente.

—Bueno, Jack —dijo Bill—. Supongo que ha llegado la hora de ver la tele, como siempre. Veamos si podemos encontrar algo que valga la pena.

Los empleados de la empresa de mudanzas que se había ocupado de los muebles grandes habían instalado las camas que Sam había comprado para que al menos tuvieran un lugar en el que dormir.

Las camas no estaban hechas, dado que Sam no tenía ni idea de dónde podía estar la ropa de cama en ese mar de cajas, así que había pedido unas mantas a Ellen y había preparado una especie de capullo para Teddy, que al cabo de un minuto se quejaba del extraño arreglo para dormir («Es una *aventura*», le recordó Sam) y al siguiente estaba profundamente dormido.

Serían los efectos que le quedaban del desfase horario, pensó Sam, o el cansancio provocado por las interminables quejas.

Sam dejó a Teddy durmiendo en su cama y se dirigió a su propia habitación, bostezando. Él mismo estaba agotado. Quizá fuera hora de poner fin a esa primera noche en su nueva casa. Los primeros días eran siempre los peores. «Te sentirás mejor cuando estés instalado», había dicho Ellen al salir esa misma tarde, y Sam había estado de acuerdo. Ya deseaba que fuera el segundo día en la casa, luego el tercero, el cuarto..., el octogésimo cuarto día. Sam quería que fuera algún momento del futuro en el que sintiera que esa casa era su hogar, en el que estuviera acostumbrado a las sombras en el techo de su habitación, a la ubicación de las luces... Solo necesitaban pasar el primer día, y ya casi lo habían hecho.

Se cambió de ropa, se cepilló los dientes y se metió en su propio capullo sobre el colchón. Acababa de cerrar los ojos, cuando una cacofonía comenzó en la pared detrás de su cama; no la que lindaba con la casa del anciano (esa estaba tranquila como una tumba), sino la que compartía con los vecinos a los que aún no había conocido, ¡vecinos que estaban tocando la batería!

En realidad, aún era temprano y Sam comprendió que podía esperarse algo de ruido, pero aun así...

Se giró y no pudo evitar ahogar una risa contra su almohada al pensar en el comentario de Ellen acerca de las fiestas salvajes que tendría que organizar. Ellen aprobaría sin duda a esos vecinos que no eran el hombre mayor, pensó.

Capítulo 2

Ellen: ¿Necesitas ayuda para desempaquetar? Puedo llevar a dos adolescentes para ayudar. Solo con unas pocas quejas añadidas.

Sam: ¡No es necesario! No te preocupes por nosotros, te molestaremos lo suficiente en el futuro, estoy seguro.

En el Segundo día de su nueva vida, Sam desempaquetó cajas que contenían decoraciones navideñas y ropa de bebé de Teddy, y se cuestionó su habilidad para etiquetar correctamente las cosas, dado que en las cajas ponía «COCINA».

Teddy estaba sentado fuera y recibía las visitas ocasionales del perro que había conocido el día anterior y que, como pudo comprobar Sam, era el mismo que había visto con el anciano de al lado.

—Es del vecino —informó a Teddy—. Deberíamos devolvérselo.

—Se irá cuando esté listo —dijo Teddy mientras acariciaba al perro, que estaba desplomado felizmente a sus pies y estudiaba los árboles en busca de ardillas—. No quiero que sienta que no es bienvenido.

Ya que Teddy se veía más feliz de lo que Sam lo había visto desde que habían puesto los pies en suelo inglés, decidió no iniciar una discusión por el perro invasor. De hecho, experimentó una punzada de envidia hacia el chucho. Los perros nunca tenían que desempaquetar nada. Los perros nunca tenían suficientes posesiones para desempaquetar. Los perros debían estar tramando algo.

La aventura del día fue que el perro le había enseñado a Teddy que sabía cómo girar. La de Sam fue que finalmente había encontrado una caja importante con elementos de cocina, debajo de seis cajas totalmente irrelevantes.

En el tercer día de su nueva vida, Sam desempaquetó toda una caja de papel de regalo viejo y pensó que su habilidad para hacer cajas hubiera sido menos vergonzosa si hubiera estado ebrio mientras las hacía. En la cena, Teddy contó que el perro había perseguido una ardilla y que había sido una buena aventura.

—¿No crees que deberías salir y conocer a los otros niños de la manzana? —preguntó Sam.

—¿Quieres que simplemente salga a llamar puertas en busca de niños con quienes jugar? ¿Y si uno de nuestros vecinos es un asesino con hacha? No lo sabes. Todos son desconocidos, no hay que hablar con desconocidos.

Eran argumentos muy astutos, así que Sam lo pensó bien antes de responder.

—Mi aventura de hoy ha sido sobrevivir otro día con un potencial asesino con hacha como vecino.

Teddy sonrió.

El buen clima se volvió gris y húmedo en el cuarto día de su nueva vida: a Sam se le cayó y despedazó una caja llena de platos, y Teddy no dejó de protestar por no haber visto al perro en todo el día. Sam decidió que ambos salieran de la casa y fueran a la calle principal para comprar más platos.

—No podemos vivir sin platos —le dijo a Teddy.

—¿Por qué no? —preguntó Teddy con sensatez mientras seguía a Sam por un pasillo—. No es que cocinemos.

—Necesito tener donde recalentar la comida comprada —respondió su padre.

—Podemos simplemente usar platos desechables —sugirió Teddy.

—Algún día podríamos tener invitados y me gustaría poder ofrecerles una vajilla apropiada.

—¿Quiénes? —preguntó Teddy, escéptico—. ¿Qué invitados podríamos tener, además de Ellen, Sophie y Evie?

—No lo sé. —Sam intentó decidir si quería platos blancos lisos o con algún diseño—. Tal vez si hicieras amigos...

—Tú no has hecho amigos —señaló su hijo.

—Buen argumento —reconoció, porque lo era. Parte de la razón por la que había regresado era para darse la oportunidad de hacer más amigos—. Tal vez haga amigos. —Teddy lo miró con su habitual nivel de incertidumbre—. ¿No crees que pueda hacer amigos? —preguntó entonces Sam.

—Hacer amigos es difícil, papá. No es algo que se pueda... *hacer*, así, sin más.

Sam levantó la vista de los platos y miró a Teddy, que estaba de pie en el pasillo, con expresión de aburrido y perdido. Era... tan pequeño aún. Demasiado pequeño en un mundo que agotaba a Sam, a pesar de llevar años de experiencia lidiando con él. Demasiado pequeño en un nuevo país, y solo con su padre para mantener todo el vasto desconocimiento a raya.

Probablemente había un millón de cosas que Sam podía decir, aunque ninguna de ellas en medio de una tienda mientras escogía platos.

—Tienes razón. ¿Por qué no lo intento por los dos? —dijo finalmente.

—¿Intentar qué? —Teddy apartó la vista de los estantes y miró a su padre a los ojos.

—Hacer amigos. Revisaré el asunto de hacer amigos. Es difícil y las cosas difíciles son mi trabajo.

—¿Tú harás amigos? —Teddy lo miró con su expresión dudosa.

—No hacía falta que sonaras tan escéptico —comentó Sam, ligeramente desanimado. Sabía que Teddy siempre dudaba de él, pero al menos podría tener un poco de confianza en la habilidad de su padre de hacer amigos.

—¿Con quién te harías amigo? —preguntó Teddy.

—Creo que es «de quién» —dijo su padre.

—Papá...

—No lo sé —admitió Sam—, pero encontraré personas de las que ser amigo.

—¿Quiénes? —insistió el niño, sin intención de abandonar el interrogatorio.

Sam dijo lo primero que se le ocurrió:

—Los vecinos.

Bill fruncía el ceño mientras miraba su aparador ante lo que le parecía un número inusualmente reducido de vasos. Supuso que era posible que hubiera roto uno o dos con los años, pero el número actual era imposible de creer.

—Cuando Agatha y yo nos casamos, teníamos una cristalería completa, estoy seguro —le dijo a Jack—. Se veía tan bien en este aparador y Agatha estaba tan complacida cuando lo terminé... Le gustaba enseñar las copas y la vajilla y lo que fuera que tuviéramos aquí dentro. —Bill miró los estantes, polvorientos y mucho más vacíos de lo que los recordaba cuando Agatha vivía.

Jack parecía apropiadamente preocupado por el escaso contenido del aparador.

—Y no puedo imaginar dónde han ido a parar todos esos vasos y copas con los años —continuó Bill—. No puedo imaginar dónde han ido la mitad de cosas que solía tener. No creo que nadie me las esté robando... Es decir, sé que hoy en día no se puede confiar en nadie, pero ¿quién querría robar unos vasos?

Jack levantó la cabeza y meneó un poco la cola. Bill suspiró y siguió hablando.

—Tienes razón, es poco probable que alguien esté robándome los vasos. —Sacó uno del aparador y lo llenó de agua—. Probablemente solo los he ido poniendo en lugares equivocados con los años. Probablemente haya hecho eso con muchas cosas. —Pasó una mano por el margen del aparador y recordó cuánto le había gustado a Agatha, lo orgullosa que se había sentido de la simple decoración tallada que él había añadido. «Art déco», lo había llamado ella, haciendo que pareciera más elegante de lo que era en realidad. Bill agregó—: Todo parece parte del pasado, al menos cuando te detienes a sacar la cuenta de cuánto se ha perdido.

Teddy no había visto a Jack en todo el día y, cuando salió al jardín trasero a buscarlo, escuchó con claridad a la niña de la casa vecina jugando a atrapar la pelota con él.

El niño, que desaprobaba la situación, volvió adentro, donde su padre estaba guardando los nuevos platos en un aparador.

—Los de la casa de al lado han robado al perro —anunció, con el apropiado nivel de dramatismo.

—El perro vive en la casa de al lado —respondió su padre.

—No. —Teddy negó con la cabeza—. No *esa* casa, la otra. La niña de al lado se lo ha robado. Está fuera jugando con el perro ahora mismo.

—¡Ah, qué bien! Es la oportunidad perfecta para ir a presentarte.

—*Tú* eres el que quiere hacerse amigo de los vecinos —le recordó Teddy, porque algunas veces su padre se olvidaba de *todo,* y este le lanzó una de sus miradas.

—Parece de tu edad y ambos queréis a ese perro. ¡Ya tenéis una conexión!

—Eso no es una *conexión,* papá —respondió Teddy—. Todo el mundo quiere a los perros. Ella lo ha robado.

—Nadie ha robado al perro —afirmó su padre.

Él simplemente no lo entendía, pensó el pequeño.

Pari había ideado un plan brillante: si no podía llevar a Jack a su casa, podía llevarlo a la de Emilia, que sería casi lo mismo, dado que pasaban mucho tiempo allí.

—Uno de nosotros tiene que meter a Jack adentro antes de que llegue el invierno —informó Pari a Emilia.

—Aún falta mucho para el invierno —comentó esta con las cejas en alto.

—Cierto. Pero tenemos que tener nuestro plan en marcha. Por ejemplo, ¿tienes una cama para Jack?

—¿Una cama?

—Es probable que le guste tener una cama.

—Jack duerme en casa del anciano, ¿no es así? —señaló Emilia.

—Sí, pero seguro que no le gusta —respondió Pari—. No creo que se quede con ese anciano por elección. ¿Tú te quedarías con el anciano si tuvieras otra opción? Es decir, ese hombre apesta. Apostaría a que *toda su casa apesta*. Y apuesto a que en realidad le molesta a Jack, porque los perros tienen buen olfato.

—¿El anciano apesta? —preguntó Sai, que apenas levantó la vista del documental al que estaba pegado en el televisor de Emilia—. ¿Cuándo has estado siquiera un poco, un poquito, cerca del anciano como para descubrir que apesta?

Pari le lanzó una mirada.

—¿Qué estás mirando? —preguntó Emilia a Sai.

—Intento informarme sobre los chimpancés bebés —respondió Sai—, pero es difícil con Pari parloteando acerca de robar a Jack.

—¡No voy a robarlo! —protestó esta—. ¡Debió ser mío cuando lo abandonaron!

—¿Y por qué necesitas saber de chimpancés bebés?

—Porque mis padres creen que paso todo el día en la biblioteca.

—¿Así que creen que estás aprendiendo sobre chimpancés bebés? —insistió Emilia.

—Bueno, algo tengo que aprender, ¿no? Papá quiere que aprenda algo con lo que labrarme un futuro profesional. ¿Tú crees que los chimpancés bebés podrían servir?

—Supongo que sí, siempre que seas veterinario...

—Podría ser veterinario. Es casi como ser médico.

—¡Si quieres ser veterinario, entonces necesitas un paciente con quien practicar! —reflexionó Pari—. Jack podría ser tu primer paciente.

—¡Pero si Sai no sabe cómo cuidar de un perro! —comentó Emilia.

—Es muy fácil —afirmó Pari—. Solo lo alimentas, le das agua y juegas mucho con él. ¿Entonces qué? ¿Puede vivir aquí?

—¿Cómo? —Emilia parpadeó—. ¿Jack? ¿Vivir aquí?

—Sí. Para que Sai pueda practicar con él.

—No —respondió Emilia—. Tenemos gatos. Jack no se llevaría bien con los gatos.

—Los gatos casi siempre se quedan arriba —replicó Pari—. Jack puede quedarse abajo. Tu mamá y tu papá casi nunca están en casa. Nunca notarán que tienes un perro.

—Lo notarían. Los gatos estarían irritados y mamá lo notaría. Mamá siempre se entera de *todo* lo que les sucede a los gatos.

—Pues solo quedamos nosotros. Tenemos que hacer entrar a Jack en casa antes de que comience el invierno. De lo contrario, ¿cómo sobrevivirá fuera en invierno?

—Del mismo modo en que sobrevive fuera ahora —respondió Sai—. No vivimos en la Antártida.

—Eso es muy cruel por tu parte —dijo Pari con firmeza.

—Ahora, silencio, están contando algo que siento que es importante recordar sobre los chimpancés.

Pari y Sai regresaron a casa por la tarde, escabulléndose por los jardines como siempre lo hacían. Pudieron ver a su madre en la cocina, dándoles los toques finales a unas cuantas canastas llenas de obsequios de bienvenida para alguien que conocía a un puñado de familias que acababan de mudarse, o algo por el estilo; Pari no era capaz de estar al día de todas las actividades de su madre.

—¿Puedes apoyarme en esto? —preguntó la niña, tras llevar una mano al brazo de Sai para evitar que entrara.

—¿En qué? —Sai parecía confundido. Pari le dio un golpe detrás de la cabeza—. ¡Ay! —exclamó Sai y se frotó como si Pari lo hubiera golpeado *fuerte*.

—Emilia siempre lo hace para hacerte pensar.

—¡Emilia apenas me toca cuando lo hace! —protestó Sai.

—¿Puedes apoyarme con la idea de que tenemos que adoptar a Jack para ayudarte a ser veterinario?

—Pari... —suspiró Sai.

—Yo te apoyo en no decirle nada a mamá y a papá de ti y Emilia —señaló ella.

Sai volvió a suspirar, llevó la mirada al cielo y finalmente dijo:

—¡Uf! De acuerdo. Bien, sí.

—Si podemos hacer que mamá acceda, entonces podremos tener a Jack. —Pari, complacida, sonrió a su hermano.

—Papá tampoco querrá un perro, ya lo sabes —comentó Sai—. Siempre culpa a mamá, pero a él tampoco le gustan los perros.

—Podemos ocultar el perro a papá si mamá nos ayuda —afirmó Pari, y luego abrió la puerta trasera.

—¡Ah, bien, justo a tiempo! —Su madre levantó la vista de sus canastas—. Decidle a papá que he dejado la cena lista, solo tenéis que calentarla. Debo ir corriendo a casa de Ananya a dejar estas cestas y luego regreso. ¿Cómo estáis? ¿Habéis tenido un buen día? ¿La biblioteca ha estado bien?

—Mamá, quiero hablar contigo —informó Pari para intentar hacer que su presurosa madre se quedara quieta por un segundo.

—Cuando regrese, ¿de acuerdo? —La mujer besó la cabeza de Pari—. Cuando regrese hablaremos.

—Sai quiere ser veterinario —soltó Pari desesperadamente.

Su madre miró a Sai con una suave expresión sonriente y Pari supo lo que vendría a continuación.

—Eres tan apuesto... —dijo a Sai con orgullo—. Serás un maravilloso veterinario.

—Cierto —coincidió Pari—. Entonces, ¿no crees que...?

—¡Adiós! —exclamó su madre, ya del otro lado de la puerta.

Pari suspiró.

—Otra vez será... —comentó Sai.

—Pues tendremos que esconder a Jack aquí nosotros mismos.

—¿Y cómo vamos a esconder a Jack nosotros mismos?

—Del mismo modo en que escondemos que estás saliendo con Emilia.

—Eso es diferente. Emilia no vive en *nuestra* casa.

—Bueno, ya se me ocurrirá algo. —Pari fue en busca de unas galletas para alimentar su mente.

—Va a robar el perro, en serio —dijo Teddy en la cena esa noche. Esa fue su aventura del día.

Sam reprimió un suspiro; no comprendía cómo había acabado en una calle con tanto drama canino. En su mente, Teddy ya tendría que haberse hecho amigo de otros niños y tendría que estar corriendo por ahí jugando al pilla-pilla o lo que fuera. Sam ya casi había terminado de desempaquetar, la casa estaba mayormente en orden y se suponía que empezaría a trabajar la semana siguiente; había esperado que Teddy estuviera más adaptado para entonces. Ciertamente estaba feliz de que su hijo estuviera aparentemente involucrado con la vida de la calle, pero deseaba que fuera una relación menos combativa.

Teddy, mientras, seguía llevando la pasta a su boca. Al menos no había perdido el apetito.

—Los he escuchado planeándolo. La niña tomará al perro y lo esconderá en su casa.

—¿Esconderlo?

—Su mamá y su papá no la dejarían tener un perro.

—Entonces no creo que tenga mucho éxito con el robo —comentó Sam.

Teddy lo miró como si no pudiera creer lo estúpido que era Sam al no darse cuenta de todo lo que los niños podían esconder de sus padres.

Una mirada de la que este hubiera preferido no ser objeto, al menos hasta la adolescencia de Teddy.

—No es justo —afirmó el niño—. El perro nos pertenece a todos.

—El perro es del anciano de al lado. El perro no nos pertenece a nosotros.

—Genial. Seguro que siente que no lo quieres y comenzará a venir menos.

—Acaba de pasar todo el día contigo en el jardín trasero —señaló Sam.

—Sí. Escuchando a los vecinos planear su secuestro; un secuestro canino.

—Me parece que tu madre y yo te permitimos ver *101 Dálmatas* demasiadas veces cuando eras pequeño —comentó Sam.

Teddy había estado considerando la situación desde todos los ángulos. Mientras su padre estaba encerrado trabajando en su oficina, había tenido mucho tiempo para considerar la mejor manera de actuar y había determinado que, si quería evitar que la niña le robara el perro, tenía que hacer que el anciano supiera lo que planeaba. Después de todo, era el perro del anciano.

Así que Teddy tocó a la puerta de la oficina de su padre.

—Pasa —anunció él. Estaba sentado en su escritorio, en el que había desempaquetado todo, por lo que era el caos. Su padre siempre lo dejaba todo hecho un desastre cuando trabajaba.

—Voy a ver a los vecinos —anunció Teddy, pensando que era mejor no decir nada más.

Su padre, que había estado mirando su ordenador con el ceño fruncido, levantó la vista y sonrió ampliamente.

—¿En serio? Es excelente, Teddy. Me alegra mucho. Solo te pido que estés aquí a la hora de la cena, ¿de acuerdo?

—Sí —afirmó Teddy.

Luego salió hacia la casa vecina, la del anciano, y tocó a la puerta.

Bill estaba tallando. En sus días de juventud, solía tallar casi constantemente. Había atraído a su Agatha con hermosas y complejas figuritas de reinas de la Antigüedad, aves elegantes y árboles de una delicadeza extraordinaria. Aún tallaba cuando podía, pero sus manos le daban problemas últimamente y parecía que ya no podía hacer lo que había hecho sin pensar tantos años atrás.

—Las cosas siguen yéndose sin regresar —remarcó con remordimiento mientras estiraba su mano acalambrada, y luego se dio cuenta de que Jack no estaba allí para escuchar el comentario. Jack recorría la calle, manteniendo a los vecinos vigilados.

Entonces el timbre sonó.

Por un momento Bill quedó perplejo. Y luego se cristalizó en él una determinación sombría. Un *visitante*. Seguramente alguien que vendía algo o que pedía dinero de alguna otra forma. Tenía que echar al visitante. De lo contrario, pensó Bill, toda una legión de personas comenzaría a aparecer en vano en su puerta.

Caminó hacia la entrada y por la mirilla vio a un niño. «Mucho peor», se dijo. Ahora enviaban *niños* para hacer el trabajo sucio.

—¿Qué pasa? —dijo hoscamente como saludo al abrir la puerta.

El niño, después de un momento, enderezó sus hombros y levantó el mentón; Bill apreció el gesto. Era, debía admitirlo, un niño de aspecto inteligente, con brillantes ojos claros y una cabeza llena de ondas de color arena. Necesitaba un corte, pero ¿quién no lo necesitaba hoy en día?

—Soy Teddy —anunció el pequeño. Y luego no dijo nada más.

—¿Y? —gruñó Bill.

—Vivo al lado —agregó Teddy, el niño—. Juego con su perro.

—¿Mi perro? —preguntó Bill—. ¿Te refieres a Jack? No es mío, es de la calle.

—¿De la calle? —El niño pareció confundido.

¿Qué le parecía tan raro a ese crío?

—Sí —afirmó Bill con brusquedad, porque aparentemente ese niño era de los que necesitaban que se lo repitieran todo.

—¿Quiere decir que pertenece a todo el mundo?

—Simplemente vagabundea por la calle —dijo Bill.

El crío se mordió el labio inferior; un hábito terrible que sería mejor que evitara.

—Esa niña está planeando robarlo —anunció entonces.

—¿Robar a quién?

—¡A Jack! Y no quiero que nadie lo robe. Quiero que siga perteneciendo a la calle. Quiero que siga perteneciéndonos a todos. ¿Usted no? —El niño parecía muy determinado, otra vez con esa postura testaruda. Entonces sus ojos se enfocaron en la pequeña figura que Bill aún tenía en la mano—. ¿Se supone que ese es Jack? —preguntó mientras le echaba un vistazo.

Bill no respondió. Su instinto le decía que cerrara la puerta de inmediato y terminara la conversación.

—¡Es genial! —agregó el niño—. ¿Hace otras cosas?

Él quería decir que no; quería decir lo que fuera necesario para hacer que ese crío diera la vuelta y nunca regresara. Pero pensó en todas las figuritas de madera que había por toda su casa y que nadie más que él había visto en tantos años. Y pensó en la figura de Jack que tenía en la mano, del mismo Jack que pasaba a saludar cada noche.

Y entonces vio a uno de los vecinos homosexuales, en su jardín delantero, observando toda la conversación.

Frunció el ceño y le habló al niño bruscamente:

—Ven adentro. —A la vista estaba que nadie se ocupaba de sus propios asuntos últimamente.

Sam preparó huevos revueltos para la cena.

Bueno... Se suponía que iba a ser una tortilla, pero había sido un plan demasiado ambicioso, así que fueron huevos revueltos sobre pan tostado con algo de queso rallado por encima.

A Teddy no pareció importarle: entró, se desplomó en la silla y comenzó a comer de inmediato.

—Bueno, hola a ti también —dijo Sam con sequedad—. ¿Te has divertido jugando con la niña?

—¿Qué niña? —preguntó Teddy con la boca llena de huevos revueltos.

—Recordemos los modales en la mesa —advirtió Sam, sobresaltado—. ¿No has estado jugando con la vecina? Has dicho que irías a ver a los vecinos.

—¡Ah! —respondió Teddy, afortunadamente tras tragar su comida—. Me refería al anciano. Su nombre es señor Hammersley y solía hacer cosas de madera. Tiene todo un estante lleno de dragones de madera. Es bastante genial.

Sam, sorprendido, miró a su hijo.

—¿Has estado con el anciano todo este tiempo? —Teddy asintió y bebió un gran trago de leche—. Los vecinos a los que has dicho que ibas a ver eran... ¿el *anciano*?

—Sí. Quería hablar con él sobre el hecho de que la niña intenta robar el perro. Su nombre es Jack, por cierto. El señor Hammersley tiene muchas figuras de él también, aunque no tantas como de dragón.

—De acuerdo —dijo San lentamente mientras aún procesaba la información. De todos modos, ahora que Teddy estaba explicándolo, le pareció que debía haberse dado cuenta de inmediato de que eso era a lo que Teddy se refería al decir que iría a ver a los vecinos—. ¿Así que le has dicho que crees que la niña intenta robar el perro?

—Jack. Y no lo *creo*; es evidente que lo planea.

—De acuerdo —aceptó Sam, porque no era un punto por el que valiera la pena discutir en ese momento—. ¿Y qué ha dicho el señor Hammersley cuando le has hablado del plan de secuestro canino?

—¡Ha dicho que Jack nos pertenece a todos! —anunció Teddy, radiante por el triunfo.

—¿Eso qué significa? —preguntó su padre—. Que Jack es..., ¿qué?, ¿como el aire y el sol?

—El señor Hammersley no es el dueño de Jack, papá. Jack solo vagabundea por la calle.

—¿Entonces Jack es un perro callejero?

—Eso suena fatal, papá. —Teddy frunció el ceño.

—Lo siento —respondió Sam, con indiferencia—. Pues supongo que es un vagabundo despreocupado que no quiere ataduras.

Teddy tomó otro bocado de huevos revueltos y continuó:

—Como nos pertenece a todos, significa que los otros niños no podrán robarlo. ¡Toda la calle lo impedirá!

«¿Toda la calle?», pensó Sam. Teddy había logrado convertir el asunto del perro callejero en una causa gloriosa. Sam negó ligeramente con la cabeza.

—Supongo que todo esto ha sido tu aventura del día —dijo.

—Claro —respondió Teddy mientras masticaba su pan tostado con entusiasmo—. ¿Cuál ha sido la tuya?

—He obtenido el *software* de acceso remoto para trabajar debidamente en el ordenador —anunció Sam.

—No tienes muy buenas aventuras, papá —afirmó Teddy, con aparente pena por él.

—Lo sé. —Sam rio.

—Ha sido una completa locura —dijo Ellen cuando Sam la llamó esa noche, después de que Teddy se fuera a la cama—. No aconsejo lo de tener hijos adolescentes, Sam. Hay que mantenerlos pequeñitos como Teddy.

—¿Teddy aún es pequeñito? —preguntó Sam—. A mí me parece extremadamente mayor.

—Recuerdo cuando solía pensar eso también. Luego se ponen incluso *más mayores*.

—¿Se vuelven más sabios también? Teddy ya piensa que es más listo que yo y lamenta mi patética estupidez.

—¡Ah! Pero te tiene a ti como padre, así que no se equivoca con eso —comentó Ellen.

—¿No se supone que las hermanas mayores deben ser alentadoras?

—Debí saltarme ese día en la Escuela de Hermanas Mayores. Ahora, dime, ¿qué puedo hacer por ti? Suenas cansado.

Sam estaba cansado; exhausto, de hecho. En parte debido a que estaba intentando trabajar a distancia con muchos clientes estadounidenses, y la diferencia horaria era brutal. Y en parte por causas completamente diferentes.

—Solo he tenido unos días largos. Desempaquetar es... —Decidió que no había necesidad de escoger un adjetivo para terminar esa oración. Ningún adjetivo era adecuado para describir cómo era desempaquetar.

—Sophie, Evie y yo iremos a ayudar este fin de semana y no aceptaré un no por respuesta. No hay nada de malo en recurrir a nosotras para este proyecto.

Sam no quería molestar demasiado a Ellen, pero, al mismo tiempo, pensó que la ayuda sonaba bien y así se lo hizo saber.

—Bien, porque necesito tener la casa en orden para poder dar una fiesta.

—¡Una fiesta! —exclamó Ellen con alegría—. Sabía que querrías organizar fiestas salvajes muy pronto.

—No una fiesta salvaje. Solo una fiesta seria y formal para personas de mediana edad.

—Sam, ¿todavía no te has enterado? ¡La «mediana edad» son los nuevos veinte!

—Eso ni siquiera tiene sentido.

—Bueno, dime quién está en tu lista de invitados. Necesitas, por lo menos, un par de celebridades de poca monta, lo hacen todo más animado.

—Solo las personas de nuestra calle —respondió Sam.

—¿La calle? —repitió Ellen—. O sea, ¿tus vecinos?

—Exacto.

—¿El anciano de al lado? ¿Darás una fiesta salvaje e invitarás al anciano de al lado?

—No, daré una fiesta normal e invitaré al anciano de al lado. Hay algunas familias y me gustaría que Teddy conociera a la niña que ronda su edad; pero, al parecer, la única forma de hacer que eso suceda es sentándola literalmente frente a Teddy. E incluso así no estoy totalmente seguro de que funcione; igual solo se miran el uno al otro como un par de tontos.

—Hacer amigos es difícil —afirmó Ellen.

—Lo sé. Pero es por eso que le mostraré cómo se hace.

—En tu fiesta salvaje.

—No será una fiesta salvaje —volvió a decir Sam.

—Odio decírtelo, Sam, pero si no es una fiesta salvaje, no estoy segura de que hagas amigos en ella.

El día se había vuelto increíblemente soleado de manera repentina y breve, y la tarde era una de las favoritas de Max, con su interminable y cálida puesta de sol en la que el jardín trasero parecía contener toda la luz del día y destellar solo para él. Max quería intentar capturar la esencia del aire en el particular tono violeta que estaba usando en su lienzo. Pidió curry para la cena en su restaurante favorito, abrió una botella de vino y salió al jardín delantero para cortar algunas rosas y ponerlas en un florero. En eso estaba cuando lo atrajo la curiosa visión del niño nuevo yendo con determinación hacia la casa del anciano y tocando el timbre de la puerta. Max no creía que nadie hubiera tocado ese timbre en veinte años. El hombre abrió, frunció el ceño hacia el niño y luego, tras una breve conversación, lo invitó inexplicablemente a pasar. Max negó con la cabeza.

—Nunca dejaré de sorprenderme —le dijo a la rosa más cercana mientras la cortaba.

La mujer del otro extremo de la manzana pasó haciendo ejercicio, agarrada a su habitual batido de proteínas verde, con sus rizos negros rebotando en su coleta al ritmo de sus pasos. Ella alzó una mano como saludo, al que Max respondió brevemente y luego Jack apareció desde la casa de los Basak para seguirla alegremente por la calle.

La niña Basak salió corriendo de la casa tras él, gritando:

—¡Jack! ¡Regresa! —Y luego golpeó su pie contra el suelo en un gesto de extremo disgusto.

—¿Lo ves, Pari? Ya te lo dije, Jack no quiere vivir aquí —dijo su hermano, que apareció en la puerta.

Max cortó otra rosa y pensó que esa calle era un lugar interesante cuando uno se detenía a prestar atención.

Arthur llegó a casa para encontrarse con el aroma de su curry favorito mezclado con la fragancia del florero rebosante de rosas y de inmediato reaccionó con sospecha.

—¿Qué celebramos?

—Nada —respondió Max—. ¿Acaso no puedo hacer algo dulce y romántico para mi esposo sin que haya nada especial a celebrar?

—¿Has derramado pintura sobre mis trajes otra vez? —Arthur lo miró con cautela.

—¡No! —afirmó Max fervientemente—. Lo juro. Lo hice *una vez* y nunca dejas que lo olvide.

—Tienes que entender que era muy al principio y que me causó una gran impresión. —Arthur sonrió, lo que hizo a Max sonreír también—. La vida con un artista...

—Fue un simple error. Yo tampoco estaba acostumbrado a vivir con alguien más.

—Lo sé —respondió Arthur, sin dejar de sonreír. Se sentó a la mesa y acercó el curry hacia él—. Gracias por el curry. Has tenido un buen día, imagino.

—Clima encantador, pintura encantadora, esposo encantador.

—Estás efusivo esta noche —remarcó Arthur.

—Me refería a mí. *Yo* soy un esposo encantador.

—¡Serás idiota!

—Exacto.

—¿De dónde has sacado esas rosas?

—De nuestro jardín. Les he dado una utilidad. Y han sucedido muchas cosas mientras estaba cortándolas.

—¿Cómo qué?

—Hay una conspiración para el secuestro canino de Jack.

—¿Secuestro canino de Jack? —repitió Arthur y dio un trago a su vino.

—Pari quiere adoptarlo, pero Jack parece resistirse.

—Bueno —comentó Arthur, con la boca en una mueca apretada y amarga que Max odiaba—, la adopción, como todos sabemos, es una cosa difícil de lograr. No es tan fácil.

Se produjo un largo momento de silencio.

—Lo siento —agregó Arthur tras un bocado de curry.

—Ya basta —respondió Max, porque le había permitido a Arthur evitar ese tema durante demasiado tiempo ya, y había decidido terminar con ello, repentinamente, abruptamente, en esa hermosa tarde de verano en la que había salido para cortar infinidad de rosas para su esposo—. Cuando dices cosas como esta, siento que deberíamos renunciar a todo este asunto.

—No renunciaremos —afirmó Arthur.

Max lo ignoró y siguió hablando:

—Solía estar *emocionado* al respecto. Solía tener la esperanza cada día de que sonaría el teléfono y nos dirían que habíamos sido seleccionados y había un bebé para nosotros. Y ahora solo lo *temo,* porque me preocupa que vuelvan a quitarnos al bebé y que tú seas incluso más infeliz que ahora.

—Yo no soy infeliz...

—Y no quiero eso. Quería tener un hijo contigo. No quería *perderte.*

—¡Para! —ordenó Arthur, con tono cansado—. No me perderás. Nadie perderá a nadie. A no ser que cuentes que perdemos bebés.

—No me refiero a que tú me dejes. Me refiero a que *te extraño.* Y antes de que todo esto pasara, nunca había visto esa horrible expresión en tu rostro, la que ahora tienes con tanta frecuencia, y te aseguro que podría haber vivido felizmente toda mi vida sin haberla visto nunca. No quiero que aparezca tan a menudo, cariño, quiero que *desaparezca para siempre*.

Arthur cerró los ojos, tomó aire y volvió a abrirlos. Max lo miró detenidamente. Sentía que, si parpadeaba, Arthur de alguna manera se alejaría de él, se escurriría lejos de su alcance.

—Estoy bien —afirmó.

—No lo estás —contradijo Max.

—De acuerdo. No lo estoy. ¿Cómo puedes *tú* estar bien? Es condenadamente irritante, ¿sabes? Que no estés al menos un poco...

—Si crees que yo no estoy triste o decepcionado, te equivocas.

—¿Solo lo ocultas mejor? —preguntó Arthur sarcásticamente.

—Solo te miro a ti y pienso que ya he ganado la lotería una vez en mi vida, así que es un poco ridículo que me cabree por no ganarla una segunda vez —sentenció Max.

Arthur lo miró. Sus ojos se veían oscuros, amplios y brillantes con la última luz del ocaso que aún quedaba en el cielo.

—Lo sé. Soy un niño malcriado —dijo finalmente.

—No es eso a lo que me refería. —Max negó con la cabeza.

Arthur se acercó a él, le tomó la mano, presionó los labios contra sus nudillos y luego inclinó la frente sobre ellos y respiró profundamente.

Max, tras un momento, giró la palma para apoyarla en la mejilla de Arthur, poder acercar su cabeza y darle un beso en la coronilla.

—Todo irá bien —murmuró.

—¿Sí? —preguntó Arthur, con la cabeza aún baja, sobre el hombro de Max.

—Sí —afirmó Max—. No importa lo que suceda.

Pen Cheever tenía un hábito a última hora del día: antes de dejar que el sueño se la llevara, iba a la cama con su portátil y escribía en su blog.

Aquello había comenzado solo como una forma de mantenerse fiel a sus propósitos de escritura. Así, cada noche, había escrito en su blog cuanto había logrado hacer ese día. Pero entonces aquello había ido a más de forma lenta y progresiva, y había comenzado a escribir datos de su ejercicio diario, las recetas de sus batidos de proteínas y luego simplemente cosas interesantes con las que se había topado mientras trabajaba en el artículo que hubiera llamado su atención en ese momento.

Y ahora debía admitir que gran parte de su blog era acerca de los eventos del vecindario, de lo que veía durante su ejercicio. Su calle, pensó, era como la mayoría de las calles típicas de Londres, en las que todos los vecinos creían ser reservados, sin intercambiar más que saludos cordiales al cruzarse unos con otros; pero, en realidad, cada uno de ellos contaba una interesante historia de vida si uno sencillamente prestaba atención. Y Pen era periodista. Su trabajo era prestar atención.

La entrada de ese día en su blog trataba enteramente de Jack, algo que sucedía con frecuencia, porque Jack solía ser uno de los más extraordinarios habitantes de la calle, y el verdadero lazo entre ellos, más allá de la ubicación de sus casas. Pen escribió:

Como sabéis, todos los niños de la calle están locos por nuestro perro Jack. Los padres de la calle, en cambio, parecen menos encantados. Pero el caso es que Jack podría ser el causante de una improbable amistad entre el Anciano Gruñón y el Niño Nuevo. Una alianza que, aunque uno no podría haber predicho, he atestiguado con mis propios ojos durante mi ejercicio vespertino.

Hablando de correr por las noches, ¡es hora de una nueva receta de batido proteico! ¡Incluso Jack parece aprobar esta!

Capítulo 3

> *¡Os invitamos a nuestra barbacoa en el patio trasero!*
>
> *1 de septiembre al mediodía, calle Navidad número 4*
>
> *Confirmar asistencia a Sam (el nuevo vecino)*

—¿Qué? ¡No! —Teddy pareció absolutamente horrorizado. Sam alzó las cejas.

—Teddy, es una invitación a una fiesta, no estoy pidiéndote que comas gusanos...

—¡Comer gusanos sería más fácil! ¡Al menos no es vergonzoso!

—¿Qué hay de vergonzoso en entregar invitaciones para una fiesta? —preguntó Sam, exasperado.

—¿No puedes simplemente dejarlas en el buzón como una persona normal? —preguntó Teddy.

—Todos los invitados viven en esta calle. ¿Por qué dejarlas en el correo cuando podemos entregárselas?

—¿Y qué pasa si todos quieren *hablar* con nosotros? —protestó el niño.

—Esa es la idea, de hecho —remarcó Sam con sequedad—. Estamos intentando conocer gente.

—No tendríamos que conocer gente si nos hubiéramos quedado en Estados Unidos —refunfuñó Teddy.

—Lo sé —respondió Sam en el mismo tono—. ¡Y mira la aventura que nos habríamos perdido! La aventura de llamar a las puertas de la gente y entregarles la invitación a una fiesta.

—Sigo creyendo que es algo raro y vergonzoso —insistió Teddy—. No sé de nadie que haya entregado invitaciones así...

—Eso es porque solo hemos conocido a gente aburrida. Vamos, en marcha.

Teddy, moviéndose casi tan rápido como un caracol, se arrastró hasta la puerta. Sam lo contó como una victoria. Los últimos días habían trascurrido con Teddy encerrado en su habitación jugando a videojuegos o sentado en el jardín trasero, con o sin Jack, mirando con el ceño fruncido en dirección a la potencial secuestradora canina. La aventura de Teddy en la cena de la noche anterior había sido «otro día sin crímenes relacionados con perros». Sam había tenido intenciones de dejar las invitaciones en el correo «como una persona normal», como Teddy había señalado, pero estaba buscando cualquier excusa para sacar a su hijo de su rutina, y si eso significaba que tenía que caminar por toda la calle llamando a puertas y entregando invitaciones, como si fuera algo que la gente hacía, pues que así fuera.

Jack se acercó brincando hacia ellos en cuanto salieron. Teddy se alegró de inmediato y lo rascó detrás de las orejas.

—¿Nadie te ha robado aún, Jack? Eso es bueno.

Sam suspiró, caminó hacia la casa del anciano y tocó el timbre. «El señor Hammersley», lo había llamado Teddy. Era el único vecino con el que este había logrado tener una conversación.

Sam, Teddy y Jack se pararon frente a la puerta y esperaron.

Y esperaron.

Y siguieron esperando.

—Tal vez ha salido —sugirió Teddy.

Jack se levantó, meneó su cola en aparente coincidencia y luego volvió a sentarse.

La oficina de Sam tenía vista a la calle y pasaba mucho tiempo espiando. Hasta entonces no había visto al anciano salir de la casa. Ni a nadie entrar. A excepción, al parecer, de su hijo de ocho años, que era el único amigo del vecino de al lado y viceversa.

Sam estaba molesto porque la verdad era que había esperado llegar a Inglaterra y, sin saber cómo, encontrar a un mejor amigo de la edad apropiada para Teddy sentado en su entrada, listo para que jugaran con él. Sin embargo, en vez de eso, Sam iba puerta por puerta para entregar invitaciones, prácticamente suplicando por amigos y, sí, era vergonzoso y, en la mismísima primera puerta ya estaba fallando, a pesar de que el anciano *siempre* estaba en casa.

—¿Adónde? —preguntó Sam a la ligera—. Él siempre está en casa. —Se inclinó al frente para ver si podía ver algo por el vidrio esmerilado de la puerta y presionó el timbre otra vez mientras lo hacía.

Y fue entonces que la puerta se abrió, de modo que Sam quedó inapropiadamente cerca del anciano y espiando en su casa.

—¿Qué quiere? —sentenció el hombre.

—Hola, señor Hammersley —saludó Teddy alegremente.

Jack se levantó con un feliz ladrido, meneó su cola y comenzó a caminar entre las piernas de todos.

—Con cuidado —dijo Sam e intentó sujetar al perro antes de que hiciera tropezar al hombre.

—¡Puedo con un perro! —exclamó el anciano.

—De acuerdo. —Sam, instintivamente, dio un paso lejos del hombre enfadado. ¿Y su hijo había estado allí dentro tomando una taza de té? Sam decidió ir directo a la cuestión—. Esto es para usted. —Y le entregó una de sus invitaciones.

El anciano la tomó con sospecha y, de hecho, la *olió*, como si pudiera oler a arsénico o algo.

—No se preocupe —dijo Sam—. No está envenenada.

—¿Envenenada? —rugió el hombre con una expresión como si pensara que Sam estaba loco.

Sam no lo culpaba. Tampoco Teddy, que tocó la pierna de su padre, en lo que él supuso que era terror justificado; ni Jack, que dejó su escandaloso saludo al hombre para mirar a Sam, como si incluso los perros comprendieran lo tonto que estaba siendo este.

—No es que fuéramos a darle un sobre envenenado, quiero decir.

El anciano entornó los ojos.

—Por supuesto —se escuchó decir Sam, como si ya no tuviera control de su propia voz—, tiene razón en sospechar, porque solo alguien que acaba de darle un sobre envenenado insistiría tanto en que no está envenenado. —Intentó ofrecer su sonrisa jovial, como para decir: «Lo ve, reconozco lo ridículo que estoy siendo». El anciano le devolvió el sobre.

—Sea lo que sea, no lo quiero —anunció hoscamente.

—No —soltó Sam, tan duramente que sonó como una orden, lo que hizo que la expresión del anciano reflejara más desaprobación todavía. Sam no hubiese pensado que eso fuera posible—. Quiero decir... —intentó corregirse y sonar más aplacador—. Es solo una invitación.

—¿Una invitación? ¿A qué?

—Damos una fiesta. Una barbacoa en el patio trasero. Ya sabe, perritos calientes, hamburguesas y todo eso.

—No iré —afirmó el anciano y les cerró la puerta en la cara.

Luego volvió a abrirla, Jack salió dando brincos y volvió a cerrarla de un golpe. El perro ladró algunas veces, con la lengua colgando, encantado ante tanta emoción.

—Todo genial, papá —comentó Teddy con ironía.

El timbre interrumpió a Emilia y a Sai en medio de una discusión importante acerca de si este debía confiar lo suficiente en su novia como para que le cortara el pelo.

—Es solo que mi pelo es muy importante para mí —afirmó Sai—. Sabes que lo es.

—También lo es para mí —dijo Emilia mientras lo alborotaba—. Solo creo que podrías cambiarlo un poco y sabes que soy una *artista*. Mira mis uñas. ¿No crees que soy una artista?

—No dudo que lo seas —respondió Sai, titubeante.

Lo que hizo a Emilia fruncir el ceño.

Lo que implicó que Sai se sintiera aliviado cuando sonó el timbre.

Emilia espió por la ventana y habló animada.

—¡Ah! Son los nuevos vecinos. —Y abrió la puerta—. Hola. —Les ofreció una amplia sonrisa, porque no vio nada de malo en ser amigable y amable con los nuevos. Emilia debía tener casi la misma edad que el niño nuevo cuando se mudaron a esa calle, así que recordaba muy bien la sensación intimidante de todas esas casas, amontonadas a su alrededor y llenas de *desconocidos*.

El niño tenía la cara de piedra, sin sonrisa a la vista, pero su padre respondió a la sonrisa de Emilia, al parecer aliviado de que ella la tuviera. El niño y el padre se parecían mucho: el mismo pelo color arena, con tendencia a ser lacio, los mismos ojos verdeazulados. Emilia se preguntó cómo sería la madre. Mientras tanto, Jack estaba en medio de ellos, moviendo la cola.

—Hola —dijo el padre—. Soy Sam y él es Teddy.

Jack ladró.

—Y Jack, por supuesto —agregó Sam.

—Hola, Sam y Teddy —respondió Emilia—. Soy Emilia. Y Hola, Jack. Jack y yo somos viejos amigos.

—Es un placer conocerte, Emilia —afirmó Sam—. Solo quería pasar y daros esto. —Le alargó un sobre.

—¡Ah! —dijo Emilia, confundida por un instante—. ¿El correo se ha mezclado?

—No, no. Es una invitación. A una fiesta. Haremos una barbacoa en el jardín trasero, solo para poder conoceros a todos.

—¡Ah! —dijo ella, sorprendida esta vez. Nadie había hecho eso antes—. De acuerdo. Muy bien.

—Díselo a tus padres de mi parte, por favor —agregó Sam—. Todos sois bienvenidos.

—Por supuesto. ¿Invitará a toda la calle?

—Sí. Claro.

—¡Tú! —dijo Emilia mirando a Jack—. Fuera de aquí antes de que los gatos se molesten porque estás en sus dominios. —Jack salió y Emilia se despidió—. ¡Adiós! —Cerró la puerta y se dirigió a Sai—. Supongo que iremos todos a una fiesta.

—¿Tendremos que fingir que no nos conocemos? —preguntó él. Emilia rio.

—Seremos educados y distantes. Yo podría pensar que eres odioso. Con este aspecto...

—¿Qué aspecto?

—Este terrible corte de pelo.

—Mira, si me cortas el pelo, mis padres sabrán que no estaba en la biblioteca.

—Podrías haber pasado por una peluquería de camino aquí.

—¿Con qué dinero?

—Y el peluquero podría haber pensado que eras tan elegante que te cortó el pelo gratis.

—Claro... eso *sí* es creíble —afirmó Sai.

Emilia volvió a reír.

—Sea como sea, me aseguraré de comentarlo en la barbacoa. —Señaló la invitación y sonrió—. Será divertido.

—Eso estuvo bien —comentó Sam, complacido.

—Supongo —concedió Teddy, hoscamente.

—Eres muy difícil de impresionar —remarcó Sam mientras se dirigían a la siguiente casa—. Eres como la reina Victoria. —Tocó el timbre—. Espera, creo que se dice que lo difícil era hacerla reír, no impresionarla...

Teddy le ofreció su habitual mirada no impresionada. Sin duda, pensó Sam, esa era una expresión muy victoriana.

La puerta se abrió y apareció un hombre casi de la misma edad de Sam, rubio y de ojos azules, que se estaba secando las manos con una toalla y tenía la camisa absolutamente cubierta de...

—¡Oh! —dijo el hombre, con la mirada en el lugar exacto en el que estaba la de Sam—. No es sangre. Es pintura. Aunque reconozco que es exactamente lo que diría si *sí* fuera sangre.

—Tranquilo, acabo de convencer a mi vecino anciano de que estaba dándole un sobre envenenado al asegurarle que no era un sobre envenenado, así que comprendo el dilema.

El hombre rio, lo que fue agradable e hizo que Sam sintiera que tal vez no había perdido por completo la capacidad de interactuar con otros seres humanos.

—Sois la nueva familia que acaba de mudarse, ¿cierto? Soy Max —dijo el hombre ofreciendo su mano a Sam, y este la estrechó.

—Sam.

Max dirigió su mano hacia Teddy, que la miró y la estrechó tras un momento.

—Teddy —dijo.

Sam se sintió aliviado de que su hijo no fuera tan grosero como para negarse deliberadamente a estrechar una mano y presentarse a sí mismo.

—Y hola, Jack —dijo Max al perro, que saltó un poco en su lugar a modo de saludo. Max lo rascó rápidamente detrás de las orejas antes de volver la atención a los humanos—. Sam y Teddy, es un gran placer conoceros a ambos. Bienvenidos a la calle. Es algo loca, pero no más que cualquier otra calle. O eso me digo a mí mismo. ¿Hay algo que pueda hacer por vosotros?

Sam le entregó su sobre.

—¡Ah! ¿El correo se ha mezclado? —preguntó Max al aceptarlo. Al parecer esa era la respuesta estándar.

—No, es la invitación a una fiesta. Pensé que podría ahorrar el dinero del envío si os invitaba a todos personalmente.

—¡Qué amable por tu parte! —Max había abierto el sobre y estaba analizando la invitación—. Barbacoa en el patio trasero, ¿eh?

—Creí que sería una forma agradable de conocer a los vecinos —explicó Sam.

—Ya veo. —Max lo miró con una expresión que él no pudo llegar a descifrar—. Mi esposo y yo confirmaremos nuestra presencia apropiadamente. —Max señaló la petición de confirmación en la invitación.

—Excelente. Gracias.

—Nos vemos, pues —agregó Max y cerró la puerta tras ellos.

—Le ha parecido raro —afirmó Teddy.

—Quizás ha pensado que era un poco raro, sí —concedió Sam.

Diya Basak estaba revisando la ropa vieja de su marido, porque Mayra Khatri conocía a alguien que necesitaba desesperadamente ropa elegante para una entrevista, y Darsh tenía suficiente para prestar. El sonido del timbre la sorprendió, porque normalmente no recibían a nadie durante el día.

Sai estaba en la biblioteca, como siempre, pero Pari estaba abajo, así que Diya le gritó a ella:

—¡Pari! ¿Puedes ver quién hay?

—Son esos nuevos vecinos raros —respondió la niña, seguramente tan fuerte como para que los que estaban al otro lado de la puerta pudieran escucharla.

Diya frunció el ceño ante la rudeza de Pari y ante el hecho de que no tenía ni idea de a qué se refería Pari con «esos nuevos vecinos raros», y bajó las escaleras para abrir.

Pari miraba a los visitantes por la ventana.

—Aléjate de la ventana —siseó Diya.

—Tiene a Jack con él. *Mi Jack* —dijo Pari.

—¿Qué? —preguntó Diya, mucho más preocupada por cómo se veía Pari que por lo que fuera que estaba diciendo—. ¿Acaso te has cepillado el pelo esta mañana? ¿Te has visto? Pensarán que tengo una hija grosera *y* desaliñada.

Diya abrió la puerta y sonrió animadamente a las personas del otro lado: un hombre, un niño y un perro. El niño se veía muy infeliz, de hecho parecía tan infeliz como Pari, a quien Diya empujó detrás de sí antes de que pudiera ser más terriblemente grosera. El hombre parecía inseguro. El perro movió la cola, ladró e inmediatamente se lanzó hacia la casa.

Diya se estremeció y corrió por los primeros escalones de la escalera, como si eso hubiera podido evitar que el perro la alcanzara. Pero el chucho no parecía interesado en ella, parecía estar atacando a Pari.

—¡Ayudadla! —ordenó Diya al hombre que estaba parado inútilmente en la puerta.

—¿Ayudarla? —repitió el hombre.

—Está bien, mamá —dijo Pari y Diya notó que se estaba riendo—. Él es Jack. Ya sabes, mi perro Jack.

—¿Tu perro? Tú no tienes perro.

—Jack pertenece a la calle —comentó el niño en la puerta—. Es de todos.

—¿Quién te ha dicho eso? —exigió Pari.

—El señor Hammersley —respondió el pequeño.

—Pari, el tono —la reprendió Diya—. Sé amable. —Luego miró al hombre en la puerta—. Y, por favor, ¿podría controlar a su perro? No me gustan los perros.

—Emmm... —dijo el hombre, que miró al perro, luego silbó y agregó—: Ven aquí, Jack.

Jack dejó a Pari para correr hacia el hombre y saltarle encima.

—De acuerdo, chico —le dijo él y agarró su collar para hacer que se quedara quieto a sus pies. El perro se sentó, con su cola meciéndose felizmente detrás de sí.

Diya, pensando que estaba a salvo, bajó lentamente la escalera y caminó con cuidado hacia la puerta.

—Lo siento. En realidad es el perro de la manzana. Solo nos ha estado siguiendo.

—¿Siguiéndoos adónde? —preguntó Diya con una mirada de advertencia hacia Pari, porque estaba protestando por lo bajo.

—Por la calle —explicó el hombre—. Soy Sam y él es mi hijo, Teddy. Acabamos de mudarnos al vecindario.

—¡Ah! —dijo Diya, que recordaba el hecho vagamente—. Tenéis el ave rosa en vuestro jardín.

—Bob.

—¿Qué?

—Bob, el flamenco. Ese es el ave rosa.

—¡Oh! —Diya comenzaba a preguntarse si debería haber abierto la puerta.

—Como sea —continuó el hombre rápidamente, al darse cuenta de que estaba comportándose como un loco—. Solo hemos venido a darle esto. —Y ofreció el sobre.

—¡Ah! ¿El correo se ha mezclado? —preguntó Diya. Lo que hizo que el pequeño Teddy mirara a su padre.

—No. Lo siento. Veo que estamos confundiendo a todos los vecinos. Es una invitación. Daremos una pequeña fiesta para conocer a todos los vecinos. Nada grande o extravagante, solo una pequeña barbacoa en el patio trasero.

—¡Ah! —respondió Diya, porque esa no era la clase de cosas que solían hacerse en esa calle, y normalmente sus días estaban muy ocupados sin el extra de tener que socializar con los vecinos. Pero no quería ser grosera. De hecho, sentía que debía ser superamable para compensar la inicial declaración estridente de Pari de que esa gente era rara; aunque fuera un poco raro presentarse en una casa con una invitación.

—Excelente —agregó—. Muchas gracias. Y si pudiera controlar a su perro... La verdad es que no me gustan mucho los perros.

—No es mi perro —explicó Sam, lo que no tenía sentido, porque en ese momento Jack estaba babeando felizmente sus zapatos.

—¡Gracias! —dijo Diya y cerró la puerta. Y miró a Pari—. ¿Qué ha sido eso, jovencita?

—Ese niño está intentando robar mi perro —refunfuñó ella.

—Tú no tienes perro —le recordó Diya—. Ese no es tu perro.

—Él y yo estamos en *guerra*.

—Tú no estás en guerra con nadie. No seas tan dramática. Y no había ninguna razón para que fueras tan grosera cuando han llamado.

—No puedes ser amable cuando estás en guerra.

—Aquí no hay ninguna guerra —repitió Diya, algo más empática—. Ahora, ven y ayúdame a revisar los pantalones de tu padre.

—¿Qué? —reaccionó Pari. Pero, ante la mirada de Diya, la siguió arriba.

—¿Sabes qué me podría servir realmente? —dijo Pen a su pez dorado, Chester, que nadaba en su pecera con expresión poco impresionada ante el escaso número de palabras del día de Pen—. Una distracción. ¿Ya es hora del almuerzo?

No, de hecho, no era hora del almuerzo.

Pen lo consideró.

—Tal vez hora de picar algo —decidió.

Chester, con un movimiento de su cola, lo aprobó.

Pen deambuló hacia la cocina, abrió el refrigerador y contempló su contenido. Uno de los peligros de trabajar en casa era el constante acceso a la comida. Hubo un tiempo en que la cocina de Pen había estado llena de tantos tentempiés dulces y salados como habían entrado en ella, pero luego había escrito un artículo sobre prácticas modernas de alimentación y ahora estaba inmersa en la comida saludable y sostenible, aunque algunas veces solo quería unos pastelillos con chocolate y mermelada de naranja.

Pen suspiró mientras repensaba su plan.

Fue entonces que el timbre sonó.

Pen prácticamente corrió a contestar y le abrió la puerta a la nueva familia que acababa de mudarse a la calle. El padre y el niño pequeño. Pen había visto a una mujer en la casa que rondaba la edad adecuada para ser la madre del crío, pero no de forma regular y ciertamente no vivía allí, así que todavía no había desentrañado esa relación.

—Hola —saludó con entusiasmo—. ¡Sois mis salvadores!

—¿Somos qué? —El hombre pareció inseguro ante tal recibimiento.

—Justo ahora estaba buscando una excusa para no trabajar y aquí estáis vosotros dos.

—¿Ah, sí? Bueno. —El hombre parecía que no sabía muy bien qué decir.

—Soy Pen —dijo ella—. Y soy escritora. Pero no es por eso que me llamo Pen[1]. Es la abreviatura de Penélope.

—Soy Sam —respondió él—. Trabajo como consultor para corporaciones que intentan mejorar la infraestructura de comunicación entre los especialistas en informática y grupos particulares de usuarios, para promover una mejor simbiosis entre... No importa, suena horrible. Él es mi hijo, Teddy.

Pen saludó al pequeño, que se veía algo aturdido.

Jack ladró, movió la cola y se acercó para ser acariciado, como un desvergonzado libertino.

—Y Jack —agregó Sam.

—¡Ah! A Jack lo conozco. Dejo galletas justo aquí, junto a la puerta, para él. —Pen se agachó para buscar una de las galletas especiales de Jack.

Jack la olisqueó y la tomó con delicadeza, como hacía siempre, y luego se alejó para enterrarla enseguida en el jardín delantero de Pen.

—Le encantan —dijo ella—. Tiene toda una reserva en mi jardín para poder comerlas cuando yo no estoy en casa.

—¡Ah! —comentó Sam, que apartó la vista de las travesuras de Jack—. Bueno, solo veníamos a darte una invitación.

—¿Una invitación? —Pen agarró el sobre y lo abrió con entusiasmo—. ¿A qué? Uh... ¿Una barbacoa en el patio trasero? ¡Es fabuloso!

—Pensamos que sería una buena forma de conocer a los vecinos —explicó Sam—. Dado que somos nuevos aquí.

—¡Absolutamente! ¡No puedo esperar para ir! ¡Hay personas que viven en esta calle con las que no he hablado en todo el tiempo que llevo aquí, así que ansío conocerlas! —afirmó Pen, animada.

---

1. *Pen* significa «bolígrafo». *(N. de la T.)*

—Ella sí estaba *realmente* emocionada —remarcó Teddy mientras iban de regreso a casa después de entregar la última invitación a la escritora que vivía al final de la calle. Jack trotó junto a ellos, al parecer muy complacido por el resultado de su aventura.

—Sí, lo estaba. Así que... eso es bueno, ¿no? Una persona emocionada.

—A mí me ha parecido raro —afirmó Teddy.

—No puede ser todo raro. No puede ser raro si están emocionadas y también raro si no lo están.

—Sí, sí puede —dijo Teddy, sabiamente—. La vida es rara.

—De hecho, ni siquiera puedo discutirte eso —reconoció Sam mientras llegaban a su casa—. Bueno, ya lo tenemos, todas las invitaciones entregadas. ¡Se viene una fiesta! ¡Amigos a la vista!

—No digas cosas como «amigos a la vista», papá. Nadie será tu amigo si dices «amigos a la vista». Subiré a jugar a *Extinción masiva*.

—¡Ah, sí! Ese juego siempre tan alegre y optimista —comentó Sam.

Teddy ni siquiera apreció el sarcasmo, solo corrió arriba.

Jack se quedó en la puerta y movió la cola.

—Adelante —dijo Sam con un suspiro. Y Jack ladró en agradecimiento y subió corriendo las escaleras detrás de Teddy.

Sam pensó que realmente debía dejar claro que *Jack no era su perro*, pero le pareció demasiado esfuerzo en ese momento.

Bill estaba calentando unos frijoles para poner sobre pan tostado cuando escuchó el rasguño de Jack en la puerta trasera.

No era que Bill hubiera estado preocupado de que Jack no se presentara. Jack no era su perro, después de todo, como se lo había dicho al niño vecino; Jack pertenecía a toda la calle. Pero era agradable verlo.

—Hola, Jack —saludó y lo dejó entrar—. ¿Dónde has estado todo el día? ¿Deambulando por la calle y entregando esas condenadas invitaciones? —Bill resopló, para demostrar lo que pensaba de ello, mientras recibía a Jack con unas palmadas como recompensa por el absurdo del que Jack había sido parte todo el día.

Le sirvió la cena, luego terminó de preparar la suya y se sentó a la mesa, para comer junto al lugar en el que Jack estaba succionando ruidosamente su comida después de su largo y duro día. Bill había arrojado encima de la mesa la invitación a la «barbacoa en el patio trasero», en la que había un perrito caliente sonriéndole con aspecto ridículo.

—Esa salchicha tiene ojos —le dijo a Jack, solo porque sintió que Jack necesitaba apreciar lo absurdo de todo ello.

Jack resopló en su tazón de comida en clara desaprobación.

Era simplemente la cosa más ridícula que se podía imaginar. ¿A quién se le ocurría presentarse en la puerta de alguien para parlotear sobre veneno y luego dejarle una invitación con una salchicha con ojos? Lo último que Bill quería era asistir a una barbacoa con toda esa gente rara con la que compartía calle. ¿Quién sabía qué clase de comida le harían comer? Y luego pasarían todo el tiempo preguntándole si aún estaba bien viviendo solo, como si no hubiera estado cuidando de sí mismo antes de que cualquiera de esas personas hubiera *nacido* siquiera.

—Eso sería lo peor de todo —le dijo a Jack.

El perro empujó su tazón vacío por el linóleo en respuesta.

Bill le dio más comida y pensó que un día dejabas entrar a una persona nueva a tu casa para hablar del tallado de madera y al siguiente golpeaban a tu puerta pensando que eras de la clase de gente que querría ir a una «barbacoa en el patio trasero».

«Ya basta de pensar en ello», decidió con firmeza y bajó la vista hacia Jack.

—¿Crees que esta noche habrá algo interesante en la televisión para nosotros?

Jack le lamió la mano, lo que pareció indicar un alegre optimismo sobre la programación que Bill no compartía. Pero eso era lo agradable de Jack.

Arthur entró con comida china a una casa vacía, lo que significaba que Max había perdido la noción del tiempo y aún estaba pintando; así que guardó la comida en el microondas (algo que en su mente calificaba como «mantenerla caliente») y giró para subir al estudio de Max. Se detuvo cuando su atención fue atraída por una invitación que había sobre la mesa de la cocina.

—¡Vaya! —remarcó y llevó la invitación con él.

El lienzo de Max estaba cubierto de rojos, anaranjados y amarillos. Era a la vez imposiblemente soleado e imposiblemente intenso, y Arthur, al mirarlo, tuvo la misma sensación que la primera vez que había mirado una de las piezas de Max: «¿De qué demonios va todo eso?» y «Necesito conocer al artista».

—Hola —dijo Arthur y besó la nuca de Max deliberadamente, para sacarlo de su ensimismamiento artístico. Max se sorprendió, luego giró por completo hacia él, con la sonrisa amplia y radiante.

—¡Ah, mira! Un hombre apuesto se ha metido en mi casa. Debo abandonar mi arte de inmediato.

—Me gusta —afirmó Arthur y señaló el lienzo.

—¿Sí? Gracias. No sé muy bien hacia dónde irá, o si ya ha llegado adonde debía... Tengo que consultarlo con la almohada. ¿Has traído algo de comer?

—Así es. Por cierto... —Arthur levantó la invitación—. ¿Hemos sido invitados a una fiesta?

—Hemos sido invitados. Espero que los perritos calientes sean comestibles y no antropomorfos, pero nunca se sabe. Deja que me cambie y me saque la pintura de encima.

—Tienes un poco en el pelo —señaló Arthur.

—Entonces supongo que me daré una ducha —remarcó Max con remordimiento mientras se sacudía el pelo, lo que le dejó manchas rojas incluso más grandes.

Arthur dejó que Max se duchara, bajó y atacó las galletas de la fortuna, porque se moría de hambre y las tenía a mano: «Tiene nuevas invitaciones que podrían abrir nuevas puertas», decía su fortuna. Arthur resopló y la dejó en la encimera junto con la invitación para hacer reír a Max.

Era un día gris y húmedo, las flores del jardín trasero brillaban cubiertas de humedad y no había niños corriendo por allí, ni perros callejeros.

Max se le acercó por detrás y apoyó el mentón en su hombro para mirar por la puerta trasera con él.

—Nuestro patio trasero está sorprendentemente tranquilo hoy —comentó Arthur.

—Entonces, ¿sin riesgos para nuestra responsabilidad civil? —dijo Max.

—Siéntate y come —dijo Arthur y sirvió la comida china en platos, porque eso lo hacía sentir más como si fueran adultos competentes.

Max tomó el mensaje de la fortuna de la encimera.

—«Tiene nuevas invitaciones que podrían abrir nuevas puertas» —leyó en voz alta.

—Y sí, tenemos una nueva invitación —remarcó Arthur mientras deslizaba el plato de carne y brócoli frente a Max, y luego se sentó frente a su propio plato de *lo mein*—. ¿Entonces iremos a esa cosa?

—Tú eras el que quería comenzar a socializar con los vecinos —recordó Max.

—Solo pensé que sería de buena educación; no sé si quiero comenzar a asistir a cenas y fiestas.

—¡Uy, sí! ¡Qué horror! —comentó Max—. ¡Dios nos libre!

—Nosotros no cocinamos —le recordó Arthur.

—Pero somos brillantes pidiendo comida. Sea como sea, tiene ideas graciosas.

—¿Quién?

—Sam, el nuevo vecino. Con eso de querer conocernos a todos. Ha venido personalmente a entregar la invitación. Tiene mucho interés en que todos seamos amigos, al parecer.

—¿Qué le pasa? ¿No tiene otros amigos? —preguntó Arthur—. ¿Por qué necesita ser amigo nuestro?

—¡Ay, sí! Las personas que todavía no han alcanzado su cuota de amigos son *tan* agotadoras... —comentó Max burlándose de su marido.

—No finjas que te gusta conocer gente. —Arthur lo señaló con un palillo—. Sin duda, soy más sociable que tú.

—Tú eres un *agente de seguros.*

—Y tú un artista atormentado.

—Punto para ti —concedió Max y tomó un bocado de carne y brócoli.

—¿Piensas que sería bueno para nosotros? —arriesgó Arthur mientras revolvía sus fideos. Max lo miró, inquisidor—. Conocer a nuevas personas, quiero decir —aclaró.

—Podría serlo —respondió Max tras considerarlo.

—¿Qué te ha parecido él? —Arthur golpeó los palillos sobre su plato.

—Bien. No más insoportable que la mayoría de la gente.

—Muy entusiasta por tu parte...

—Bueno, no quería pasarme con las alabanzas porque hubieras sabido que estaba mintiendo.

—Entonces confirmaremos asistencia a esa barbacoa en el patio trasero y seremos vecinos sociables.

—«Tiene nuevas invitaciones que podrían abrir nuevas puertas» —comentó Max sabiamente.

—Entonces —comentó Sam cuando se sentaron a la mesa a cenar sándwiches de queso tostados—, ¿cuál ha sido tu aventura del día?

Teddy lo miró con una expresión de padre desesperado.

—Evidentemente, caminar por la calle entregando sobres que todos han pensado que estaban envenenados o que eran correo mezclado. ¿Cuál ha sido la tuya?

—La misma, la misma —admitió Sam.

Mientras acechaba la cocina en busca de su provisión de chocolates, Anna Pachuta escuchaba a medias la recapitulación del día de su hija, y entonces algo le hizo levantar la cabeza y mirarla con más atención.

—¿Hemos recibido qué?

Emilia estaba sentada comiendo un bol de uvas en la mesa.

—Una invitación a una barbacoa —dijo y arrancó algunas uvas más.

—¿De quién? —preguntó Anna, sorprendida. Ninguno de sus amigos le parecía de los que montaban barbacoas; de hecho, todos estaban demasiado ocupados como para hacer un café siquiera.

—Los nuevos vecinos —explicó Emilia y lanzó unas uvas a su boca.

—Los nuevos vecinos... —repitió Anna sin expresión. Le dolía la cabeza. No podía seguir el ritmo de la vida de otras personas cuando apenas estaba logrando seguir el de la suya.

—Sí, ya sabes, los que acaban de mudarse donde vivían los Thurston.

—¡Ah! —dijo Anna, que tomó una porción de chocolate y se sentó a la mesa con Emilia—. ¿Se han deshecho de ese perro horrible?

—No, mamá, ahora es el perro de la calle —afirmó Emilia.

—Emilia, eso es ridículo. No podemos tener un «perro de la calle». Aterroriza a los gatos. Tal vez deberíamos ir a esa barbacoa para poder hablar con ellos para que pongan a ese perro bajo control.

Emilia puso los ojos en blanco.

Anna frunció el ceño por su reacción, pero no dijo nada al respecto, porque estaba tan poco en casa últimamente que no quería pasar el poco tiempo que tenía con Emilia discutiendo con ella.

El hervidor hizo clic y se levantó para prepararse una manzanilla; su habitual premio al final del día, después de su dosis de chocolate de recompensa.

—¿Qué has hecho todo el día? —preguntó.

—No mucho —respondió Emilia—. He vuelto a pintarme las uñas.

—Será mejor cuando las vacaciones de verano terminen y las clases vuelvan a comenzar.

—Papá ha dicho que tal vez podríamos hacer unas vacaciones de verdad antes de empezar el curso.

—¿De veras? —Anna no pudo evitar resoplar.

—Ha dicho que podríamos ir a la costa.

—Tu padre siempre está diciendo tonterías.

—¿Cómo puedes saberlo? —preguntó su hija—. ¿Hablas con él alguna vez?

Anna le sostuvo la mirada y bebió un largo trago de su infusión. Estaba demasiado caliente para un trago tan largo, pero no iba a dejar que se notara.

—Por supuesto que hablo con él. Hablaré con él cuando llegue a casa esta noche, acerca de ir a la barbacoa de los nuevos vecinos. —Y de lo imposible que era un viaje a la costa en ese momento, pensó.

—De acuerdo —respondió Emilia, escéptica.

Anna quería probar que su hija se equivocaba, por supuesto, pero al fin se sintió demasiado cansada como para esperar a Marcel y simplemente dejó la invitación en su lado de la cama, para que él la viera cuando fuera que apareciera, y se acurrucó en la cama con los gatos.

Darsh llegó a casa y, para variar, se encontró con su esposa.

—¡Vaya! ¿No hay nadie que necesite curry en algún lugar? ¿Has acabado con la demanda mundial de canastas de bienvenida? —dijo en broma.

—Ja, ja —respondió Diya.

Él le sonrió y la besó, y bajó la vista a lo que ella estaba cocinando.

—¿Eso es para nosotros o es para el amigo de un amigo de un amigo?

—Para nosotros.

—Sorprendente. ¿Dónde están los niños?

—Arriba. Los llamaré a cenar en un segundo.

Darsh, al revisar el correo que había sobre la mesa, se detuvo en la fotografía de un perrito caliente sonriente.

—¿Qué es esto?

—¡Ah! —Diya lo miró y puso los ojos en blanco—. De lo más extraño: los nuevos vecinos darán una *fiesta*.

—¿Y nos han invitado? —preguntó Darsh, confundido—. ¿Los conocemos?

—No los conocemos, no. De hecho, quieren conocernos a todos.

—Deben de haber oído que ser amigo tuyo representa una considerable cantidad de comida gratis.

Diya pareció debatirse entre el orgullo y la exasperación.

—¡Ah, por cierto! He regalado algunos de tus pantalones hoy —dijo mientras se alejaba de la cocina por el corredor. Darsh la escuchó llamar a los niños.

—¿Mis pantalones? —le preguntó cuando ella regresó.

—Mayra tiene un amigo que necesitaba pantalones y tú tenías unos extra. —Se encogió de hombros.

Después de un momento, Darsh se encogió de hombros también, porque era imposible intentar encontrar sentido a las decisiones de Diya en ese tipo de cosas.

—Me sorprende que no se los regalaras al nuevo vecino —comentó.

—Él es más alto que tú —respondió Diya, sonriente—. Se habría visto ridículo. ¡Sai! ¡Pari! —gritó. Darsh se estremeció—. Ve a amenazarlos —indicó ella mientras ponía la comida en la mesa—. No volveré a subir las escaleras.

Pero, antes de que Darsh pudiera levantarse, se oyó el estruendo de los niños bajando las escaleras para cenar.

—¿Entonces, iremos a esa barbacoa? —preguntó él.

—En realidad no me apetece —respondió Diya—, ya sabes lo ocupada que estoy, y el día de la barbacoa ya tengo dos fiestas más a las que se supone que debo ir.

—No sé por qué no me extraña...

—Pero tengo que ir para compensar la rudeza de Pari.

Pari acababa de entrar en la cocina, justo a tiempo para que Diya la mirara intencionadamente. Pari se detuvo al instante, miró a su madre, luego frunció el ceño y se cruzó de brazos, lista para la batalla.

—Tal vez debería regresar arriba —dijo Sai, detrás de Pari, al ver su postura.

—Nada de eso —indicó Darsh—. Ven y siéntate. Tú también, Pari. Y dime en qué has sido tan grosera.

—No he sido grosera —respondió Pari, malhumorada, mientras se sentaba a la mesa.

—Ha gritado que eran «raros» cuando estaban de pie justo detrás de nuestra puerta —explicó Diya mientras se sentaba también.

—Él ha comenzado —protestó la niña.

—¿Quién es *él*? —preguntó su padre.

—El chico nuevo. Intenta robar a Jack.

—¿Jack, el perro de la calle?

—Sí.

—¿Cómo va a robar un perro de la calle?

—Yo iba a hacer que Jack fuera *mi* perro —afirmó Pari.

—¡Ah! Así que tú ibas a robar el perro de la calle primero...

—No. —Pari se sorprendió y pareció insegura de qué decir a continuación.

—Nadie robará ningún perro. No me gustan los perros y ese perro tiene muy mal comportamiento. Además, al perro parecen gustarle los nuevos vecinos y a ellos les gusta el perro, así que deja que se tengan unos a otros y no se hable más.

—Pero, mamá —se lamentó Pari—, necesitamos al perro.

—Es evidente que no necesitamos ningún perro.

—Necesitamos al perro para que Sai pueda tener un paciente.

Sai comenzó a masticar su comida.

—¿Un paciente para qué? —Darsh lo miró.

—Sai será veterinario —respondió Pari.

—¡Ah, espléndido! —exclamó su padre—. ¡Sai, es una brillante elección! ¡Veterinario! ¡Excelente carrera!

Sai se recuperó, tomó un trago de agua y respondió.

—He estado aprendiendo mucho sobre chimpancés bebés.

—¿Entonces estás pensando en cuidar animales exóticos? Piensas trabajar en un zoológico, supongo...

—No —intervino Pari—. Él podría querer cuidar perros también. Es por eso que necesitamos a Jack.

—Diya, ¿tú no conoces a alguien que es veterinario? ¿No es la prima de Anika...?

—¡Sí! ¡Eso es! Veré si puedo hablar con ella para que hable con su prima y te permita trabajar en su consultorio algunos días a la semana.

—¡Oh! —reaccionó Sai—. Bien... Sí. De acuerdo.

Diya sonrió a Sai y luego a Pari; la discrepancia de apenas unos minutos antes ya estaba olvidada. Diya era así: naturalmente alegre y con tendencia a los pensamientos color de rosa.

—Tenemos unos hijos guapísimos, ¿verdad? —dijo a Darsh.

Los niños se parecían a Diya. Así que Darsh tomó su mano, besó sus nudillos y asintió.

Pen, sentada en la cama con su último brebaje herbal a su lado, abrió su blog y escribió:

Sorprendentes novedades en la calle: ¡Los nuevos vecinos han decidido ser acogedores y socializar! Van a dar una fiesta. Es extraño y estoy segura de que el resto de los vecinos, al igual que yo, están preguntándose cuánto tendrán que conversar unos con otros. Pero aun así estoy emocionada. Las oportunidades de conocer a los vecinos de uno son siempre emocionantes, y personalmente tengo muchas preguntas que hacer acerca del romance entre la Adolescente Polaca y el Adolescente Indio, como también acerca de qué hace exactamente el Hombre Gay Rubio todo el día mientras que el Hombre Gay Moreno va a trabajar. ¡Quizá sea un escritor también y podamos sentarnos en casa y distraernos escribiendo juntos!

La actualización más importante: Jack ha ayudado a entregar las invitaciones. Ansío discutir la situación formal de Jack en la calle en la «barbacoa en el patio trasero» también. Me pregunto qué opciones de comida saludable habrá. La invitación tiene una imagen de una salchicha sonriente, así que no tengo muchas esperanzas en este sentido, una pena.

Capítulo 4

Perritos calientes
Hamburguesas
Panecillos
Otras cosas deliciosas para comer

Los fines de semana en la calle eran raros, pensó Sam al darse cuenta de que ya se había acostumbrado al ritmo del vecindario entre semana, a todos saliendo rumbo a sus trabajos. Los fines de semana, sin embargo, la mayoría de la gente se quedaba en casa y salía en horarios disparatados para realizar diversos recados. El hombre rubio, Max, salió a cortar algunas rosas y Sam se preguntó si debía pedirle consejo para cuidar de las rosas de su propio jardín. La madre india entraba y salía constantemente, siempre con los brazos llenos de cosas al salir y las manos vacías al regresar. Jack corría a un lado y al otro de la calle, entrando y saliendo de los jardines. La mujer negra del final de la calle salió a correr. El anciano se mantuvo encerrado. La adolescente de la casa vecina, que debía ser la fuente de los conciertos de batería, tocaba ocasionalmente (Sam nunca veía a sus padres, pero suponía que los tenía).

Y Ellen llegó con Sophie y Evie.

—¡Hola, tío Sam! —corearon las niñas mientras corrían hacia la casa en un remolino de energía.

—La casa se ve genial.

—Podríamos ayudarte con la decoración.

—¿En serio, no has colgado ni una sola cosa en las paredes?

—Todo en la casa es *beige*, te vendría bien un toque de color.

—¡No te preocupes, estamos aquí para ayudar!

—¡Llámanos tus «geniales decoradoras de interiores»!

—¡Hasta hemos traído nuevos almohadones!

—¡Ah! Adorable —logró decir Sam, apabullado por esa avalancha, antes de que las niñas salieran corriendo, aparentemente para decorar.

—Están muy emocionadas con ayudarte a ser un caso menos perdido —le informó Ellen.

—¿Menos perdido? —repitió Sam y aceptó el abrazo de saludo de su hermana—. ¿No crees que pones el listón demasiado alto?

—¿Dónde está mi sobrino favorito? —preguntó Ellen.

—Arriba. —Sam se inclinó y le gritó—: ¡Teddy! ¡Tu tía Ellen y las niñas están aquí!

—¡Lo sé! —exclamó Teddy—. ¡Bajaré después de morir!

—Está jugando a videojuegos, no es *tan* melodramático —explicó Sam.

—¡Ah! —respondió Ellen.

Sophie asomó la cabeza desde el salón.

—Tío Sam, ¿qué piensas de las rayas en las paredes?

—¿Habéis traído pintura? —Sam la miró sorprendido.

—No, pero hemos traído *muestras,* y las rayas parecen una buena idea.

—De acuerdo —respondió Sam vagamente, porque nunca antes había pensado en rayas en las paredes.

—Perfecto —dijo Sophie y desapareció de regreso al salón.

—¿También pintan? —Sam alzó las cejas hacia Ellen.

—Tomemos una taza de té —sugirió ella.

—¿Podemos poner algo *en* el té? —preguntó Sam mientras la seguía a la cocina.

—¿Algo más que té? —Ellen rio—. Eso depende del estado de tu aparador de bebidas.

—Es deplorable —afirmó Sam—. Creo que es algo que tendré que solucionar antes de la fiesta, ¿verdad?

—Eso depende. —Su hermana dejó dos tazas sobre la encimera—. ¿Exactamente cómo de aburrida esperas que sea esa fiesta?

—Ja, ja. Para nada aburrida. Solo no va a ser salvaje. Me gustaría que fuera un término medio, en mitad del espectro.

—Un término medio... Exactamente adonde apunta la mayoría de gente.

—¿Ves cómo no soy un caso *tan* perdido? —apuntó Sam.

—Pareces estar mejor —rio Ellen—. Eres más gracioso.

—¿Tan mal estaba antes? —preguntó Sam, sorprendido.

—Mal, no. —Ellen le ofreció una dulce sonrisa—. Solo abrumado, creo.

—Intenta mudarte al otro lado de un océano. No es fácil cuando ya no tienes dieciocho y tus pertenencias no entran en una sola bolsa.

—No he dicho que no estuviera justificado, Sam. No hace falta que te pongas a la defensiva. —Ellen sirvió el té.

—Lo siento. Creo que es por cosas así que necesito rodearme más de gente.

—Es posible. —Ellen le entregó su té, luego giró y arrancó un papel del refrigerador—. ¿Qué es esto? «Perritos calientes. Hamburguesas. Panecillos. Otras cosas deliciosas para comer...».

—La lista de la compra —dijo Sam, que creía que era obvio.

—¿Para tu fiesta? ¿Esa es tu lista de la compra para *tu fiesta*?

—Sí, ¿qué pasa? —dijo Sam mientras soplaba su té.

—No es que sea muy... específica, ¿no crees?

—Tengo esperanzas de que me llegue la inspiración en el supermercado.

—Necesitas una buena lista. Con buenos ingredientes. Para hacer una buena comida.

—¿Buena comida? —repitió Sam—. Si yo no cocino.

—¿Y cómo coméis Teddy y tú?

—Mal, muy mal.

—Samuel...

—Puedes llamarme por mi nombre completo todo lo que quieras, pero eso no me convertirá en un adulto de fiar y funcional.

—¿Tío Sam? —gritó Evie desde la sala—. ¿Qué opinas de la pintura de cebra para resaltar una pared?

—¿De verdad que estas chicas saben algo de diseño? —preguntó Sam a Ellen.

—¿*Tú* sabes algo de diseño? —replicó Ellen. No. Él no sabía nada.

—¡Perfecto! —exclamó él y en su mente se encogió de hombros.

—Tienes que saber cocinar. A las mujeres les gustan los hombres que saben cocinar. El camino al corazón de una mujer es a través de su estómago.

—Creía que ese dicho era acerca de los hombres.

—No seas sexista. Sea como sea, vas a invitar a gente, deberías prepararles buena comida. Tienes que causar buena impresión. ¿Acaso no quieres causar buena impresión?

Bueno... Sam supuso que la alternativa era que pensaran que era patético, y había regresado a casa en parte para liberarse de la etiqueta del patetismo.

—Sí —dijo por lo bajo.

—¡Bien! —respondió su hermana, animada—. Entonces, todo arreglado. Harás algo *impresionante* que te ayudará a hacer amigos.

—Y causaré la falsa impresión de que sé cocinar.

—Si realmente cocinas, no será ninguna falsa impresión. ¿Qué es esto?

Jack había aparecido en la puerta trasera, moviendo la cola.

—¡Ah, mira! ¡Teddy! ¡Jack está aquí para jugar!

El resultado fue una respuesta inmediata, como una manada de elefantes descendiendo desde el primer piso. Teddy atravesó la casa corriendo.

—¡Hola, Sophie! ¡Hola, Evie! ¡Hola, tía Ellen! —Y luego—: ¡Adiós, papá! —Y salió disparado al exterior.

—¿Teddy tiene un perro? —Ellen alzó las cejas.

—No. Teddy *no* tiene un perro. Como ha quedado claro durante esta conversación, apenas puedo ocuparme de las cosas de las que es mi responsabilidad ocuparme, así que ni de broma voy a añadir un perro a la lista.

—¿Entonces quién es Jack? —preguntó Ellen señalando hacia el jardín trasero, en el que se podía ver a Teddy recibiendo una bienvenida extremadamente entusiasta por parte de Jack, que incluía muchos lengüetazos y meneo de todos sus cuartos traseros.

—Jack es el perro de la calle. Tenemos un perro que deambula por la calle. ¿No es encantador?

—No suena como si creyeras que es encantador —señaló Ellen.

—Creo que es algo raro, francamente, que de alguna manera haya heredado un perro a tiempo parcial. Pero Jack es lo único que le gusta a Teddy de este lugar, así que supongo que le estoy totalmente agradecido.

—Es bueno, entonces —afirmó su hermana, mientras bebía su té y observaba a Teddy jugando con Jack. Estaban persiguiéndose uno al otro en el jardín—. A las mujeres también les gustan los perros, ¿sabes?

—Creo que empezaré a presionarte a *ti* con *tu* vida. ¿Has tenido muchas citas desde el divorcio?

—No. Estaba pensando en probar con las citas en línea. ¿Quieres intentarlo conmigo?

—¡No! De hecho... ¡Suena como la última cosa que querría intentar en el mundo!

Evie y Sophie aparecieron en la puerta de la cocina.

—Tío Sam, tenemos una idea genial —anunció Evie.

—Estamos pensando... —Sophie estiró los brazos, para ofrecer una mejor visualización— estalactitas en el techo.

—Como en una *caverna* —agregó Evie con los ojos centelleantes.

—Retiro lo dicho —le dijo Sam a Ellen—. *Eso* suena como la última cosa que querría probar en el mundo.

Ellen había dicho que Sam se sentiría mejor una vez que estuviera instalado y le sorprendió darse cuenta de que, en gran medida, era cierto. El trabajo era de hecho una distracción bien recibida, tenía acceso inmediato a sus pertenencias más importantes y él y Teddy empezaban a desarrollar cierta rutina. Recordaba los sermones por parte de Sara sobre la importancia de tener una rutina, cuando Teddy era un bebé. En aquel momento, Sam lo había creído sin rechistar, pero ahora lo creía *fervientemente*; porque sí, la rutina ayudaba.

Y el hecho de que el resto de la calle también tuviera una rutina ayudaba mucho. Sam no conocía sus nombres aún, pero reconocía a sus vecinos de vista y tenía esperanzas de que la barbacoa fuera un éxito y de poder hacer amigos. Muchos de los vecinos parecían estar en casa durante el día, como él, y pensó que sería agradable entablar amistad con ellos. Y, por supuesto, Teddy se haría amigo de la pequeña niña india. Por el momento parecían odiarse el uno al otro; sin embargo, cuando se dieran cuenta de que ninguno de los dos intentaba robar a Jack, entonces serían mejores amigos. «Esto no tiene pinta de aventura», se dijo Sam, «pero quién sabe si puede convertirse en un cuento de hadas con un "felices para siempre" al final».

Sam intentaba pensar en aventuras interesantes para vivir a diario, lo que resultaba complicado porque, bueno, por lo general, la vida adulta no estaba especialmente llena de aventuras y eso era de hecho lo que la hacía *buena*, en opinión de Sam. Mientras, las aventuras de Teddy seguían centrándose en Jack, al que el niño enseñaba algunos trucos, y en el hecho de que confiaba en que él le gustaba más al perro de lo que le gustaba Pari.

—No es una competición —dijo Sam; algo que Teddy pareció no escuchar en absoluto.

Sam había recibido la confirmación de todos los vecinos de la calle, a excepción del señor Hammersley; aunque supuso que este le había dado su respuesta al arrojarle su invitación. De modo que, salvo él, todos asistirían a la barbacoa.

Odiaba el hecho de descubrirse pensando que debía hacer algo impresionante para la barbacoa («¡Uf!», maldita Ellen que le había metido esa maldita idea en la cabeza). Incapaz de dormir, tomó su móvil y buscó en Google «comidas impresionantes para una barbacoa». El primer resultado sugería que asara un cerdo entero.

—*Nop* —dijo en voz alta a su móvil y siguió revisando el resto de opciones.

Y luego se planteó si serían mejores las coles de Bruselas o las berenjenas y se preguntó qué demonios era la «burrata».

El día estaba nublado y Teddy, aburrido. Todo en Inglaterra era aburrido. Se sentó frente a la ventana y vio pasar corriendo a la mujer del final de la calle. ¿Cuál era su nombre? Pencil o algo así, ¡qué más daba! Ella lo vio en la ventana y lo saludó alegremente. Teddy suspiró y le devolvió el saludo para no resultar grosero.

Luego fue en busca de su padre, que estaba trabajando, moviendo el ratón del ordenador que había instalado en la oficina.

—¿Qué pasa? —preguntó distraído cuando entró su hijo.

—Estoy aburrido.

—¿Aburrido? —Sam lo miró y alzó una ceja—. Tienes todo el día para no hacer nada más que jugar, no puedes estar aburrido. ¿Qué hay de todos tus videojuegos?

—Son aburridos.

—¡Vaya! Me alegra haber gastado todo ese dinero para comprártelos.

Teddy frunció el ceño. Su padre *nunca* se enteraba de nada.

—¿Por qué no vas a ver a la niña de al lado?

—No me gusta.

—No la conoces.

—Siento que no me gusta.

Su padre suspiró, como si Teddy estuviera siendo difícil.

—¿Y qué hay del perro? —preguntó después—. Puedes jugar con el perro.

—No lo he visto —respondió Teddy con pena, porque usualmente Jack aparecía en algún momento del día—. Creo que la niña lo ha robado.

—No empieces. La niña no ha robado nada —afirmó su padre, quien, por alguna razón desconocida, estaba convencido de que la niña no robaría a Jack, cuando *sin duda* iba a hacerlo—. Puede que esté en casa del señor Hammersley.

—¿Puedo ir a casa del señor Hammersley? —preguntó Teddy, porque tal vez eso fuera algo interesante para hacer.

Su padre volvió a suspirar, como si estuviera siendo difícil.

—Supongo. Pero no lo fastidies mucho.

—¡Adiós, papá! —Teddy se levantó de un salto y salió corriendo de la habitación.

—¡Y mira si consigues que venga a la barbacoa! —exclamó su padre.

Alguien llamó a la puerta.

Bill levantó la vista del lugar en el que había estado a punto de servirse una taza de té y frunció el ceño. Jack, que había estado hecho un ovillo en el suelo, fue corriendo hacia la entrada y ladró animado.

Bill masculló por lo bajo. Porque, en serio, nunca había habido tanta gente que llamara a su puerta. No quería hablar con nadie. ¿No podían simplemente dejarlo *en paz*?

Jack saltó en el lugar y golpeó la manija de la puerta como si deseara poder abrirla.

—No hace falta que te emociones tanto —le dijo Bill con desaprobación.

Jack tuvo el descaro de no verse ni un poco apenado por el modo en que estaba actuando.

—Ten algo de *dignidad* —bufó Bill por lo bajo y espió por la mirilla de la puerta.

Era el niño estadounidense, el nuevo vecino. Bill se preguntó si los estadounidenses llamaban constantemente a las puertas de sus vecinos, perturbando toda su paz y tranquilidad. ¿Sería así en adelante? Suspiró con pesadez y, resignado, abrió la puerta.

—¿Qué pasa? —soltó hoscamente.

—Hola —saludó el niño y rio ligeramente cuando Jack se acercó dando brincos y procedió a lamerlo, mucho.

«Dignidad», pensó Bill, avergonzado por Jack.

—Me preguntaba si Jack podría salir a jugar —agregó el chico mientras acariciaba a Jack con entusiasmo.

—Jack no es mío —afirmó Bill, bruscamente—. Hace lo que le apetece.

—Así que... ¿está haciendo más figuras de esas tan geniales? —preguntó el niño.

—Tallar. Se llama «tallar».

—Los pequeños dragones son fantásticos. Creo que debería hacer hechiceros que vayan con ellos.

—Hechiceros... —repitió Bill sin expresión. ¿De qué demonios hablaba ese crío?

—Creo que los dragones necesitan hechiceros. Podrían ser las mascotas de los hechiceros —afirmó el pequeño.

—Los dragones no son mascotas —replicó de inmediato Bill, y luego se preguntó por qué narices estaba manteniendo esa discusión—. Dejémoslo. Llévate a Jack. —Y regresó adentro.

—¡Ah! —agregó el pequeño e hizo que Bill se detuviera—. Mi papá quiere saber si usted vendrá a la barbacoa.

—Ya he dicho que no.

—Sí, pero... —el chico se encogió de hombros.

—No me rodearé de extraños para comer perritos calientes.

El niño frunció el ceño, elevó el mentón y enderezó los hombros, con esa testarudez que Bill recordaba.

—Yo también creo que la barbacoa es estúpida, pero mi papá está muy emocionado con ello, así que no tiene derecho a ser tan odioso al respecto. ¿De acuerdo? Él solo intenta ser amable.

Y con eso el niño se dio la vuelta, bajó los escalones de la entrada con firmeza y cruzó el jardín.

Jack permaneció en la entrada un segundo más, mirando a Bill y al niño alternativamente, antes de soltar un ladrido y seguir al pequeño.

Bill frunció el ceño y pensó: «Estadounidenses chiflados... Nunca habíamos tenido ninguno de estos problemas antes de que aparecieran», y cerró la puerta de un golpe.

Sam ahora tenía una lista de la compra que decía: «perritos calientes, hamburguesas, panecillos, ingredientes para ensalada de remolacha (ajo, vinagre blanco, mostaza de Dijon, cebolleta, aceite de oliva, piñones, lechugas variadas), muchas patatas chips, ALCOHOL».

La miró un momento y luego agregó: «También bebidas no alcohólicas», al final, porque supuso que debería tener algo que fuera más apropiado para personas como su hijo de ocho años. Y solo porque él pensara que necesitaba mucho alcohol no significaba que tuviera que hacer suposiciones por los demás.

Encontró a Teddy revolcándose por todo el jardín, mientras Jack estaba sentado, mirándolo.

—¿Qué haces? —preguntó Sam.

Jack, al verlo, se le acercó de inmediato, saltando, para darle una bienvenida propia de una deidad materializada repentinamente en la Tierra.

—Sí —le dijo Sam, e intentó acariciarlo mientras el perro se contorsionaba en un saludo tan eufórico que se hacía casi imposible llegar a rascarle bien la cabeza—. Hola, ¿qué haces?

—Estoy enseñándole a Jack cómo revolcarse —respondió Teddy, tendido de espaldas en el césped.

—Creía que Jack ya sabía cómo hacerlo.

—Parece haberlo olvidado.

—Si tú lo dices... —señaló Sam—. Yo lo que creo es que tú te revuelcas y que Jack piensa que te ves ridículo.

—¡Jack no piensa que me veo ridículo! —protestó Teddy.

Sam se le acercó para mirarlo desde arriba.

—No, tienes razón, probablemente esté impresionado por el talentoso ser humano que eres.

Teddy sonrió.

—Por cierto... ¿sabes si Jack sabe algo de *cosquillas*? —agregó Sam repentinamente antes de caer al césped para darle un ataque de cosquillas a su hijo.

Teddy se rio a carcajadas, Jack corrió alrededor de ellos ladrando y Sam pensó que ese era, de lejos, el momento más bonito que habían tenido en Inglaterra hasta entonces. Quizás el mejor momento que habían tenido en *años*.

Sam se desplomó en el césped junto a Teddy y miró el cielo gris sobre sus cabezas. Jack se echó junto a ellos. La cabeza de Teddy estaba rozando el hombro de Sam y resultaba agradable, reconfortante. Sam había estado mucho tiempo sintiendo que corría a toda velocidad solo para mantener el ritmo de todo lo que debía hacer. No podía recordar la última vez que se había quedado quieto para respirar y permitirse sentir lo milagroso que era tener un hijo y que ese hijo fuera Teddy.

—Me alegra que estés aquí conmigo —soltó de repente.

—¿Dónde iba a estar si no? —preguntó Teddy con desconcierto.

—Muy pronto, en algún otro lugar... —respondió Sam y besó la cabeza de Teddy antes de levantarse del césped. No era algo tan fácil de hacer como antes—. Venga, tenemos que ir de compras.

—¿De compras para qué?

—Para la fiesta. La fiesta superdivertida que daremos en este mismo jardín en unos días.

Teddy suspiró exageradamente, pero se levantó y le habló a Jack.

—Debes regresar con el señor Hammersley. Papá y yo tenemos que ir *de compras*.

Jack movió la cola y luego se escabulló a través de la cerca que no lindaba con el jardín del anciano.

—Probablemente vaya a ver a esa niña —comentó Teddy con amargura.

—Lo que puede hacer perfectamente, porque Jack es de todos, ¿recuerdas?

—Supongo —resopló el niño mientras se dirigían adentro, juntos—. Bueno, ¿y qué compraremos en la tienda? ¿Helado?

Sam, justo después de guardar la lista de la compra en su bolsillo, la volvió a sacar y, al final de todo, escribió: «¿¿¿Postre???».

Sam había crecido en Inglaterra, así que uno habría creído que podía recordar dónde estaba todo en un supermercado inglés. Por ejemplo, debería haber recordado que no conservaban los huevos refrigerados en los supermercados ingleses. Sin embargo, no lo recordó, hasta que se topó con ellos.

—¿Por qué están aquí? —preguntó Teddy—. ¿No los guardan en la nevera? ¿Eso es seguro?

—Está perfectamente bien. ¿Lo harían si no fuera seguro? ¿Desde cuándo te preocupa tan apasionadamente la temperatura de los huevos?

—No sabía que *tuviera* que preocuparme —respondió Teddy—. Inglaterra hace que tenga que preocuparme por cosas extrañas.

—Tienes razón. Bueno, ¿dónde crees que tienen la remolacha? Con las verduras, ¿no?

—¿Remolacha? ¿Qué quieres hacer con eso? —Las cejas de Teddy habrían salido volando de su frente si hubiera sido posible.

—Una ensalada.

—¿Ensalada? La ensalada necesita lechuga, no remolacha.

—Estoy siendo *impresionante*. Una ensalada con lechuga no es impresionante. Una con remolacha, sin embargo...

—Es asquerosa.

—Será deliciosa. Y saludable.

—¡Ah! Precisamente como toda la comida que siempre comemos.

—Serás insufrible en la adolescencia —afirmó Sam.

—¿Esto tiene que ver con la tía Ellen? Apuesto a que ella está detrás de la remolacha. Es decir, ¿a quién intentamos impresionar siquiera?

—A nuestros invitados.

Teddy se encogió de hombros, como si causar buena impresión a sus invitados no fuera algo muy relevante en su lista. Y probablemente Sam tendría que haber elogiado esa falta de deseo por amoldarse y destacar ante los demás, pues quería que Teddy creciera siendo auténtico, sin miedo de lo que las personas pudieran pensar de él. Sí, eso era realmente lo que quería.

Pero también quería causar buena impresión a sus vecinos.

—¿Ves eso? —dijo entonces. Y dibujó un círculo en el aire frente al rostro dudoso de Teddy—. Esta es exactamente la clase de negatividad que estamos tratando de eliminar con esta fiesta.

—Es solo que no creo que la remolacha sea una buena forma de impresionar a nadie, papá. Es decir, no a la clase de gente de la que querrías ser amigo. No a gente *divertida*. Estoy *realmente* preocupado por ti —dijo seriamente—. Eres muy malo haciendo amigos.

—Insolente. Eres un niño insolente. Y prepararé una ensalada de remolacha rallada, que creo que suena muy *impresionante*.

—Si tú lo dices... —respondió su hijo, con su marca especial de escepticismo firmemente intacta.

—Lo digo. —Sam se negó a inquietarse—. Corre y busca galletas de chocolate para el postre y nos encontramos en la sección de las verduras. Y deja de refunfuñar. No puedes refunfuñar cuando vas en busca de galletas de chocolate, tienes que sonreír.

Teddy le enseñó una sonrisa angelical.

—Malcriado —dijo Sam y le dio un golpecito cuando el niño pasó por su lado.

Teddy sonrió y luego emprendió la búsqueda de las galletas.

Sam consideró si debía ofrecer algo mejor que galletas de chocolate. Quizás helado para acompañarlas. Hornear un pastel probablemente fuera demasiado para él. Probablemente debía atenerse a una sola misión apabullante: la ensalada de remolacha rallada.

Con renovada determinación de afrontar la remolacha, se acercó a la sección de frutas y verduras. Allí, pronto descubrió que la remolacha, en su forma natural, era aterradora y parecía que requiriera mucho esfuerzo para ser considerada comestible. La miró de nuevo y se preguntó si debía cambiar a la receta de berenjenas.

Y fue entonces que una mujer a su lado lo interrumpió.

—Disculpa. Estás mirando muy enfadado la remolacha y claramente tienes algo que debatir con ella, pero si pudiera interrumpirte solo un segundo para agarrar unas zanahorias...

—¡Ah! Por supuesto —dijo Sam de inmediato—. Lo siento. Culpa mía. —Y se alejó un poco.

No dejó suficiente espacio para que la mujer alcanzara las zanahorias y ella tuvo que rozarlo al pasar, lo que hizo que Sam fuera consciente del perfume que usaba, fresco y ligero. Después se giró hacia él, con las zanahorias en la mano, y sonrió. Tenía una sonrisa radiante, los ojos brillantes y el pelo, rojo intenso, sujeto bajo una boina.

Sam, parado entre vegetales, aferrado a una receta inútil y contemplando lo absurdo de la remolacha, tuvo un momento que había experimentado solo una vez antes en su vida, un momento de «¡Ah! Eres tú», como si hubieran quedado en encontrarse allí, en ese supermercado, como si hubiera debido decir «Hola, ¿me recuerdas?», a pesar de que eran, en teoría, completos desconocidos.

La mujer blandió sus zanahorias como un breve saludo en dirección a Sam y dijo «¡Adiós!», y Sam pensó que eso era todo: ella se alejaría con sus zanahorias y él regresaría a la remolacha. El ritmo del mundo volvería a correr y Sam se encontraría siguiéndolo a toda prisa otra vez, desesperadamente, para poder seguir adelante...

Y a causa de ese pequeño instante en ese supermercado, mirando a esa mujer pelirroja con una bolsa de zanahorias, Sam pensó que todo estaba lo bastante tranquilo como para que se notara su respiración, así que decidió romper el silencio:

—La remolacha y yo estamos negociando. —Lo que... tenía algún sentido como frase seductora en algún universo paralelo que no era ese, supuso Sam.

A pesar de todo, provocó lo que él esperaba y mantuvo a la mujer suspendida en ese momento, en lugar de precipitarse dentro del ritmo normal de la vida.

—¿Lo estáis? —dijo—. ¿Sobre qué? —Y le sonrió. Tenía adorables hoyuelos.

Por un momento Sam olvidó aquello de lo que se suponía que debía estar hablando.

—He oído decir que la remolacha es una dura negociadora —agregó la mujer—. No te aconsejo tenerla enfrente para negociar los términos de ningún acuerdo. —Parecía muy seria al respecto.

Esa mujer era loca o encantadora. Posiblemente ambas cosas.

«Remolacha», recordó Sam y le sonrió sin poder evitarlo.

—Sí, bueno..., se supone que debo convertir esto —señaló a los ofensivos tubérculos— en algo comestible.

La mujer los miró brevemente y luego otra vez a Sam, lo que este prefirió. Seguía sonriendo, lo que Sam también prefirió.

—La clave es el beicon —afirmó ella.

—Y retirar los tallos, imagino. ¿No? —Sam había vuelto a mirar la remolacha.

La mujer rio. Y no, Sam no estaba siendo ridículo al decidir que esa risa estaba compuesta de besos de cachorritos y arcoíris.

—Vale, ya veo, comenzamos realmente por lo más básico.

—La verdad es que no preparo remolacha con mucha frecuencia —confesó Sam, con una ligera inclinación hacia ella.

—¿No? —La mujer alzó una ceja—. ¿Y por qué hacerlo ahora?

—Intento ser... impresionante.

—¿La remolacha es impresionante? —La sonrisa de ella se amplió, con un extremo de sus labios torcido.

—¿No lo es? —replicó Sam—. ¿No te impresionaría que alguien lograra someter eso?

Ella miró el carro de Sam.

—Me impresiona más alguien que ha decidido proveerse de todas las clases de patatas chips que hay en esta tienda.

—Bueno, pero la remolacha equilibra las patatas —afirmó Sam—. Si comes remolacha, puedes comer tantas patatas chips como desees. Además, alguien con el carro lleno de salchichas alemanas no debería estar juzgándome.

—¡Vaya! Parece que la conversación sube de tono... —La mujer sonrió con sus hoyuelos marcados.

—Lo siento —respondió Sam, inocente—. No debería haber mencionado tus preferencias en salchichas tan pronto, ¿verdad?

—¡Ah, no! *Eso* habría estado bien —afirmó la mujer—. Es mi preferencia para la cena la que no debiste haber criticado.

Sam rio. Estaba de pie en medio de la sección de verduras de un supermercado, un viernes por la tarde, con un carro lleno de hamburguesas, perritos calientes y todos los tipos de patatas chips del establecimiento, y miró a esa mujer con una zanahoria en su mano y pensó: «¿Repetimos esto algún día?», lo que sonó ridículo incluso en su mente. «¿Vienes aquí con frecuencia?» también le pareció ridículo. Necesitaba algo desenfadado y encantador. Con certeza, «Ven a mi casa y te prepararé remolacha» rayaba lo espeluznante.

Fue entonces que Teddy se acercó con curiosidad.

—¿Hola?

Sam se sorprendió y miró a su hijo, que sostenía unas galletas de chocolate y miraba alternativamente a Sam y a la mujer. Luego miró a su padre de nuevo y alzó las cejas con su expresión de pequeño sabelotodo de ocho años.

—Hola —dijo Sam—. Hola.

Las cejas de Teddy se alzaron aún más.

—Encontraste las galletas de chocolate —agregó su padre.

—Sí. —Teddy las colocó en el carro y miró intencionadamente a la mujer con las zanahorias.

—Buena elección —comentó ella—. Son mis favoritas.

—Mejores que la remolacha —respondió el niño.

La mujer le sonrió a Teddy y lo terrible de la situación fue que esa sonrisa hacia Teddy fue, para Sam, lo mejor de toda la tarde. Cualquier mujer podía sonreírle a él, pero una mujer capaz de sonreír a Teddy le estaba sonriendo a la persona más importante de su vida.

—Dale una oportunidad a la remolacha —dijo ella—. Es una gran negociadora.

Teddy pareció perplejo.

—Buena suerte con tu negociación —agregó mirando a Sam—. Espero que logres formar una alianza. Acuérdate del beicon.

—Sí. Y tú disfruta de tus zanahorias y de tus salchichas alemanas. —«¡Ay, por Dios!», pensó, «que se me trague el supermercado ahora mismo».

—Gracias —respondió ella con una sonrisa y luego siguió adelante, empujando su carro entre las frutas y las verduras, hacia el siguiente pasillo.

Sam la observó.

—¿Quién era? —preguntó Teddy.

—No tengo ni idea. Una mujer que quería zanahorias.

—Tendrías que haberla invitado a tomar un café —afirmó Teddy con franqueza.

Sam, a punto de levantar una remolacha de la pila, la dejó caer y tiró, sin querer, unas cuantas al suelo. Las ignoró y miró a su hijo.

—¿Y por qué iba a invitarla a tomar un café?

—Porque te gusta.

—No me gusta. Acabo de conocerla.

—Estabas sonriéndole demasiado, ha sido vergonzoso.

—Estás exagerando. —«¡Ay, Jesús!», pensó.

Teddy se mostró apropiadamente dudoso. Sam se agachó y recogió los tubérculos entre sus brazos.

—¿Qué haremos con toda esa remolacha? —preguntó su hijo—. ¿Es la cantidad que necesitamos para la ensalada?

—No lo sé —respondió Sam, distraído, y dejó caer los tubérculos de cualquier manera en el carro, donde probablemente aplastaron todas las patatas chips—. ¿Te parecería bien, quiero decir..., si yo... fuera a tomar un café con alguien?

Teddy lo miró y Sam supo que probablemente no deberían estar teniendo esa conversación en un supermercado.

—Papá —dijo el niño, como si fuera evidente, tan evidente como que Sam seguía siendo tan tonto como siempre—, ¿por qué no iba a estarlo? Quiero que seas feliz. Por supuesto que lo quiero. Es por lo que estoy aquí en Inglaterra, para que tú seas feliz.

Sam se acercó y de repente tomó a su hijo en un fuerte abrazo.

—Estás ahogándome —gimió Teddy.

—Malditas verduras —murmuró Sam sobre el pelo de su hijo—. Me ponen sensible.

—¿Qué? —preguntó Teddy.

—Quiero que ambos seamos felices —respondió Sam, liberó a su hijo y luego se agachó para estar a su nivel—. Quería darte... un nuevo comienzo. Y... familia. Más de la que yo podía darte solo y... Sé que sientes que todo ha sido por mí, pero yo...

—Está bien, papá —dijo Teddy con una mano en el hombro de Sam—. Lo sé. Lo entiendo.

—Lamento que odies este lugar, pero de verdad pienso que...

Sam no sabía cómo se veía, pero debía de ser patético, porque Teddy dijo:

—No odio este lugar. Está bien.

—¿En serio? —Sam le ofreció a Teddy lo que esperaba que fuera una versión más madura y adulta de su típica mirada dudosa.

—Sí. Al menos tenemos un perro aquí.

—No tenemos un perro —suspiró Sam.

—*Casi* tenemos un perro.

Sam pensó que ni siquiera valía la pena discutir por eso. En especial cuando el perro era lo primero que Teddy mencionaba al hablar de las cosas buenas de Inglaterra.

—Bien. De acuerdo. *Casi* tenemos un perro —concedió.

Teddy sonrió, triunfal.

—Bien. ¿Entonces podemos comprarle galletas para perro?

—De acuerdo. Tú ganas. —Sam resopló y se levantó.

—Gracias.

Caminaron el uno al lado del otro por un segundo. Sam pensó que tenía que consultar su lista de la compra, pero en ese momento le pareció lo menos importante del universo. Habían pasado demasiadas cosas en ese supermercado.

—Es probable que vuelvas a verla —dijo Teddy finalmente.

—¿Tú crees?

—Sí. ¿Quién va solo una vez al supermercado? Cuando vuelvas a verla, sé valiente e invítala a tomar un café.

—No aceptaré consejos sobre citas de mi hijo de ocho años.

—Deberías. La tía Ellen dice que eres un caso perdido.

—Sí, pero creo que voy progresando lentamente para dejar de serlo. Así que ahí lo tienes: pasito a pasito.

—Espera a que le hable a la tía Ellen de la mujer de la sección de verduras.

—¡Ay, Dios!

Capítulo 5

Cómo preparar remolacha.

Cómo preparar ensalada de remolacha con beicon.

Limpiar manchas de remolacha de la ropa.

Cómo evitar que lloren los ojos al cortar cebolleta.

La cebolleta es lo mismo que la cebolla.

Qué puedo usar como rallador si no tengo rallador.

Billetes de avión a Fiji.

—Teddy —dijo Sam cuando su hijo apareció en la cocina—, nos mudaremos a Fiji.

—Acabamos de llegar aquí y cuando llegamos me dijiste que te recordara que empaquetar es horrible y que lo único peor que empaquetar es desempaquetar y que te lo recordara si alguna vez decías que volveríamos a mudarnos.

—No me importa. Nos mudaremos a Fiji. Fiji es bonito. Te gustará.

—¿Qué hay en Fiji?

—¡Sol! —respondió Sam fervientemente mientras miraba hacia fuera, donde llovía con fuerza. Ni siquiera era una amable llovizna a la que Sam podía esperar que sus invitados se enfrentaran, sino toda una tormenta del tipo que decía «Si sales, una furiosa riada podría llevarte por delante».

—Tal vez debamos suspender la fiesta —dijo Teddy al mirar la lluvia por la ventana.

—No. —Sam picaba con determinación remolacha en trozos muy pequeños, porque seguro que eso era igual que rallarla—. No cancelaremos la fiesta de ningún modo.

—Pero es una barbacoa, papá. Se supone que vamos a estar fuera.

—Pues estaremos dentro. Será una barbacoa de interior. Será una *aventura*.

Se hizo un momento de silencio.

—Quizá tendríamos que haber puesto una fecha alternativa en caso de lluvia —comentó Teddy.

—Sí —coincidió Sam y picó con más energía—. Probablemente debimos haberlo hecho.

—¿Qué haces?

—Estoy rallando remolacha. Estoy rallando remolacha a pesar de que no tenemos rallador, pero he decidido que con esto basta. Al fin y al cabo, ¿quién ha oído hablar de remolacha rallada?

—Creo que deberíamos renunciar a la ensalada de remolacha.

—¡No después de haber llegado tan lejos!

—Apesta. —Fue la apreciación de Teddy.

—No eres el hijo más alentador del mundo, ¿sabes? —le informó Sam.

—No te ayudaría si no te dijera que no sirvas eso a gente que no conoces —comentó su hijo con la nariz fruncida—. Sé que quieres impresionar a los vecinos, papá, pero creo que no es la forma adecuada de conseguirlo.

—Ya... —Sam miró su ensalada de remolacha—. Se van a llevar una mala impresión, ¿verdad?

—Un poco —coincidió Teddy.

—¡Ay, ensalada de remolacha, apenas te conocimos!

—Eres tan raro... —afirmó Teddy.

—Te lo dije —estaba diciéndole Anna a Marcel—. Sé que te lo dije.

—¿Que teníamos que ir a socializar con unos desconocidos en medio de una lluvia torrencial? No, no me lo dijiste.

Anna resopló con impaciencia.

—Bueno, no sabía que llovería en el momento en que te hablé de la invitación.

—¿Y quiénes dices que son?

—Los que se mudaron donde vivían los Thurston. —Anna le frunció el ceño a su blusa, decidida a cambiársela por otra. Todo la hacía verse gorda últimamente; debía dejar de comer tanto chocolate.

—No solíamos tener que hablar con los Thurston —señaló Marcel.

—¿Podrías dejar de quejarte? —indicó Anna mientras pasaba una nueva blusa por su cabeza—. Ni que estuviera llevándote frente a un pelotón de fusilamiento. Mira, si no quieres ir, no vayas.

—No quiero ir —afirmó Marcel.

—Pues no vayas —sentenció Anna.

Emilia comenzó a tocar la batería, algo que hacía cuando ellos discutían.

Anna suspiró y frotó su frente, donde comenzaba una jaqueca; la batería no ayudaba, la discusión con Marcel no ayudaba, la lluvia no ayudaba y, por supuesto, la condenada fiesta de los vecinos no ayudaba.

—¿A qué viene tanto interés por asistir a esa fiesta? —preguntó Marcel.

—No tengo ningún interés, de verdad. No empieces. No ocurre nada sospechoso. —Consideró su elección de zapatos. ¿Qué zapatos serían adecuados para estar entre lodo y charcos de agua?

—A mí *sí* me parece algo sospechoso. Cuando yo quise que fuéramos unos días de viaje no mostraste ni una pizca del interés que muestras ahora con asistir a esa fiesta.

—Porque un viaje habría costado dinero y estamos intentando ahorrar. —Anna apartó unos calcetines de su camino para alcanzar su perfume.

—¿Para qué? —preguntó Marcel.

—¿Qué? —preguntó Anna mirándolo, con el perfume aún en su mano.

—¿Para qué estamos ahorrando?

—¿Qué quieres decir?

—¿Cómo dice el dicho? ¿«Ahorrar para cuando vengan días malos»? —Marcel señaló la lluvia en el exterior.

—Ese dicho no habla del tiempo, Marcel. Realmente tenemos mucho por lo que ahorrar: para el futuro de Emilia, para nuestro futuro. No sabemos durante cuánto tiempo tendremos nuestros trabajos ni durante cuánto tiempo nos pagarán por...

—Tampoco tenemos razón para creer que perderemos nuestros trabajos. Estás creando problemas donde no los hay.

Anna dejó el perfume con un duro golpe y habló por lo bajo en un tono furioso.

—¿Ya no te acuerdas de estar sin dinero para comer antes de terminar la semana? ¿De contar cada centavo para intentar conseguir suficiente leche para Emilia?

Marcel se acercó a ella y le rodeó las manos con las suyas, como si eso fuera a calmarla, como si eso pudiera hacerle olvidar la interminable invasión de pánico, al tumbarse sin poder dormir, preocupada por la niña que había traído al mundo y por cómo la alimentaría.

—Lo recuerdo —afirmó Marcel—. Por supuesto que lo recuerdo. Pero fue hace mucho tiempo. Emilia ya es prácticamente adulta, y tiene suficiente leche y cualquier otra comida que desee. No podemos retroceder en el tiempo y darnos dinero para pasar aquellos días, pero tampoco necesitamos hacerlo. Lo hemos superado.

Anna, después de un momento, apartó sus manos de las de Marcel. La casa estaba en silencio. Emilia había dejado de tocar la batería, aunque la lluvia contra la ventana parecía como un eco persistente de la misma. Anna estaba a salvo, pero en su interior persistía el recuerdo de estar vacía y hambrienta, y no comprendía cómo Marcel podía olvidarlo tan fácilmente.

—Iré a conocer a nuestros nuevos vecinos —dijo con serenidad.

Max, al bajar las escaleras y encontrar a Arthur escondiéndose literalmente *dentro* de las cortinas de la ventana delantera, se echó a reír.

—¿Qué haces?

Arthur, envuelto en su cortina, no apartó la vista de la ventana.

—Estoy viendo quién es el primero en llegar a la fiesta.

—Y estás envuelto en tela porque...

—Porque no quiero que nadie me vea, *obviamente.* —Arthur lo fulminó con la mirada.

—Cariño, estoy bastante seguro de que aún pueden verte, solo pareces un lunático al que le gusta vestir cortinas.

—No pueden verme —negó Arthur—. Soy sigiloso.

—Culpa mía —concedió Max y se acercó a la ventana para mirar.

—No puedes quedarte aquí parado *abiertamente* —dijo Arthur agarrándolo y metiéndolo en la cortina con él.

—Esto es muy romántico —le dijo Max—. ¿Vamos a tener una sesión de besuqueos?

—Nada de besuqueos a la vista —le informó Arthur con remilgo.

—Eres muy cruel. Vete y devuélveme a mi agradable esposo.

—Cállate —protestó Arthur y se inclinó hacia su marido para volver a mirar por la ventana, pero quizá también se acercó más para acurrucarse a él.

Max decidió no señalar que estaban acurrucándose, porque pensó que así sería menos probable conseguir ningún beso.

—¿Ha llegado alguien ya?

—Aún no.

—Bueno, aún es temprano. —Max intentó mirar su reloj entre los confines de la cortina—. Nadie quiere ser el primero en llegar a una fiesta.

—Exacto —afirmó Arthur—. Por eso estoy mirando.

Max dejó que el silencio se extendiera, mientras veía a Arthur mirar por la ventana.

—¿Y si todos estamos en nuestras ventanas mirando quién es el primero en llegar y ninguno de nosotros va hasta que alguien más lo haga, de modo que nadie va nunca? —dijo luego.

—No seas absurdo —replicó Arthur—. Eso no puede pasar. —Una pausa—. No, espera, ¡puede que sea exactamente lo que está pasando!

—Sí —coincidió Max. Arthur se quedó en silencio un momento más.

—Es solo que... si vamos ahora... ¿de qué hablaremos? ¿De *qué*?

—Probablemente del clima —respondió Max.

—De acuerdo. «¡Dios, qué clima tan terrible!». «Sí, horrible». «Pero he oído que en unos días sale el sol». «¡Ah! ¿De veras?». ¿Y luego qué?

Max rio detrás de la oreja de Arthur.

—Realmente, cariño, tu habilidad para conversar es... ¿Cómo pudiste conquistarme?

—No recuerdo que mis habilidades comunicativas tuvieran nada que ver en eso.

—Aquí tienes razón. —Max volvió a reír.

—¡Oh! —Arthur se acercó más a la ventana.

—Con cuidado. Te verán.

—Los Basak. Los Basak son los primeros en llegar.

—Debí haber apostado —señaló Max.

—Él lleva algo. Creo que llevan comida. ¿Teníamos que llevar comida a esa cosa?

—Creo que tenemos algunos pastelillos de chocolate y mermelada de naranja —respondió Max tras considerarlo.

—Tendrán que bastar —dijo Arthur sombríamente, como si estuviera preparándose para la batalla—. Andando.

En la casa Basak, Diya tenía un bol más grande que su propia cabeza en el que estaba colocando cuidadosamente una gran cantidad de *pakoras*. De hecho, Diya tenía muchos cuencos más grandes que su propia cabeza, ya que pasaba mucho tiempo llevando grandes cantidades de comida a la gente.

—¿Tú crees que querrán *pakoras*? —preguntó Darsh—. No son indios.

—Todo el mundo quiere *pakoras* —respondió Diya mirando fijamente a su marido.

—Si tú lo dices... ¿Estás segura de que la fiesta sigue en pie? —Él miró hacia fuera, a la lluvia torrencial.

—Claro. Si no, ¿qué haría con todas estas *pakoras*?

—Estoy seguro de que les encontrarías una utilidad —remarcó Darsh.

Diya dejó el bol en los brazos de su marido, caminó hacia la escalera y gritó hacia arriba.

—¡Pari! ¡Sai! ¡Hora de irse!

Sai bajó las escaleras con su pelo sobre los ojos.

—Quisiera que te cortaras el pelo —dijo Diya—. Darsh, deberías llevarlo a que le corten el pelo.

—¿*Llevarme*? ¡No tengo cinco años!

—Los veterinarios necesitan llevar cortes más serios, hijo —afirmó su padre.

—Es verdad. Es más, no estoy segura de que la prima de Anika te deje ser su sombra con el pelo así.

—¿Ser su sombra? —preguntó Darsh.

—Así es como Anika dijo que se llamaba —explicó Diya.

—¿Ya has *hablado* con ella? —preguntó Sai, con los ojos como platos.

—Por supuesto. Sé lo interesado que estás al respecto y no quería que perdieras la oportunidad.

—Mamá... —dijo Sai y luego suspiró con pesadez.

—¿Qué? Será bueno para ti.

—Creo que así podrás ver si te gusta —agregó Darsh—. Eres muy afortunado al tener una oportunidad como esa.

—Sí —coincidió Sai, sombrío.

Diya le frunció el ceño; sin embargo, en lugar de decirle nada, giró hacia las escaleras y volvió a gritarle a Pari.

—Yo no iré —anunció Pari de brazos cruzados tras aparecer en lo alto de la escalera.

—¡¿Tú qué?! —Diya la miró con las cejas en alto.

—No iré. El niño y yo estamos en guerra por Jack, así que no puedo...

—Nada de guerras —dijo Darsh, inclinado frente a Diya para poder ver a su hija—. Aquí no hay ninguna guerra. No tienes ni idea de lo que es la *verdadera* guerra.

—No lo pongas tan difícil, Pari —pidió Diya—. Tu hermano no está haciendo ningún berrinche por tener que ir a la fiesta.

—Porque Emilia estará allí —resopló Pari.

—¡¿Qué?! —chilló Sai.

—¿Emilia? ¿Quién es Emilia? —preguntó su madre.

—¿Es esa chica polaca que vive al final de la calle? —preguntó Darsh—. ¿Ella estará allí?

—Probablemente —respondió Diya—. Todos los vecinos estarán allí. ¿Pero por qué le importaría a Sai?

—Bueno... —dijo Sai y apartó el pelo de sus ojos.

—Entiendo que es alguien de la edad de Sai con quien podrá hablar. Debes ser amable con ella, hijo. Recuerda que nunca hay necesidad de ser grosero —agregó Darsh.

—Correcto —coincidió Diya—. Sé amable. Intenta no presumir mucho con que serás veterinario.

—Mamá, si ni siquiera estoy en la universidad aún —señaló Sai.

Diya sacudió una mano en el aire para desestimar la ridícula protesta, porque eso era una simple *formalidad*. Luego volvió a dirigirse a su hija.

—Tú bajarás esas escaleras en este preciso instante, irás a esa fiesta con nosotros, todos seremos amables con todos los vecinos y ya no tendremos que volver a hablar con ellos.

Pari, refunfuñando con cada paso, se arrastró escaleras abajo.

—Bien. Vámonos —dijo Diya y guio a la familia fuera de la casa, hacia la lluvia.

El primer sonido del timbre hizo que Sam se diera cuenta de que *eso* estaba sucediendo realmente.

—¡Dios! Vamos a dar una fiesta —le dijo a Teddy, y este lo miró con su expresión de «¿Cómo puedes ser tan tonto?».

Sam no quería decirle a su hijo que, en realidad, nunca había organizado una fiesta. Había dado algunas con Sara, por supuesto, pero habían sido cosa de Sara, más que nada. Al igual que hacer amigos también había sido cosa de Sara.

Tal vez Teddy se sentía a la deriva en Inglaterra, un lugar que apenas conocía, y tal vez Sam técnicamente estaba de vuelta en casa; sin embargo, en lo de ser dos padres a la vez y tener que ser bueno en todo, Sam también iba a la deriva, porque ya no tenía a nadie para complementar sus puntos débiles.

Sam miró alrededor de la cocina, que era un absoluto desastre, y luego tomó una decisión.

—Los mantendremos a todos en el salón y el comedor.

Mientras caminaba por el pasillo para abrir la puerta, miró la sala de estar y el comedor, ambos eran apenas funcionales y ambos estaban a medio decorar, porque Sophie y Evie no habían tenido tiempo de terminar. Probablemente debería haberlos decorado para la fiesta.

Sam le abrió la puerta a la familia india del otro extremo de la calle: la mujer que ya había conocido, la niña de la edad de Teddy, quien supuso que era el marido y un chico adolescente.

—Hola —dijo, con su radiante sonrisa intacta—. ¡Bienvenidos!

—Hola —respondió la mujer y Sam revolvió su memoria para intentar recordar si sabía su nombre—. Este es mi esposo Darsh.

—Hola —dijo Sam al hombre, que cargaba el bol más grande que Sam hubiera visto jamás—. ¿Quiere que... le sostenga esto?

—Por favor —afirmó Darsh con una sonrisa. Sam tomó el bol, cuyo contenido era más pesado y extraño de lo que él había anticipado.

—Son *pakoras* —explicó la mujer—. Pensé que agradecería un poco de comida.

—Más de lo que se imagina... Pasad, pasad. —Miró al adolescente y dijo—: Hola, soy Sam.

—Sai —respondió el adolescente apartándose el pelo de los ojos.

—Bueno... —continuó Sam mientras llevaba el bol a la cocina—, ¿puedo ofreceros algo de beber?

Todos lo siguieron a la cocina, que no había sido precisamente la intención de Sam, ya que olía a remolacha y también se veía como si una bomba compuesta totalmente de remolacha hubiera estallado en ella.

«Debí haber encendido una vela», pensó. Y luego: «¿Tengo alguna vela?».

Toda la familia miraba la cocina y Sam pensó que quería meterse bajo una roca, solo que no sabía de ninguna lo bastante grande.

—Acomodándose, por lo que veo —comentó la mujer.

—Poco a poco —admitió Sam—. Son muchas cajas. —Miró a Teddy y a la pequeña niña india, cuyo nombre no estaba seguro de haber escuchado tampoco, que básicamente estaban confrontándose—. ¿Juegas a videojuegos? —preguntó, con esperanzas de tener una respuesta afirmativa.

—Los videojuegos son estúpidos —dijo la niña.

—De acuerdo.

—¡Pari! —advirtió su madre, lo que resolvió el problema del nombre de la pequeña.

—Sai sí juega a videojuegos —afirmó Darsh.

—¡Ah! Bien. —Sam miró al adolescente, que asintió—. Teddy es muy bueno en algunos juegos muy... inspiradores.

—¿Inspiradores? —preguntó la mujer. Sam realmente necesitaba descubrir su nombre.

—Todos tienen nombres como *Extinción Masiva* —explicó Sam.

—¡Me encanta *Extinción Masiva*! —comentó Sai.

Sam había esperado encontrarle un amigo a Teddy, pero no había imaginado que sería un adolescente. Fuera como fuese, Sai y Teddy subieron a jugar a videojuegos y su madre le ordenó a Pari que se uniera a ellos.

Sam estaba intentando decidir si debía volver a ofrecerles bebidas cuando el timbre sonó otra vez.

Era la pareja gay, que al parecer había escogido el peor momento para cruzar la calle, porque parecían un par de ratas empapadas.

—Hola —saludó Max alegremente—. ¡Qué clima tan adorable!, ¿verdad? Él es Arthur. Y hemos traído pastelillos de chocolate y mermelada.

—¡Ah! —respondió Sam, que estrechó la mano de Arthur y aceptó los pastelillos—. Gracias. ¿Por qué no pasáis? Lamento la lluvia.

—No podías evitarla —respondió Max, animado—. Me gusta lo que has hecho con el lugar. ¿En esta pared vas a poner un estampado de cebra?

—Sí, bueno. Mis sobrinas son...

—¿Decoradoras? —sugirió Max.

—No. De hecho no lo son. Es por eso que no he terminado la oración, porque no estoy seguro de cómo acabé poniéndolas a cargo de la decoración.

Max rio.

—Max es artista —dijo Arthur.

—¡Ah! —Sam recordó la pintura roja que cubría a Max cuando se conocieron—. Cierto.

—Que no es lo mismo que ser decorador —continuó Arthur—, pero fue un alivio, porque él se ocupó de la decoración de nuestra casa.

—Porque tengo *criterio* respecto a la decoración —agregó Max—. La reacción de Arthur a todo era «lo que sea».

—No me importa de qué color son las paredes —afirmó Arthur. Sam sonrió.

—¿Queréis pasar a la cocina? Los, eh... —Sam notó que no sabía el apellido de la familia y no quería decir «los indios» porque eso le parecía grosero.

Afortunadamente, Max iba delante de él y al ver a la familia dijo:

—¡Diya! ¡Darsh! ¡Qué alegría veros de nuevo! —Lo que resolvió la cuestión del nombre de la mujer también, pensó Sam, aliviado.

—¿Alguien quiere algo de beber? —preguntó y dejó los pastelillos en la encimera, junto al bol de *pakoras*. Luego abrió la nevera para mostrar la selección de bebidas y se sintió complacido cuando todos escogieron. Entonces les ofreció vasos y luego todos se quedaron allí de pie, mirándose unos a otros, y Sam pensó: «Esta es la peor fiesta del mundo».

—¡Qué clima tan terrible!, ¿verdad? —dijo entonces.

—Se supone que dentro de unos días saldrá el sol —comentó Arthur.

—¡Ah! Bien.

Y eso agotó el tema del clima.

Todo iba genial.

—Me gustaría que te vistieras mejor —comentó Anna con nerviosismo, intentando fingir que no estaba nerviosa, mientras caminaban a la casa vecina para la fiesta.

—Mamá —dijo Emilia—, me visto bien.

—Podrías vestirte *mejor* si perdieras un poco de peso.

—¡Mamá! —repitió su hija.

—Solo me preocupo por ti. Sé lo duros que pueden ser los adolescentes.

—Mamá —dijo Emilia, con su rostro, normalmente pálido, enrojecido—, por favor, para.

—Bien. —Anna alargó la mano y tocó el timbre—. Solo digo que ahí fuera, en el mundo, es difícil y que un poco de sobrepeso no te hace ningún favor.

—¡Uf! —resopló Emilia y puso los ojos en blanco.

La puerta se abrió frente al hombre que Anna ya había visto algunas veces. Cabello lacio color arena, ojos claros y brillantes y sonrisa acogedora, vestido simplemente con pantalones vaqueros y camiseta. Anna sintió que se había excedido ligeramente con el vestido de verano que había escogido finalmente, pero luego decidió culpar al hombre por no ir mejor vestido, considerando que él era el anfitrión.

—Hola —dijo Anna y alargó una mano con elegancia—. Soy Anna Pachuta.

—Sam Bishop —respondió Sam y estrechó su mano.

—Y ella es mi hija, Emilia.

—Sí. Nos conocimos cuando entregué la invitación. Hola de nuevo, Emilia.

—Hola —saludó ella.

—Salid de la lluvia —invitó Sam y dio un paso atrás para dejarlas pasar—. Estábamos discutiendo lo horrible que está el clima y Arthur decía que parece que el sol saldrá en unos días.

—¡Ah! —comentó Anna, porque no sabía qué más decir—. Bien.

—El otro adolescente, Sai, está arriba con mi hijo y su hermana. Si quieres ir con ellos... No tienes que hacerlo si no te apetece, claro. Están jugando a videojuegos, si eso te ayuda a tomar la decisión.

—Iré arriba —respondió Emilia y salió disparada por las escaleras.

Anna no la culpaba. Ella tampoco sentía deseos de enfrentarse a todos esos vecinos.

Los Basak y la pareja gay estaban todos reunidos alrededor de la cocina, bebiendo diversas bebidas. Saludaron a Anna cuando entró, ella les devolvió el saludo, dejó que Sam le ofreciera una bebida y luego intentó no sentirse cohibida por el hecho de que los Basak y los hombres iban en pareja mientras que su marido no estaba allí y eso era, bueno, algo vergonzoso para ella.

En realidad, todo lo que Anna pretendía en la vida era no sentirse *avergonzada* y era terrible lo difícil que resultaba lograrlo. Terrible y agotador.

—¿Cómo está Marcel, Anna? —preguntó Diya Basak, como para refregarle el hecho de que su marido no estaba allí.

—Bien, bien —respondió—. Se sentía un poco resfriado hoy, de lo contrario estaría aquí. —Sintió que necesitaba explicarlo.

—Hace muy mal tiempo hoy... —comentó el hombre que Anna estaba bastante segura de que se llamaba Arthur.

—Sí —coincidió, como si no hubiera tenido ya una conversación sobre el clima con Sam—. Horrible.

—¿Y cómo está Emilia? —preguntó Diya.

Honestamente, Anna pensó que prefería hablar del clima antes que responder preguntas entrometidas.

—Bien —respondió.

—¿Aún toca la batería? —inquirió Diya, al parecer determinada a mencionar todos los puntos humillantes de la vida de Anna.

—¡Ah! ¿Es ella la que toca? —preguntó Sam, desde el lugar en el que estaba perdiendo el tiempo con la comida en la cocina. Anna se sintió alarmada y, bueno, oportunamente avergonzada.

—¡Ay, no! ¿Puedes escucharla desde aquí? Por supuesto que puedes. ¡Qué vergüenza! ¿Es muy molesto?

—¡No! Para nada. Es bastante buena y no toca hasta tarde. Puede que algunas veces haga que mis conferencias telefónicas sean interesantes, pero afortunadamente escuchar la batería sonando al lado es más interesante de lo que sea que esté sucediendo en mis conferencias. —Sam le ofreció una sonrisa a Anna. Ella suspiró.

—Está determinada a tocar esa batería. No escucha razones. Si molesta, le diré que no puede tocar más.

—De verdad que no molesta. —Sam negó con la cabeza—. No te preocupes por eso.

—¿Y cómo están tus niños? —preguntó el otro hombre a Diya, el que Anna estaba segura de que era Max. A menos que los tuviera confundidos. En todo caso, sintió que *ella* debería haber preguntado por los niños Basak, y que todos estaban preguntándose por qué no lo había hecho.

—¡Ah! *Muy* bien. —Diya sonrió, encantada.

—Sai será veterinario —agregó Darsh.

—¿Emilia ya sabe qué quiere hacer? —preguntó Diya. Anna había rechazado una bebida alcohólica, y entonces deseó no haberlo hecho.

—Está abierta a distintas opciones.

—Baterista, obviamente —comentó Sam.

—Un futuro llenísimo de *fans* —agregó Max.

Anna los miró, sin saber cómo se suponía que debía responder a eso. Afortunadamente el timbre sonó en ese momento.

Sam desapareció por el corredor y todos se sentaron en un incómodo silencio y escucharon a Sam recibir a Pen en la puerta, quien al parecer había llevado *brownies* veganos a la fiesta.

Anna no había llevado nada. Se preguntó si todos los demás habían llevado algo. Bueno, había un gran bol de algo que parecía comida india, así que obviamente Diya había preparado algo. Diya *siempre* estaba preparando algo. Era mucho más sencillo hacerlo cuando una estaba en casa todo el día, en lugar de estar trabajando desesperadamente para tener suficiente dinero en la cuenta bancaria.

—¡Hola a todos! —dijo Pen al entrar en la cocina, prácticamente dando brincos.

Pen tenía demasiada energía, pensó Anna, siempre andaba corriendo por la calle. Y luego Pen dio la vuelta para abrazarlos y besarlos a todos, como si *eso* fuera necesario, como si se hubieran visto más de una o dos veces en todas sus vidas.

—¡Qué acogedor! —dijo tras sentarse—. Tu casa es encantadora, Sam.

—Gracias —respondió él—. Muy amable por tu parte.

—¡Estoy tan emocionada con esta fiesta! Siento que coexistimos unos con otros cada día y nunca llegamos a hablar realmente. ¿Cómo estáis todos?

Todos miraron a Pen.

—Yo estoy bien —dijo Sam al fin, lo que provocó que todos los demás coincidieran a coro en que sí, también estaban bien.

—¡Qué tiempo tan horrible...! —comentó Arthur.

—Pero el sol saldrá en unos días —agregó Max.

—Creo que voy a ponerme con la barbacoa —anunció Sam.

—¿Bajo la lluvia? —preguntó Pen.

—*Sip* —respondió él y luego, afortunado, se escapó afuera, a la tormenta.

Teddy era bueno en *Extinción Masiva*. Sai no era malo.

—No eres malo —comentó Teddy.

—Soy brillante en este juego —dijo Sai con las cejas en alto.

Pari estaba sentada en una esquina y se negaba a hablar.

Emilia entró y saludó a todo el mundo.

—Hola, Teddy. Hola, Pari. Hola, Sai. Soy Emilia, un placer conoceros. —Y, sonriente, alargó su mano.

—Un placer conocerte también —respondió Sai con una sonrisa—. Creo que te he visto por la calle antes. ¿En qué casa vives?

—¡Ah! En la más bonita.

—Por supuesto —afirmó Sai.

—Pero debes saberlo: tengo novio.

—Apuesto a que es un novio genial.

—No está mal. —Emilia encogió un hombro—. Aunque tiene un corte de pelo terrible.

Sai rio.

—Está bien. Yo tengo novia, solo que es algo insolente.

Emilia le dio una palmada detrás de la cabeza, de ese modo gentil y de lado en que lo hacía siempre, que era más como una caricia (algo que Pari no parecía comprender).

El niño nuevo, Teddy, habló sin apartar los ojos de la pantalla del televisor.

—No sé qué pasa entre vosotros dos, pero acabo de matar a quince de tus especies.

—¡Ah, carajo! —dijo Sai y recordó que se suponía que estaba jugando a un videojuego.

Una cosa en la que Sam tenía confianza era en su habilidad para asar correctamente, por eso había escogido la barbacoa como temática de la fiesta. Había pensado que era una idea brillante, hasta que se encontró a sí mismo empapándose mientras volteaba hamburguesas. En cualquier caso, el hecho de no tener que pensar temas de conversación durante un rato le supuso un alivio. Debería haber hecho una lista de temas de conversación cuando preparaba la fiesta. Sin duda, debería haber hecho eso en lugar de trabajar en la ensalada de remolacha fallida. Habría sido mucho más útil.

Sam inhaló hondo y regresó adentro con un plato lleno de hamburguesas, hamburguesas con queso y perritos calientes y, por un breve instante, todos atacaron la comida felizmente y la coronaron con patatas chips. Los niños bajaron, Pari y Teddy parecían no haber hablado aún, pero tampoco estaban atacándose activamente el uno al otro, así que Sam supuso que eso era bueno.

Todos se amontonaron con su comida y Sam pensó, de nuevo, que todo habría resultado mucho mejor si hubieran estado fuera, donde realmente había *espacio*.

—Bueno... —comenzó Max y Sam agradeció su aparente afición por sacar temas de conversación. Ya había salvado la fiesta algunas veces mencionando repentinamente algún programa de televisión o una de las tiendas en la calle principal o la última película de Bollywood que habían visto. Sam estaba increíblemente agradecido con él. Si Sam hubiera sido gay, hubiera intentado robárselo a Arthur. Era útil tener cerca a una persona como Max—. ¿Cómo es vivir junto al anciano de al lado?

Sam no habría escogido ese tema, pero supuso que era algo mejor que sentarse en silencio, mirándose unos a otros mientras comían.

—¿Te refieres al señor Hammersley? —preguntó. Eso hizo que todos lo miraran como si acabara de decir algo extraordinario—. ¿No es ese su nombre? —preguntó asombrado. Habría jurado que así era como Teddy lo había llamado.

—¿Cómo sabes su nombre? —preguntó Pen.

—¿Qué? —respondió Sam, confundido—. No lo sé. Teddy lo ha descubierto.

Todos se giraron para ver a Teddy, que pareció perplejo por la atención repentina, y Sam se arrepintió de inmediato de haberlo puesto en el foco de ese modo.

—Él nunca habla con *nadie* —agregó Pen—. Intenté llevarle unos *brownies* veganos cuando me mudé aquí y básicamente me cerró la puerta en las narices.

—¿Le llevaste *brownies* veganos a un anciano? —preguntó Arthur.

—Saben como los *brownies* normales —respondió Pen y luego se dirigió a Teddy—. Así que, cuéntanos tu secreto, Teddy: ¿cómo has descubierto su nombre?

—Ha sido porque Teddy intenta robarnos a Jack —dijo Pari, decidida de repente a hablar por primera vez en todo el día.

Sam frunció el ceño.

—Pari, eso no es... —intervino Diya finalmente.

—Yo no quiero robarlo —respondió Teddy—. *Tú* intentas robar a Jack.

—¿Robar a Jack a quién? —preguntó Pen.

—Exacto —dijo Pari raudamente—. Jack nos pertenece a todos.

—Exacto —coincidió Teddy y los dos se miraron.

—A nosotros no nos pertenece —afirmó Anna de inmediato—. Tenemos gatos y Jack aterra a los gatos.

—A nosotros tampoco —agregó Diya—. No me gustan los perros.

—¡Mamá! —protestó Pari—. ¿Qué hay de que Sai sea veterinario?

—Él será veterinario de animales exóticos y trabajará en un zoológico. No necesita tener un perro en casa.

—No es seguro tener un perro deambulando por la calle —dijo Anna a Sam—. Deberíais tenerlo encadenado, o dentro, o algo.

—No es mi perro —respondió Sam.

—¡Papá! —protestó Teddy.

—Esta es su casa —señaló Anna—. Eso lo hace vuestro perro.

—De acuerdo, un momento. —Sam estaba poniéndose algo nervioso, porque no comprendía cómo se había convertido en responsable de que la familia que había vivido allí antes de él abandonara a Jack—. No comprendo cómo ha acabado aquí, ¿vale? ¿Qué clase de gente deja a su perro abandonado cuando se muda?

Todos se encogieron de hombros.

—Lo cierto es que no conocíamos muy bien a los Thurston —afirmó Max.

—Lo de las «fiestas de vecindario» no era algo que hiciésemos hasta hace poco —comentó Anna, con bastante intención, pensó Sam.

—Bueno —dijo él, al decidir que realmente no quería pelear con sus vecinos por eso—, creo que lo más probable es que pertenezca al señor Hammersley, si es que pertenece a alguien —agregó deprisa, al ver la expresión dolida de Teddy.

Fue entonces, por supuesto, que Jack apareció en la puerta trasera, apoyó su pata en ella y movió la cola para que lo dejaran entrar.

Se hizo un momento de silencio, en el que Jack ladró alegremente, inconsciente del drama que estaba provocando.

—Deberíamos dejarlo entrar —dijo Teddy—. Está mojándose.

Sam estaba de acuerdo, pero miró a Diya, pues sabía que no le gustaban nada los perros.

—Está bien —dijo ella duramente, al ver su mirada—. Tan solo quiero que no me ataque.

—Jack no *ataca*, mamá —afirmó Pari.

Sam se acercó a la puerta y dejó entrar a Jack.

Jack lo saludó refregándose empapado contra sus vaqueros. «Adorable», pensó Sam.

—Hola, Jack —le dijo—. ¿Traes al señor Hammersley contigo?

—Es evidente que el señor Hammersley *no* es una persona festiva —comentó Anna.

—Sí, no pareció muy complacido con mi invitación —admitió Sam con pesar y vio a Jack dar la vuelta para saludarlos a todos como si fueran viejos amigos.

—Me siento mal por él —afirmó Pen—. Tiene que estar muy solo. Nunca lo visita nadie. A excepción de Jack.

—Bueno, tú lo has invitado a la fiesta —dijo Darsh—. Puedes llevar un caballo al agua, pero no puedes enseñarle a pescar. No, espera... ¿cómo dice el refrán?

Sam estaba ocupado viendo a Pari y a Teddy en una silenciosa pero furiosa batalla por ver quién lograba tener la cabeza de Jack sobre su falda, y decidió que lo mejor que podía hacer llegados a ese punto era ir a buscar una toalla para secar a Jack.

En la incómoda calma entre los perritos calientes y las hamburguesas, e intentar decidir cuándo debía servir las galletas, los pastelillos y los *brownies,* y tal vez ofrecerse a preparar café y té para todos, Sam acomodó a Teddy, a Pari y a Jack en la sala de estar con una toalla y esperó que no terminara en un baño de sangre.

De vez en cuando se los podía escuchar discutiendo sobre cuál de los dos era mejor enseñándole a Jack cómo girar y, al menos, eso era evidencia de que ambos estaban aún con vida, pensó Sam, así que los dejó hacer.

—Así que, Sai, ¿vas a ser veterinario? —comentó Emilia. Sai se pasó las manos por el pelo.

—Sí...

—Será ayudante de un veterinario que conocemos —afirmó Diya con orgullo.

—¿Ah, sí? —Emilia miró a Sai.

—Sí... —volvió a decir él.

A Sam le pareció que la conversación estaba resultando incómoda, así que intervino animadamente, mientras hacía a un lado la comida.

—¿Puedo ofreceros té? ¿Café?

Hubo algunas respuestas afirmativas y luego sonó el timbre.

—Quizá sea el señor Hammersley —sugirió Max.

Sam, curioso por esa posibilidad, fue a abrir la puerta.

No era el señor Hammersley. Era un hombre rubio, de edad cercana a Sam.

—¿Hola? —Sam lo saludó dubitativo.

—Hola, soy Marcel Pachuta —dijo el hombre, sonriente—. El marido de Anna.

—¡Ah! —respondió Sam, sorprendido, porque Anna había dado a entender que su marido no iría—. Hola, soy Sam Bishop.

Estrechó la mano que le ofreció Marcel e intentó no sentir que estaba siendo evaluado.

—¿Mi esposa sigue aquí?

—Sí, pasa, estamos atrás —respondió Sam señalando dentro—. Iba a preparar té y café. —Entonces, lo guio hacia la cocina.

—¡Marcel! —dijo Anna, sorprendida.

—Hola a todos. —Marcel sonrió, saludó y se sentó junto a Anna.

Todos corearon un «Hola» general.

—¿Te sientes mejor? —preguntó Diya.

—¿Mejor? —repitió Marcel.

—Anna dijo que no te sentías bien.

—¿Sí? Bueno, sí. Me siento mejor.

—¿Alguien quiere galletas? —preguntó Sam, porque tampoco sabía cómo seguir esa conversación—. ¿O pastelillos de chocolate y mermelada? ¿O *brownies* veganos?

—Así que, Sam, acabas de mudarte —comentó Marcel.

—Sí —afirmó Sam—. Y pensé que estaría bien invitaros a todos para presentarme.

—¿Vives solo? —preguntó Marcel.

—Con mi hijo. Está en el salón.

Como para probar su existencia, la voz de Teddy llegó en un grito desde la sala de estar.

—¡No, no, así no se gira, Pari!

—Se cree muy experto en eso de dar vueltas —dijo Sam.

—¿Sin esposa? —agregó Marcel, con demasiada inocencia.

Sam se detuvo, lo miró y sintió que el pelo de su nunca se erizaba. Porque, realmente, era algo grosero entrar a la casa de alguien y comenzar a interrogarlo sobre su situación personal.

Miró a Arthur y a Max y dijo:

—¿Cómo sabes que no tengo esposo? —Todos lo miraron—. *No* tengo esposo. Y tenía esposa, pero murió. —Lo que llevó a otra incómoda pausa—. Dinos, Pen, ¿qué te hizo decidirte a volverte vegana? —dijo Sam entonces.

Todos parecieron más que dispuestos a dejarlo cambiar de tema.

—¡Ah! Lo investigué para un artículo que estaba escribiendo —respondió Pen—. Y, una vez que lo probé, nunca regresé. Escribir es así. Hice un artículo sobre abejas y tuve que replantar mi jardín con flores buenas para las abejas. La situación de las abejas es realmente preocupante. ¿Sabíais que se requieren dos millones de flores para hacer solo medio kilo de miel? ¡Es vital para el medio ambiente que ayudemos a las abejas!

Todos parecieron impresionados por el nivel de pasión de Pen.

—Debes de aprender muchos hechos aleatorios en tu trabajo —comentó Max.

—¡Ni te lo imaginas! El último artículo que escribí trataba de la evolución del pene. Sois bastante *raros*, la verdad.

Los Basak fueron los primeros en irse. Diya tenía que estar en algún sitio, algo que sonaba muy complicado. Dieron las gracias a Sam por la fiesta y rehusaron llevarse algunas de sus *pakoras* a casa. Sí se llevaron a Pari con ellos, lo que alivió ligeramente a Sam, y entonces Teddy se sentó con Jack en el suelo del salón con expresión triunfal. Sam no pudo evitar sentir un poco de pena por la pequeña que también amaba al perro, pero cuya madre realmente lo odiaba.

Los Pachuta se fueron justo después de los Basak y Sam intentó fingir que no parecían aliviados de salir de allí.

Max estaba envuelto en una profunda conversación con Pen acerca de la evolución del pene y no paraba de exclamar: «¿En serio?», «¡Fascinante!» y «Cariño, ¿sabías eso?». Arthur no estaba para nada cerca, de hecho estaba en la cocina recogiendo los platos, pero iba respondiendo «Mmm... Muy interesante».

—¿No quieres ir allí y escuchar cómo ha evolucionado tu pene? —le preguntó Sam cuando lo encontró en la cocina.

—No, gracias —respondió Arthur—. Mientras funcione, no quiero saber nada más al respecto. ¿Con qué puedo ayudarte aquí?

—No te preocupes. —Sam sonrió y negó con la cabeza—. Gracias por venir.

—Gracias por la invitación. Ha sido muy amable por tu parte.

—Tengo la impresión de que ha sido una cantidad de socialización inusual para esta calle.

—Bueno, somos algo reservados —admitió Arthur—. Es decir, somos amistosos, amables y agradables. Pero sí, ha sido inusual. Por cierto, solo para que lo sepas: mi marido también alimenta a Jack. Estoy bastante seguro de que ese perro come en todas las casas.

—Los perros son los más hábiles estafadores —afirmó Sam.

Arthur sonrió y miró fuera.

—Max, la lluvia ha parado un momento, quizá deberíamos aprovechar —dijo.

—Si tú lo dices... —respondió Max; se levantó y agregó hacia Pen—: Ha sido fascinante. Siéntete libre de pasar por casa y distraerme de la pintura cuando quieras.

A Sam le gustó oír eso y pensó que tal vez había hecho algo bien con esa fiesta.

—Es muy peligroso que me digas esto —afirmó Pen—, porque yo *siempre* estoy buscando algo que me distraiga de la escritura.

—Puedes unírtenos en lo de procrastinar, Sam —agregó Max mientras le estrechaba la mano antes de irse.

—Si queréis os envío a un niño de ocho años —dijo Sam—. Es una máquina de distracción bastante efectiva.

—Yo también me iré. Gracias por la adorable fiesta. —Pen le dio a Sam un cálido abrazo—. Deberíamos charlar más a menudo. Al fin y al cabo, todos tenemos un interés común: Jack, el perro de la calle.

—Sí —afirmó Sam, que los vio marcharse y luego se volvió hacia Teddy y Jack—. ¿Y bien? ¿Qué piensas? ¿Un éxito?

Jack ladró y movió la cola. Sam lo interpretó como «¡Sí! ¡Un éxito!».

—Pudo ser mejor —respondió Teddy—. Y pudo ser peor.

—Vale, eso es indiscutible, pero prefiero la opinión de Jack. Él cree que ha estado bien.

—Jack cree que debería haber habido más ardillas para perseguir. ¿Sientes que has hecho amigos?

—Tal vez. —Sam pensó en su última interacción con Max, Arthur y Pen—. Posiblemente. ¿Qué hay de ti? —Teddy le lanzó una mirada—. Sai parecía agradable.

—Tiene dieciséis años, papá. —Era un buen punto.

—¿Y qué hay de Pari? —preguntó Sam.

—Pari no ha dejado de decirme que está «en guerra» conmigo.

—Creo que es difícil para ella. —Sam suspiró—. A su madre no le gusta mucho Jack, y Jack era sobre todo suyo antes de que apareciéramos.

—Ella intenta robarlo. Creo que él debería ser de todos.

—Bueno, al menos pronto comenzarán las clases. —Sam pensó que la situación con Pari podría ser irreconciliable—. Harás amigos allí.

Teddy pareció dudoso.

Sam lo dejó con sus dudas. Y, como estaba determinado a mantener las esperanzas, se sintió bondadoso y decidió llevarle algo de comida al señor Hammersley y decirle cuánto lo habían echado de menos. Tal vez Pen tenía razón y se sentía muy solo, así que preparó un plato y llamó a Jack.

Jack había estado roncando ruidosamente junto a Teddy, pero se levantó de inmediato al escuchar su nombre, se estiró exageradamente y resopló.

—¿Qué haces? —preguntó Teddy.

—Le llevaré al señor Hammersley un plato de comida y a Jack.

—Papá... —comenzó a protestar Teddy.

—Lo hemos tenido todo el día —respondió Sam para silenciar la protesta—. Y no es nuestro perro. Él es el perro de la calle. Echará de menos al señor Hammersley y el señor Hammersley, a él.

—Bien —bufó el niño.

Sam llamó a Jack, y el perro lo siguió con obediencia fuera y hasta la casa del señor Hammersley. La lluvia había cesado. El tiempo no era muy agradable, pero parecía menos descabellado que hubiera sol pronto.

Sam tocó a la puerta del señor Hammersley y esperó a que él abriera.

—¿Y ahora qué pasa? —sentenció al abrir.

Sam no había esperado exactamente una cálida bienvenida, pero, bueno, en realidad no había hecho nada para merecer tanta rudeza.

—Hola —dijo Sam cordialmente y se forzó por mostrarse amable—. Lo echamos de menos en la fiesta.

—No quería ir a su fiesta —respondió el señor Hammersley con hostilidad.

Lo que hizo difícil que Sam siguiera siendo amable, pero apretó los dientes, respiró hondo y forzó otra sonrisa.

—Bueno, le he traído a Jack de regreso...

—No tiene que seguir trayéndome a Jack. No es mi perro.

Aunque Jack ya había entrado corriendo a la casa, donde desapareció.

—No, si... lo entiendo. Es el perro de la calle. Es de todos —dijo Sam.

—No quiero que Jack se convierta en mi problema —gruñó el señor Hammersley.

—Él no es un problema —respondió Sam, pacientemente—. Es un perro. En cualquier caso, le he traído un plato de comida.

—No quiero su comida basura —sentenció él.

Lo que resultó ser el toque final para Sam. Porque tal vez la comida sí fuera basura, pero él solo intentaba ser amable y había pasado todo el día intentando hacer amigos, y estaba exhausto por el esfuerzo y el hecho de no llegar a un acuerdo con el señor Hammersley fue la gota que colmó el vaso.

—¿Sabe qué? —dijo e inhaló profundamente—. Solo intento ser amable. He intentado ser amable desde que llegué. Intento ser amable, tener esperanzas y no preocuparme de que haber arrastrado a mi hijo a mudarse a un océano de distancia haya sido el peor error de mi vida. Y usted está siendo grosero y haciéndome difícil fingir que este es un buen lugar para vivir.

El señor Hammersley lo miró perplejo.

Sam, satisfecho, giró y se marchó.

Pari estaba llorando en su cama cuando Diya llegó a casa después de cumplir con sus compromisos.

—¿Dónde estabas? —siseó Darsh cuando llegó.

Diya estaba confundida.

—Te lo dije, tenía que ir donde Shanaya, luego Saanvi tenía una sobrina que necesitaba ayuda para preparar el cuarto del bebé, y luego tuve que visitar a Anika por el asunto de la clínica veterinaria para Sai...

—Pari tiene el corazón roto por lo del perro.

—¿Aún? —Diya suspiró—. Sabes que no podemos tener un perro. Odio los perros. Y, de todos modos, me parece que el perro pertenece a los vecinos nuevos o al anciano. Pasa la mayor parte del tiempo con alguno de ellos.

—Estoy de acuerdo con todo eso. Pero nuestra hija está arriba con el corazón roto.

—¿Y qué le has dicho?

—Que hablarías con ella cuando regresaras a casa —respondió Darsh, esperanzado.

Diya suspiró y subió las escaleras para lidiar con Pari. La niña hipó al verla.

—Es horrible, ese niño espantoso robará a Jack y nunca volveré a verlo —dijo y hundió su rostro en el pecho de Diya, sollozando.

—Seguro que no. Estoy segura de que él te dejará ver a Jack. —Diya acomodó el pelo de Pari y se sintió fatal por el hecho de que no le gustaran los perros—. No podemos tener un perro, pero ¿qué te parece si te dejo ir a pasar el día con Sai en el consultorio veterinario? ¿Te gustaría?

Pari dejó de llorar y levantó la vista, con su rostro cubierto de lágrimas y enrojecido.

—¿Podría hacerlo?

—¿Te gustaría?

Pari asintió.

—Entonces le diré a Anika que le pregunte a su prima si es posible.

Sus padres estaban discutiendo, acerca de la fiesta, del nuevo vecino, del viaje a la playa, dinero, trabajo...

Emilia se puso sus auriculares, se sentó en su batería y tocó.

Tocó hasta que ya no pudo escucharlos discutir. Tocó hasta que su mente se enfocó en algo lejano a ellos.

Por desgracia, no se enfocó en la batería. Se enfocó en Sai, como asistente de veterinario. Que era fantástico para él, si eso era lo que Sai quería, pero eso era lo que le preocupaba a Emilia: que Sai descubriera la vida más allá de su calle, a todas las chicas que podría tener que eran más guapas que ella, más listas que ella.

Que Sai se marchara también y entonces solo quedaría Emilia, y la batería, y sus padres discutiendo sin parar.

Emilia golpeó sus palillos contra los platillos y dejó que la vibración recorriera su cuerpo. Cerró los ojos e imaginó que podía hacer llegar las vibraciones directamente hasta el cielo.

Se prepararon para acostarse en silencio, algo que no era inusual para ellos, pues estaban acostumbrados el uno al otro y no siempre tenían mucho que decirse a esa hora de la noche.

Max miró a Arthur, que estaba cepillándose los dientes, y finalmente rompió el silencio.

—¡Qué tiempo tan horrible...!

—Pero dicen que el sol saldrá en unos días —dijo Arthur tras escupir en el lavabo. Max rio.

—Ha sido una fiesta extraña, ¿no crees? Pero he aprendido mucho sobre la evolución del pene.

—No quiero saber nada de eso. Es extraño que haya sido un tema de conversación en la fiesta.

—Es mejor que el maldito clima otra vez, ¡Dios santo! —bufó Max.

—Me alegra que fuéramos, por los vecinos, pero ha sido doloroso en muchos sentidos.

—Ha confirmado que, de todas las personas de la calle, me alegra que seas tú con quien vivo.

—Un gran halago, sin duda.

Pen se metió en la cama, puso su portátil sobre sus piernas y abrió su blog.

¡Bueno! ¡La primera fiesta de la calle superada! Llovía torrencialmente, claro, y todos hemos tenido que amontonarnos dentro. He aprendido mucho de los vecinos. Ha habido un leve drama en el que la Familia India y la Familia Polaca han intentado probar que cada una era mejor que la otra criando a sus hijos. En el matrimonio polaco parecen incómodos entre sí; no estoy segura de qué sucede. La Pequeña India y el Niño Nuevo se pelean por Jack el Perro de la Calle. Nadie parece saber que el Adolescente Indio y la Adolescente Polaca están saliendo. Han fingido no conocerse; ha sido francamente hilarante y lo he disfrutado. He descubierto que el Gay Rubio es artista. Sin duda, planeo molestarlo al menos una vez al día, ya que me ha alentado a perder el tiempo con él. El anciano no ha venido a la fiesta, pero Jack sí. Ha sido encantador, como siempre, solo que a la Mujer India no le gusta. Pobre Jack. He notado que el Niño Nuevo le ha dado algunos tentempiés. Debería explicarle que tengo a Jack en una estricta dieta natural.

Bill yacía despierto en su cama, mirando el techo. No estaba especialmente cansado, pero no había nada en la televisión y no había nada más que hacer, lo que implicaba que solo podía contemplar lo silenciosa que estaba la casa y cuán silenciosa la habitación. Extrañaba el tiempo en el que había otra persona en la cama, respirando con él. Extrañaba el tiempo en el que a las fiestas de la calle asistían personas que él conocía y personas que lo conocían a él, y no personas que lo veían como al anciano al que había que llevarle comida por lástima al terminar.

Jack no solía dormir en la cama, pero Bill no discutió cuando repentinamente entró a la habitación, con sus patas resonando contra la madera, y saltó a la cama junto a él, donde se hizo un ovillo a su lado, cálido y sólido.

Bill puso una mano sobre el lomo de Jack.

—Hola, Jack —dijo.

Jack no hizo nada, pero respiraba, y eso era suficiente.

Después de la fiesta, a Sam le costó lo que le parecieron horas arreglar la casa. Acababa de desplomarse en el sofá cuando Ellen llamó.

—Hola —contestó.

—¡Hola! ¡Cuéntamelo todo! ¿Cómo ha ido?

—Diluviaba —dijo Sam.

—Por favor, dime que no has hecho que todos estuvieran bajo la lluvia.

—¡Por supuesto que no! Nos hemos sentado todos incómodamente alrededor de la cocina y hemos tenido incómodas conversaciones.

—¡Ay, por Dios! ¿Lo ves? Deberías haber llevado una banda. Bailar habría solucionado el problema.

—¿Dónde habría cabido una banda? Apenas he podido reunir a todos los invitados aquí.

—Una celebridad de poca monta también habría ayudado.

—Ni siquiera he podido hacer que el anciano viniera. —Sam escuchó lo abatido que se oía y se maldijo a sí mismo. Ellen debió haberlo escuchado también.

—¡Ay, Sam! No seas tan duro contigo mismo. Estoy segura de que no ha estado tan mal.

—No —admitió él—. Solo estoy cansado. Y es solo que... no ha sido lo que esperaba. Es decir, han venido todos, pero ha sido incómodo y nadie sabía bien qué hacer y he fallado con la ensalada de remolacha. Es evidente que no ha sido impresionante.

—Estoy segura de que los has impresionado —respondió Ellen con ternura—. ¿Cómo ha estado Teddy?

—Bueno, ha jugado a videojuegos con el adolescente, así que supongo que eso es algo. Pero la niña dice que está «en guerra» con él. Es muy cautivador.

—¿En guerra con él? —repitió Ellen.

—Por Jack. Ese condenado perro está causando muchos problemas.

—También hace feliz a Teddy —le recordó Ellen.

—Sí, lo sé.

—¿Y qué hay de ti? ¿Has hecho algún amigo? ¿Alguna mujer disponible?

Sam pensó en la mujer con las zanahorias del supermercado.

—Ha sido una fiesta, no un evento de citas rápidas —dijo.

—Solo quería asegurarme. Sí que suenas cansado. Deberías dormir un poco. Mañana iré con las niñas; nosotros podremos tomar un trago y ellas terminarán las estalactitas de tu techo.

—He dicho que no a las estalactitas en el techo.

—¿Ah, sí? Tendrás que comentárselo mañana... ¡Adiós, querido! —Ellen cortó la llamada.

—Insolente —murmuró Sam. Al parecer, tendría estalactitas en su techo.

Se tumbó en el sofá, cerró los ojos y escuchó a Emilia tocar la batería.

Capítulo 6

Estimado señor Bishop, ¡les invitamos a usted y a Theodore a visitarnos en la Escuela Primaria Las Tórtolas! La maestra de Theodore, la señorita Quinn, estará presente para responder cualquier pregunta que puedan tener, al igual que yo mismo. ¡Ansiamos asistirles para que la transición de Theodore sea fluida y darle la bienvenida a Las Tórtolas! ¡Cu cu!

David Sullivan, Director

—¿Qué es esto? —preguntó Ellen y tomó la invitación de la nevera de Sam.

—¿Por qué siempre espías lo que pongo en mi nevera?

—Si no quisieras que lo espiara, no lo dejarías a la vista. ¡¿Cu cu?!

—Sí, creo que es el sonido que hacen las tórtolas. ¿Entiendes, *tortolita*?

—Creo que deberían replantearse eso de tenerlo como firma de la escuela —afirmó Ellen.

—No creo que lo comente en la reunión, porque creo que quiero gustar a los maestros de Teddy.

—Siempre has sido así, ¿sabes? —comentó Ellen mientras sacudía el trozo de papel frente a Sam, como un arma.

—¿Así cómo?

—Siempre has querido gustar a la gente.

—Lo dices como si fuera algo terrible. —Sam inclinó su cabeza a un lado.

—Supongo que no tiene que serlo. Pero puede serlo si niegas quien eres realmente para complacer a los demás.

—Ellen —Sam suspiró mientras terminaba de vaciar el lavavajillas—, solo es una estúpida firma cursi. No tiene nada que ver con que niegue quién soy realmente.

—Solo quería asegurarme —respondió Ellen y Jack apareció en la puerta trasera, meneando su cola—. ¡Ah, mira! Tu perro está aquí.

Sam suspiró otra vez, dejó entrar a Jack y llamó a Teddy.

—¡Teddy! ¡Jack está aquí para cenar! Hola, Jack.

—¿Jack viene a cenar cada noche? —preguntó Ellen.

—Estoy bastante seguro de que Jack aparece para cenar cada noche en cada casa de la calle. Pero le he dicho a Teddy que si quiere fingir que Jack es su responsabilidad, entonces tiene que alimentarlo cada noche.

—¿Y qué tal va?

—Viene si le grito lo suficiente. ¡Teddy!

—¡Ya voy! ¡Ya voy! —exclamó este mientras bajaba ruidosamente por la escalera—. ¡Hola, Jack!

Jack saltó alegremente alrededor de Teddy, haciendo su saludo habitual, y el niño se ocupó de llenarle el cuenco con su comida.

—Tiene un cuenco de perro. —Ellen miró a Sam—. Y comida.

—Así es —afirmó Sam.

Jack corrió hacia el estante en el que Sam tenía una ardilla de juguete para él (porque Teddy había insistido), la recogió, trotó de regreso a su comida y colocó a la ardilla a su lado.

—Tiene un juguete. En un estante especial —comentó Ellen.

—Así es.

—Así que, Teddy, he oído que conocerás a tu nueva maestra —dijo Ellen—. Cu cu.

Teddy pareció sombrío mientras devolvía la comida de Jack a su lugar. Mientras tanto, el perro atacó su cuenco como si nunca antes hubiera comido en su vida, aunque Sam apostaría dinero a que acababa de comer al menos en otras dos casas de la calle.

—No sé por qué tengo que ir *expresamente* a conocer a mi maestra —respondió el niño.

—Ya te lo he dicho: no es un castigo. Intentan ser amables y amistosos.

Teddy lo miró con su expresión de «¿Por qué estoy rodeado de adultos que no se enteran de nada?».

—Tengo que ir a la escuela, antes de que empiece, y encontrarme con la maestra. Es un castigo.

—Es un buen argumento —admitió Ellen.

—No estás ayudando —le dijo Sam. Ellen no demostró arrepentimiento.

Jack regresó corriendo hacia Teddy y le lamió el rostro en agradecimiento por la comida. Teddy se animó y sonrió.

—¿Ya has terminado, Jack? ¿Tal vez puedas quedarte a dormir aquí esta noche? —Miró a Sam con esperanzas.

—No —negó Sam—. Sabes que el señor Hammersley lo echará de menos si pasa la noche aquí.

La expresión de Teddy cayó y dejó salir a Jack obedientemente, luego se arrastró por las escaleras de regreso a su habitación.

—Lo triste es que ni siquiera sé si al señor Hammersley le importa que Jack aparezca cada noche y tal vez solo deberíamos hacernos responsables de Jack, pero también es el perro de la calle y siento que ya he creado suficiente alboroto al intentar hacer una fiesta y esperar que todos seamos amigos —remarcó Sam.

—¿Entonces no sois todos amigos ahora?

—Bueno, nos saludamos al vernos en la calle. Pero ya hacíamos eso antes.

—Deberías hacer amigos en línea. Es lo que hace la mayoría de la gente.

—Podría reunirme con el señor Hammersley; él está en casa todo el tiempo, tan solo que... ¡Ah, espera! Casi le grité cuando insultó la comida de mi fiesta.

—Pensé que no había asistido a tu fiesta. —Ellen lo miró confundida.

—No lo hizo. Pensé que podía ser un buen vecino y llevarle un plato de comida. Pero no fue muy bien.

Ellen lo miró con compasión.

—¡Ay, hermanito...! ¿Necesitas un abrazo?

—No —negó Sam. Y después—: Vale, sí. Aceptaré el abrazo.

Ellen le sonrió y lo abrazó.

—Llevas menos de un mes aquí. Lo estás haciendo muy bien.

—Gracias. —Sam se liberó del abrazo y puso a calentar la tetera—. Estoy considerando seriamente conseguirle un cachorro a Teddy, ya que la situación con Jack es complicada y parecen gustarle tanto los perros.

—¿Un cachorro? Creí que ni siquiera querías a Jack porque era demasiada responsabilidad.

—Es verdad. Pero, no sé... ¿Has visto la expresión en el rostro de Teddy al ver a Jack? Me gusta esa expresión. Quisiera poder verla más a menudo.

—No puedo culparte. Es una bonita expresión —concedió Ellen con una dulce sonrisa—. Ahora ya sabes por qué te molesto con las citas.

—¿Qué? No, eso es diferente.

—Para nada. Él es como tú y la expresión en su rostro es la misma que tú tienes cuando eres feliz, y me gusta verte así, y lo extraño un poco. A ti te gustaría ver esa expresión en su rostro más a menudo, ¿verdad? Pues ahora ya sabes cómo me siento yo.

Sam consideró a Ellen y pensó que, bueno, visto así, le sería difícil discutir con ella. Respiró hondo y respondió:

—Llevo menos de un mes aquí. Al menos deja que Teddy comience las clases antes de que yo empiece a tener citas horribles.

—¿Y cuándo comenzarás a tener citas espectaculares?

—¿Eso sucede? Jamás he estado en una cita espectacular.

—Estabas *casado*. —Ellen le lanzó una mirada.

—Cierto, no tuvimos ninguna cita.

—Por supuesto que tuvisteis citas.

—No de ese modo. Compartíamos el mismo grupo de amigos y luego fue como «Oye, nos gustamos», y luego nos casamos.

—No cuentes esa historia a las mujeres. Te hace parecer el hombre menos romántico del planeta. ¿Cómo lograste que Sara se casara contigo?

—Por la tarjeta de residencia —dijo Sam, inexpresivo.

—Eres espantoso. No me sorprende que nunca hayas tenido citas espectaculares.

No era que Sam estuviera nervioso por conocer a los maestros de Teddy, pero quería causarles buena impresión. No le había importado en años que su pelo no quedara peinado (¿por qué le molestaría eso a un hombre adulto?), pero de pronto se sentía como cuando tenía la edad de Teddy, con su madre pasando un peine mojado inútilmente por su pelo y perdiendo la esperanza en su capacidad de verse *serio*.

—Se ve serio —le dijo a su reflejo en el espejo. Quizá necesitaba unas gafas. Eso ayudaría.

Quería preguntarle a Teddy si un traje sería excesivo para conocer a sus maestros y luego pensó que no era justo arrastrar a Teddy en su ridiculez, así que se contuvo y decidió ponerse unos vaqueros y una camisa, que pensó que seguían la línea de «respeto su posición como maestros de mi hijo, pero yo también soy una persona relajada y divertida que no causará ningún problema».

—¡Maldición! Recobra la compostura —se dijo a sí mismo por lo bajo, repasó su pelo inútilmente una vez más y luego fue a buscar a Teddy.

Teddy parecía casi tan entusiasmado como si Sam lo hubiera estado buscando para llevarlo a hacer una endodoncia.

—Intenta fingir que eres un niño que sabe cómo sonreír —sugirió Sam.

—Odio esto —protestó Teddy—. Nunca teníamos que hacer esto en casa.

—Esta es nuestra casa ahora —le recordó Sam.

—No, no lo es. Es solo el lugar en el que soy *diferente*. Soy *tan diferente* que tengo que hablar expresamente con los maestros sin ninguno de los otros niños. Todos saben lo *diferente* que soy en cuanto abro la boca. Eso es este lugar.

Sam lo miró y respiró hondo. Porque, si él estaba nervioso y era el *padre*, no podía imaginar cómo se sentía Teddy.

Se agachó para estar al nivel de su hijo y este lo miró, apretando sus labios con desagrado.

—Eres increíble —dijo Sam.

—Papá... —La boca de Teddy se torció con más desagrado aún.

—No, no estoy diciéndolo porque sea tu padre. Ni siquiera lo estoy diciendo para motivarte. Lo estoy diciendo porque no estoy seguro de si yo habría podido hacer a tu edad lo que yo te he hecho hacer a ti. Eres increíble. Y las cosas buenas están justo frente a nosotros, ¿de acuerdo? Justo a la vuelta de la esquina. Apuesto a que tendrás una maestra fabulosa, irás a la escuela y todos creerán que tu acento es muy exótico. Y conquistarás a todas las chicas. O chicos. Como tú prefieras. Está bien.

—Papá, tengo ocho años —respondió Teddy, pero lo dijo con su tono de «Mi papá es tan ridículo...», y esa voz era mejor que el profundo disgusto que marcaba su expresión unos segundos antes.

—¡Ah! Cierto. Eso significa que aún puedo hacer esto —dijo Sam y lo tomó en un fuerte abrazo—. ¿Te gustaría tener un perro?

—¿Jack? —preguntó el niño, emocionado. Se liberó del abrazo, sus ojos amplios y brillantes.

—No. Jack es el perro de la calle. Otro perro. Uno nuevo, solo para ti.

—Pero... —Teddy parecía confundido—. Jack es mi perro. Solo quiero a Jack.

—Jack es el perro de la calle.

—Sí. Y eso es lo bueno de él. Jack nos pertenece a todos. Es lo único que nos pertenece a todos. No quiero sacarle eso. A él le *gusta* ser de toda la calle. Solo quiero que pueda quedarse en nuestra casa algunas veces también, si él quiere. No quiero cambiarlo. No quiero algo nuevo. Todo lo que tengo es nuevo.

Jack era nuevo también, pero Sam decidió no comentarlo. Supuso que, de algún modo, Jack era lo más viejo que Teddy tenía en ese momento. Jack y Bob el flamenco.

—De acuerdo. Iré a hablar con el señor Hammersley para ver si podemos quedarnos con Jack de vez en cuando. —No le apetecía hacerlo, pero lo haría.

Encontraron a Pen de camino a la escuela. Ella siguió trotando en el lugar, con su pelo rebotando en su cabeza.

—¡Hola! —dijo jadeando—. ¿Adónde vais?

—Teddy va a conocer a su maestra y a conocer la escuela —respondió Sam.

—¡Qué divertido! —exclamó Pen, animada—. ¡Ya me contaréis cómo ha ido! —dijo como si tomaran café juntos todo el tiempo, antes de seguir su camino y despedirse.

—*Eso* ha sido vergonzoso —bufó Teddy—. No cuentes a la gente lo que voy a hacer. No quiero que toda la calle lo sepa.

Sam negó con la cabeza y puso los ojos en blanco.

Por eso, cuando encontraron a Diya Basak y a sus dos hijos, se previno.

—Teddy y yo solo estamos dando una vuelta. Sin destino en mente. Solo de paseo. —Lo que lo hizo sonar como si estuvieran montando vigilancia para robar o algo igualmente sospechoso. Teddy lo miró como si dijera que esa estupidez sobrepasaba todos los niveles imaginables.

—¡Ah! Yo llevo a los niños a ayudar a un veterinario —dijo Diya Basak tras un momento—. Sai quiere ser veterinario.

Sai parecía casi tan feliz de asistir a un veterinario como Teddy de ir a la escuela. Sin embargo, Pari parecía emocionada.

—Yo iré con él y conoceré *muchos* perros y gatos —le dijo a Teddy.

—Bien por ti —replicó él.

—Un placer veros —añadió Sam con vehemencia, y alejó a Teddy antes de que pudiera desatarse un enfrentamiento justo allí, en medio de la calle—. Vosotros dos realmente necesitáis llegar a una tregua.

—Simplemente no nos gustamos.

—¿Y no podrías hacer un esfuerzo? ¿Ser un poco menos beligerante?

—No a todo el mundo tiene que gustarle todo el mundo, papá —afirmó Teddy.

Sam oyó a Ellen diciéndole que él necesitaba gustar a todos y pensó que quizás hubiera algo de verdad en eso, y que quizá Teddy tenía razón.

No encontraron a ningún otro vecino y llegaron a la escuela, donde David Sullivan los recibió.

Llevaba traje. «¡Maldición!», pensó Sam.

—Usted debe de ser el señor Bishop —dijo David Sullivan mientras le estrechaba la mano.

—Por favor, solo Sam.

—Y este debe de ser Theodore. —David sonrió a Teddy y alargó su mano.

—Teddy, por favor —dijo Teddy al estrecharla. Y no fue grosero, así que fue algo bueno.

—Bienvenidos a Las Tórtolas. Cu cu. —Sam lo miró dudoso. ¿Qué se suponía que debía responder?—. Sí, lo sé, es ridículo —admitió David—. Los maestros siempre me dicen que debo dejar de decirlo. Venga, vamos a tu clase a conocer a tu maestra, Teddy. Podrás quedarte con ella y te contará un poco cómo funciona la clase. Y usted y yo, Sam, podremos repasar la información que necesitamos para asegurar una buena transición para Teddy.

—Suena bien —afirmó Sam, pero sintió un pánico irracional de no conocer toda la información necesaria, lo que era ridículo, pero estar de vuelta en una escuela estaba haciéndolo revivir la sensación de no haber repasado apropiadamente para sus exámenes.

La escuela era un adorable edificio antiguo y a Sam le gustaba lo luminosa que era, con sus amplias ventanas que dejaban entrar la luz en todas las clases por las que pasaban. Sería un lugar agradable para asistir a clases, pensó Sam. Le gustaba. A Teddy le gustaría. Tenía una buena sensación acerca de ese lugar.

Fue justo cuando se encontraba pensando en la buena sensación que le transmitía la escuela, que entraron a la clase de Teddy y David Sullivan dijo algo como: «Teddy, ella es tu maestra, la señorita Quinn». Pero Sam ya no estaba prestando atención, porque la mujer sentada detrás del escritorio, con su cabello pelirrojo oscuro recogido con un lápiz, era la mujer que había visto por última vez blandiendo unas zanahorias y alejándose de él en el supermercado.

Sam había vuelto al supermercado, por supuesto, y siempre había experimentado una ligera emoción anticipada ante la posibilidad de encontrarse con ella de nuevo. También había experimentado siempre una incómoda sensación de temor de encontrarla y de que tal vez ella no lo recordara. Por la expresión sorprendida en el rostro de la mujer, era evidente que ella lo recordaba.

—Eres tú —dijeron en perfecto unísono, mirándose el uno al otro.

—¡Ah, muy bien! Ya os conocéis. —David Sullivan los miró, infinitamente complacido.

—No realmente —dijo Sam, deslumbrado—. Le gustan las zanahorias.

—Él negocia con la remolacha —agregó la maestra de Teddy sin apartar la vista de Sam. Algo que resultó realmente agradable aunque fue algo irritante que su *jefe* estuviera allí y que se supusiera que estuvieran haciendo algo oficial y útil relacionado con su hijo.

—¿Perdón? —preguntó David, intrigado.

Eso pareció arrancar a la mujer de ese momento, pues rompió el contacto visual, negó con la cabeza y se levantó.

—Lo lamento. ¿Dónde están mis modales? —dijo. Y luego miró a Teddy, sonrió alegremente y alargó su mano—. Soy la señorita Quinn.

—Soy Teddy —respondió el niño, que parecía muy entretenido con toda la situación.

—Es un placer conocerte.

—Soy el padre de Teddy —intervino Sam.

—Eso supuse. —Ella le ofreció su mano—. Un placer conocerte también.

A Sam le habría gustado imaginar que habría chispas cuando sus pieles se tocaran, pero de hecho estaban parados en una clase de una escuela de primaria, frente al jefe de ella y al hijo de él, lo que provocaba un efecto amortiguador sobre las chispas.

—Muy bien, Teddy, la señorita Quinn responderá cualquier pregunta que tengas con respecto a tu clase. —David, que pareció decidir que simplemente iba a ignorar lo inusual de sus comportamientos, se dirigió entonces a Sam—: Y usted y yo iremos a hacer el aburrido papeleo.

—Correcto —respondió Sam—. Sí. El papeleo. Hagámoslo.

Libby Quinn vio al Hombre Remolacha salir de su clase. Él miró atrás por encima de su hombro antes de irse. Y ella miró alternativamente hacia él y su hijo. Se parecían mucho. El pequeño tenía el mismo pelo rebelde color arena, los mismos ojos de un color entre verde y azul, y algo más de pecas en su nariz.

—Teddy —dijo, decidida a hacer lo mejor que podía hacer en ese momento, que era ser completamente profesional y dejar de comportarse como si nunca antes hubiera visto a un hombre atractivo—, bienvenido a Las Tórtolas.

—Mi madre murió. —Fue la respuesta del niño.

—Lo siento mucho. —Libby lo miró perpleja.

—En caso de que se haya preguntado si mi padre está soltero. Sí, está *muy* soltero.

Lo que pasaba con esa conversación era que, por desgracia, no era precisamente inusual. Había muchos padres divorciados en su clase y, con frecuencia, era objeto de propuestas de emparejamiento. Y ella tenía una respuesta estándar a dichas propuestas:

—Es muy dulce por tu parte, pero mi corazón está demasiado lleno de mis alumnos como para pensar en alguien más —respondió. Lo que no era cierto. Era una mentira. Pero no solía ser consciente de lo mentirosa que era, porque tampoco solía encontrarse en medio de su clase con el hombre que no había podido sacarse de la cabeza. Normalmente no conocía a hombres que no pudiera sacarse de la cabeza.

Teddy Bishop, así constaba en la lista de clase, parecía tan dudoso ante esa afirmación como debía parecerlo ella.

Libby aclaró su garganta, cohibida, tiró de la cadena que colgaba de su cuello y dio vueltas al colgante. Era un hábito que tenía, algo que hacía todo el tiempo, y lo sabía, pero no podía evitarlo.

—Bueno, estoy aquí para responder cualquier duda que puedas tener con respecto a la clase. Así que hagámoslo, ¿de acuerdo? ¿En qué puedo ayudarte?

Sai Basak no podía recordar cómo era todo antes de que Emilia se mudara a la calle. Sus familias no hablaban realmente, pero Sai estaba al tanto de Emilia. Y, por supuesto, luego habían comenzado el instituto juntos. Y luego se habían hecho amigos. Y luego habían comenzado a salir. Y Sai sabía que eso era algo que sus padres no verían favorablemente. Sabía que se suponía que debía centrarse *exclusivamente* en sus estudios y en su futura carrera. Y sus padres se lo habían recalcado con firmeza explícitamente: «Sin distracciones como las chicas». Pero a Sai le gustaba Emilia. Sai *amaba* a Emilia. Era divertida, lista y dulce. Era *genial*. Así que Sai había empezado a salir con Emilia, en secreto, y a pasar cada día con ella; y eso también había sido genial, exceptuando el hecho de que aquello había provocado que él se encontrara ahora allí, en el consultorio veterinario, rodeado de una enorme cantidad de animales.

Pari estaba haciendo un millón de preguntas y la veterinaria las estaba respondiendo con entusiasmo.

—De hecho, justo ahora íbamos a visitar a un perrito muy dulce. Si queréis verlo... —dijo luego.

Y así fueron guiados a una habitación pequeña en la que había un *terrier* sobre la falda de su dueño, y luego la veterinaria sacó la aguja más enorme que Sai hubiera visto jamás...

...y fue entonces, aparentemente, según le dijeron más tarde, cuando se desmayó.

Sam se obligó a ser serio y responsable y a tomarse su tiempo para responder todas las preguntas que David Sullivan le hiciera, porque, después de todo, se trataba de la educación de Teddy, lo que implicaba que también se trataba del *futuro* de Teddy, así que realmente tenía que tomárselo en serio.

De modo que se tomó su tiempo para responder y David le dio una enorme cantidad de papeles que se suponía que respondían a las preguntas que los padres podían tener.

—Ahora lo llevaré de regreso con Teddy —dijo luego.

—No se preocupe —respondió Sam, probablemente demasiado intempestivo—. Puedo encontrar el camino.

David pareció sorprendido.

—Estoy seguro de que podrá. Ha sido un placer conocerlo, señor Bishop —agregó.

Eso hizo que Sam se preguntara por un momento cuántos padres solteros aparecerían por ahí pensando que tenían alguna oportunidad con la adorable señorita Quinn. «Probablemente cada padre soltero de Londres», pensó. Así que, por lo tanto, era improbable que resultara cautivada por un hombre que había intentado coquetear con ella usando *remolacha*.

Cuando Sam llegó a la clase, la señorita Quinn estaba sentada en el suelo con Teddy y había desplegado un juego de cartas entre ambos.

—No, no, tu memoria no puede ser tan buena, seguro que estás haciendo trampa —decía, con una de esas sonrisas con profundos hoyuelos.

Sam no estaba seguro de si había hecho o no un ruido para delatarse a sí mismo, pero ambos levantaron la vista, así que pensó que debía haberlo hecho. La señorita Quinn se levantó. Ella, al menos, vestía pantalones vaqueros, así que Sam se sintió vestido más apropiadamente. También llevaba una bonita blusa azul y un collar con un colgante de estrella al que su mano voló mientras hablaba.

—¡Ah! Señor Bishop, ¿todo arreglado con David?

—Llámame Sam, por favor. Y sí. En teoría. —Reflexionó acerca de la pila de papeles en sus manos—. Creo que está preocupado por si tengo muchas dudas.

—No te preocupes —respondió la señorita Quinn, con su sonrisa de vuelta—. Si estuviera realmente preocupado por tu aptitud como padre, te entregaría toda una carpeta con al menos quinientas páginas de notas.

—¡Oh! Entonces lo estoy haciendo bien —afirmó Sam. Miró a la señorita Quinn y Teddy, sin saber qué más decir. Así que, por supuesto, mencionó la remolacha—. Acabé por rendirme ante la remolacha.

La señorita Quinn pareció sorprendida. *¿Por qué* seguía él mencionando la remolacha con esa hermosa mujer?

—¡Ah! —dijo ella.

—Tenías razón. Es una negociadora durísima.

—¿Usaste beicon?

—Resultó que no tenía beicon.

—Es difícil hacer que la remolacha resulte interesante sin beicon.

—Bueno, al parecer, de acuerdo con Google, se puede sustituir el beicon por queso feta, pero no estaba seguro de que fuera a tener el mismo efecto. Y tampoco tenía queso. —Sam pensó que hubiera estado bien que ya no volviera a ser capaz de hablar en presencia de la señorita Quinn. Realmente hubiera sido más atractivo si *hubiera dejado de hablar.*

Teddy lo miraba horrorizado, lo que probaba lo verborrágico que estaba siendo.

—En cualquier caso —continuó rápidamente—, ha estado bien verte de nuevo y estoy seguro de que nos veremos con frecuencia. Es decir,

Teddy, obviamente, te verá a diario, y quizá te volvamos a ver en el supermercado y espero que hayas disfrutado de tus zanahorias.

La señorita Quinn pareció impactada, y no por su encanto.

Sam la saludó deprisa con la mano y prácticamente arrastró a Teddy fuera de clase y del edificio.

—¿Qué ha sido *eso*? —preguntó Teddy con una mirada—. Has estado *fatal*. ¿Por qué hablabais de *beicon*?

—¡No lo sé! ¡Entré en pánico! ¡Es preciosa! ¡Me gusta!

—¿Cómo pudiste conquistar a mamá? —preguntó Teddy, con un compasivo movimiento de su cabeza.

Fue Pen la primera en enterarse de que Sai se había desmayado en el consultorio veterinario, porque Pari no podía esperar a decírselo a *alguien*, y resultó que Pen estaba fuera cuidando de las flores que cultivaba para las abejas. Y Pen se lo mencionó a Emilia cuando salió a sacar la basura, porque Pen sabía que Emilia querría saber de Sai.

Y así fue como Emilia se encontró, frenética por la preocupación, llamando a la puerta de la familia Basak antes de poder pensarlo mejor.

La señora Basak abrió la puerta y la miró sorprendida. Por supuesto. Porque Emilia nunca había estado en esa casa en presencia de un adulto.

Emilia forzó una sonrisa nerviosa e intentó idear una mentira creíble para justificar su presencia. Tendría que haberlo pensado mejor.

—Hola —dijo.

—Hola —respondió la señora Basak y esperó ansiosamente a que ella dijera algo más.

—Yo, eh... —Emilia pensó desesperada en la nueva amistad que los nuevos vecinos intentaban generar en la calle, con sus fiestas y socialización—. Mamá me ha enviado a ver si tal vez usted querría tomar un café alguna vez con ella —soltó.

—¿Por qué? —La señora Basak pareció incluso más sorprendida y luego, peor, recelosa.

Emilia pensó en la única cosa que su madre y la señora Basak tenían en común.

—Para hablar de los hijos. —La señora Basak no pareció sorprendida—. Y también del perro de la calle —agregó Emilia en un impulso. Al parecer, esas fueron las palabras mágicas, porque la señora Basak asintió con rigidez.

—¡Ah, sí! El perro. Tu madre y yo deberíamos hablar sobre del perro de la calle, sí. No puede simplemente andar vagabundeando por ahí. Tu madre ha dicho que aterra a los gatos y esa es la palabra correcta: *aterrar*. Lo he visto cazando ardillas.

Emilia pensó que eso era innecesario. No creía que Jack aterrara a nadie, excepto con el frenético meneo de su cola. Y estaba bastante segura de que las ardillas cazaban a Jack, no al revés. Pero Emilia tenía razones más importantes para estar en esa casa.

—Por cierto, ¿hoy era el día en que Sai iba con el veterinario? —preguntó animada—. ¡Sonaba muy interesante!

—¡Sí y se ha *desmayado*! —gritó Pari, que prácticamente corrió a la puerta para compartir las noticias—. Ha visto la aguja y se ha *desmayado*.

—¿Está bien? —preguntó Emilia, ansiosa.

—Bueno, supongo que nunca será veterinario —respondió la señora Basak—. O médico. Ni siquiera *dentista*. Realmente es un mal día...

—Sí, ya... —respondió Emilia—. ¿Pero Sai está bien?

—Sí —La señora Basak la miró con recelo otra vez—. Gracias por preocuparte. —Y luego cerró la puerta.

No antes de que Pari asintiera y alzara los pulgares detrás de su madre, así que Emilia se sintió un poco mejor.

Sophie y Evie estaban intentando resolver el problema de cómo hacer que colgaran estalactitas del techo de la sala de Sam, pues al parecer era algo más complicado de lo que habían anticipado.

—¿No han pensado que será difícil convertir mi sala en una cueva? —preguntó Sam.

—Es la primera casa que decoran —respondió Ellen—. Están aprendiendo.

—Me siento muy honrado de ser su primer cliente...

—Eres muy especial —coincidió Ellen en el momento en el que Teddy entró a la cocina desde el salón—. ¡Teddy! ¿Cómo va todo por ahí?

—Harán que el techo se caiga —afirmó Teddy con seriedad.

—¡Ah, genial! —dijo Sam—. Suena a que van bien.

—¡Niñas! —gritó Ellen—. ¡No hagáis que el techo se caiga!

—¡No lo haremos! —respondieron a coro.

—Listo —agregó Ellen—. Todo resuelto. Ahora cuéntamelo todo sobre la escuela. ¿Es maravillosa? ¿Te ha agradado tu maestra?

—Mi maestra es la Mujer Zanahoria.

—¿La qué? —preguntó Ellen, inexpresiva.

Sam decidió dejarse fascinar extraordinariamente por el contenido de su nevera casi vacía.

—¿No se lo has contado, papá? —dijo Teddy con desaprobación.

—¿La mostaza caduca? —preguntó él, con la mirada aún en la nevera—. Me temo que nuestra mostaza está a punto de caducar.

—Papá conoció a una mujer en el supermercado —informó Teddy a Ellen.

—¿Cómo? —dijo Ellen y arrastró la palabra hasta que tuvo la misma cantidad de sílabas que «esto será tremendamente vergonzoso para mi hermanito»—. Sam, saca tu cabeza de la nevera y háblame. ¡Has estado ocultándomelo!

—No. —Sam, resignado, se enderezó fuera de la nevera y cerró la puerta—. No he conocido a nadie en realidad.

—Sí, lo has hecho —afirmó Teddy y miró a Ellen—. Le ha sonreído como un *loco*.

—¿Ah, sí? —Ellen le sonrió a Sam—. Cuéntame más.

—Ella iba a comprar zanahorias.

—Fascinante.

—¡Ay, por Dios! —dijo Sam—. Vosotros dos sois ridículos.

—Esto suena como el primer encuentro más loco del que he oído hablar nunca —comentó Ellen—, lo que francamente suena justo de tu estilo.

—¡Yo no tengo un *estilo*! —afirmó Sam.

—Sí que lo tienes: «ligeramente desquiciado, pero mayormente encantador».

—Y la Mujer Zanahoria ha resultado ser mi maestra —concluyó Teddy.

—Bueno, ¡eso es fantástico! ¡Es lo más emocionante que he oído nunca!

—¿Lo es? ¿En serio? Tienes dos hijas. Seguramente escuchar la noticia de que las tendrías fue más emocionante que esto.

—Eso sucedió hace tanto tiempo que la emoción se ha disipado. Entonces, ¿invitarás a salir a la maestra de Teddy?

—No si depende de él —afirmó Teddy—. Es *malísimo* en eso, tía Ellen.

—Eso he oído —coincidió Ellen con tristeza.

—Escucha, no creo que un niño de ocho años esté en posición de juzgar mis habilidades con las citas —se defendió Sam.

—No ha dejado de hablar de *remolacha* en todo el rato. Básicamente cada palabra que ha salido de su boca ha sido sobre *remolacha*. —Ellen miró a Sam inexpresiva y este se cubrió el rostro con las manos—. Te lo prometo. No ha dejado de parlotear sobre remolacha.

—¡¿Qué?! —preguntó Ellen, impactada—. ¿Eso es algo que haces normalmente? Yo nunca te había oído hablar de remolacha.

—No lo sé —respondió Sam, indefenso—. Nos conocimos en la sección de frutas y verduras y tuvimos todo ese... *intercambio* sobre remolacha. Y ahora, no lo sé, no dejo de mencionarlo. Es como si no supiera de qué más hablar. Es como si, literalmente, no tuviera otro tema de conversación.

—¡Santo Dios! —comentó Ellen—. Esto es serio.

—Eso mismo he dicho yo —agregó Teddy—. Ha sido vergonzoso.

—Bueno..., tal vez le gusten las charlas sobre remolacha —arriesgó Ellen—. Quizá sea algo que... ¿encuentra atractivo en los hombres?

—Ni siquiera creo que quiera salir con una mujer que considere la remolacha como algo interesante.

—Será mejor que quieras salir con una mujer así, dado que al parecer es el único tema de conversación que puedes tener.

Sam pasó una mano por su rostro y farfulló un improperio. Luego miró a Teddy y a Ellen, ambos estaban evaluándolo como si juzgaran una presentación en un *reality show*; un programa de citas en el que él estaba haciendo una presentación muy pobre.

—¿Qué debería hacer?

—Creo que hay solo dos cosas que deberías hacer —dijo Ellen y levantó una mano con dramatismo—. Número uno: invítala a una cita normal, como una persona normal.

—Es la maestra de Teddy —señaló Sam.

—¿Y?

—¿Y no crees que sería grosero?

—No si recuerdas la segunda cosa que debes hacer. Teddy, ¿cuál es la segunda cosa que tu padre debe hacer?

—Dejar de hablar de remolacha —respondió Teddy.

—Exacto. No es un consejo habitual, pero parece ser de vital importancia cuando se trata de ti.

Sam tuvo un día en el que probablemente quedó como un tonto frente al director de Teddy (quien, sin duda, había pensado que él era patético por comportarse como un idiota frente a la señorita Quinn) y también frente a la maestra de Teddy, lo que se agravó por el hecho de que, de alguna manera, le gustaba la señorita Quinn, a pesar de que la había visto un total de dos veces y en ambas ocasiones habían hablado más que nada de verduras. *Y aun así...*

Sabiendo que no había dejado de hablarle de remolacha a una mujer hermosa que le resultaba atractiva, la autoestima de Sam no estaba precisamente en su nivel más alto. Así que, cuando fue a casa del señor Hammersley y él abrió la puerta, lo previno de inmediato:

—He tenido un día terrible, así que saltémonos la parte en la que está irritado porque lo estoy molestando y dice cosas groseras y finge que no le importa lo que suceda con Jack, y solo discutamos si Jack puede quedarse a dormir en nuestra casa de vez en cuando, porque eso haría muy feliz a Teddy.

—Sí, sin duda alguna ha tenido un mal día —afirmó el señor Hammersley, observando a Sam desde la puerta. Genial. Incluso el anciano que no hablaba con nadie sentía lástima por él.

—Está bien. Ha sido un largo día. Un largo mes. —Rio de repente, sin humor, y continuó—: Unos *largos años*. Pero no se preocupe. No tiene importancia.

—¿Su hijo quiere que Jack se quede en su casa de vez en cuando? —preguntó el señor Hammersley bruscamente, sin comentar el hecho de que no tenía sentido que Sam estuviera en su puerta.

—Sí —respondió Sam—. Sé que el perro no le pertenece, que es de la calle, pero...

—Déjeme darle algo de comida. No quiero que se vaya a dormir hambriento.

Ellos ya tenían comida para Jack, pero Sam se sintió algo enternecido por el hecho de que el señor Hammersley creyera que era el único proveedor de comida de Jack y no quiso decepcionarlo mencionando que todos en la calle lo alimentaban. El señor Hammersley se alejó arrastrando los pies y regresó con una pequeña bolsa de comida y una pequeña figura de madera, que le entregó a Sam.

—¿Qué es esto? —preguntó este al verla.

—Es un hechicero. Para su crío.

—¡Oh...! ¡Ah! De acuerdo. —Sam no tenía ni idea de qué pensar de eso, pero la pequeña figura era encantadora—. ¿Lo ha hecho usted?

—Buenas noches —dijo el señor Hammersley y cerró la puerta.

Al parecer ya había alcanzado su límite de conversación diario.

Sam negó con la cabeza y suspiró.

—Un día de lo más extraño.

Capítulo 1

¡Bienvenidos al 4° curso en Las Tórtolas! ¡Tendremos un año increíble, lleno de diversión, aprendizaje, nuevos desafíos y nuevas amistades! Vosotros, los padres, podéis ayudar manteniéndoos al día con lo que estemos haciendo en clase. Os mantendré informados con comunicaciones periódicas... ¡y también ellos! ¡Vuestros hijos harán un periódico escolar este año, así que estad atentos a nuestras historias de aventuras épicas!

Señorita Quinn

En la extensa lista de pendientes de Anna, «tomar café con Diya Basak» no era algo muy prioritario. Pero Emilia había dicho que la señora Basak quería tomar un café con ella para hablar del perro de la calle. Anna suponía que, en realidad, era para poder presumir de lo perfectos que eran sus hijos, pero no quería ser grosera.

—Pues a mí no me importaría resultar grosero —afirmó Marcel cuando ella se lo contó—. Te preocupas demasiado por no ser grosera con la gente.

—Es precisamente por eso que tengo que preocuparme por no serlo —respondió Anna, lo que terminó con la conversación.

Así que Anna vio a Diya en su casa una tarde de domingo. Diya estaba preparando una jarra de té chai y le ofreció a Anna y, como no quería ser grosera, ella lo aceptó.

Luego se sentaron en la cocina en un incómodo silencio.

—¿Dónde están los niños? —preguntó Anna finalmente.

—Un amigo da una fiesta y Darsh los ha llevado. Yo me he quedado aquí para tomar el té contigo. —Anna sintió que había juicio en sus palabras.

—Bueno, hablemos del perro —dijo, después de beber su té.

—Sí. El perro —Diya asintió con energía—. No me gusta la idea de que ese perro esté deambulando por la calle. Es peligroso.

—Sí, es peligroso —coincidió Anna.

—Deberíamos hablar con los nuevos vecinos para que lo controlen.

—Sí, deberíamos —volvió a coincidir Anna—. Es lo correcto. —Hizo una pausa, luego agregó casualmente—: Pero ¿tu hija no estaría molesta? Es decir, ella quiere a Jack.

—Ella estará bien —respondió Diya con hosquedad—. Las clases ya han comenzado y ya no tiene todo el día para pensar en el perro.

—Si tú lo dices... —respondió Anna con inocencia—. No me gustaría causar un problema en tu familia.

—Estamos bien —afirmó Diya, desafiante.

—Nosotros también —afirmó también Anna.

—Me alegra que hayamos tenido esta charla, así iremos a una al confrontar al nuevo vecino.

—Sí.

—Pero ahora tengo que ir a la fiesta. Lo haremos más tarde.

—Por supuesto —aceptó Anna y dejó casi todo su té chai.

Había sido la conversación más absurda y extraña que había tenido jamás, pensó. ¿Por qué Diya había querido hablar con ella? Eso dijo cuando regresó a casa. Emilia y Marcel estaban envueltos en un juego de cartas, riendo entre ellos.

—¡Qué rápida has ido! ¿Cómo ha sido eso de no ser grosera con los vecinos?

Estaba bromeando y ella lo sabía, pero aun así se sintió observada mientras se inclinaba para encender el hervidor.

—Creí que acababas de tomar té —señaló Marcel.

—Era chai. Y ha sido la conversación más absurda que haya tenido nunca. No sé por qué te ha dicho que quería hablar conmigo —le dijo Anna a Emilia.

—Ya... —respondió Emilia, con la mirada fija en su mano de cartas—. ¡Qué extraño!

Marcel le alargó la mano; Anna sabía que era un gesto de reconciliación y que no debía rechazarlo, así que la tomó.

—¿Te gustaría jugar con nosotros? —preguntó él.

Pero Anna era mala en los juegos de cartas, en especial en los que Emilia y Marcel jugaban. Cuando Emilia era pequeña y el dinero era tan limitado, una baraja de cartas había sido su juguete principal, y Marcel le había enseñado juegos raros y complicados por las noches, tarde, a pesar de que Anna insistiera en que era hora de dormir. Las cartas eran algo que Emilia y Marcel compartían. Y Anna no sabía qué compartían ella y su hija, ni siquiera ella y Marcel.

Era más fácil, pensó Anna, estar simplemente en el trabajo que intentar navegar en esa familia en la que no tenía un lugar.

—No —respondió y forzó una sonrisa—. Está bien. —Luego giró para prepararse una taza de té.

No había mucho más que hacer, así que Bill se había acostumbrado a mirar por la ventana y ver qué hacían los vecinos, pero los últimos días intentaba estar en la ventana cuando los niños regresaban de la escuela. Era fácil recordarlo, porque Jack siempre salía corriendo por la calle para recibirlos, ladrando todo el camino y saltando con tanta exuberancia que por poco tropezaba con sus propias patas. Jack servía como anuncio de la mayoría de los eventos de la calle.

Bill notó que la niña india casi siempre llegaba a casa rodeada de amigos, conversando. Amigos que iban de visita a su casa o niños que vivían a unas calles de distancia, pero lo bastante cerca como para que regresaran caminando juntos. Era un alegre grupo de niños, que Jack rodeaba, dando brincos y ladrando.

El niño estadounidense, Teddy, casi siempre estaba solo, casi siempre parecía cansado, ofuscado y malhumorado, y solo se animaba cuando Jack se acercaba a él y le lamía la mano como saludo. Bill podría haberse acostumbrado a tener a Jack cerca, pero comprendía por qué el estadounidense quería tenerlo algunas veces también. No era que Jack fuera el perro de Bill para que él lo compartiera, pero, bueno, lo mismo daba, Bill lo *compartiría*, hasta donde podía.

Porque Bill tenía que admitir que comprendía qué se sentía al estar solo.

Teddy había deslizado una nota de agradecimiento en su buzón. En letras grandes y claras, le había dado las gracias por el hechicero de madera y había dicho que lo llamaría Mike. Nombre que no parecía apropiado para un hechicero hasta donde Bill sabía, pero ¿quién era él para discutirlo? Sí lamentaba no haberle dado al niño un dragón que fuera con el hechicero, ya que había dicho que los dragones podían ser mascotas de los hechiceros. Otra cosa improbable, pero, otra vez, Bill no se involucraría en discusiones acerca de personajes de fantasía.

Fue por eso que, cuando vio al padre del niño fuera, frunciéndole el ceño a un mueble que intentaba meter en la casa, Bill decidió sencillamente llevarle a él un pequeño dragón.

El hombre levantó la vista sorprendido cuando Bill se acercó. Bill revolvió su mente en busca del nombre de ese hombre, no lo encontró y decidió que estaba bien, no necesitaba saber su nombre. Interrumpió el saludo de él entregándole el figurín.

—Es un dragón —explicó, porque no sabía si el hombre lo entendería—. Para su hijo.

—¡Ah! —expresó el hombre mientras lo giraba en su mano—. Es más que precioso. Muchas gracias. No tiene por qué ser tan amable.

—No es nada —dijo Bill—. Ya lo tenía tallado. No haga una montaña de esto.

—Sí, que Dios no permita que lo llame «amable» —comentó el hombre, con tono entretenido—. Me aseguraré de dárselo a Teddy cuando regrese a casa.

Y a Bill realmente no le importaba cómo le estaba yendo al niño en la escuela, pero le afectó que ese hombre joven fuera tan sarcástico con él.

—¿Cómo le está yendo al chico en la escuela? —preguntó entonces.

—Bueno, ya sabe... —El hombre sonrió de ese modo que era claramente una mentira—. Es todo un proceso. Yo le digo a Teddy que solo hay que atravesarlo.

—Supongo —Bill lo consideró. Y debería haberlo dejado así, lo sabía, pero...—. Por otro lado...

El hombre alzó las cejas.

Bill se encogió de hombros. Porque eso no era ser *amable*, era ser... mayor y saber cosas que otras personas no sabían.

—Si uno pasa mucho tiempo solo atravesando las cosas, antes de que se dé cuenta, parpadea y es anciano y descubre que ha pasado la vida solo intentando atravesarlas, sin nada al otro lado que esté intentando alcanzar.

Bill dejó al hombre con su problema de mobiliario y regresó a su propia casa.

Comprar la librería realmente le había parecido una buena idea. Era una admirable pieza de mobiliario antiguo y se veía fantástica en la oficina de Sam, donde de verdad necesitaba una librería, pero ni siquiera podía resolver cómo meterla en la casa y mucho menos cómo subirla por las escaleras.

Y, mientras tanto, su malhumorado vecino anciano había decidido darle un repentino consejo sobre el hecho de que estaba perdiendo su vida al intentar solo atravesarla en lugar de vivirla, y entonces se sintió ante un fracaso más importante que haber comprado una librería demasiado grande para su casa.

—Parece como si estuvieras en una encrucijada, amigo —señaló Max, de pie al final de su entrada.

—Es probable que haya desperdiciado los últimos años de mi vida y que también esté impulsando a mi hijo a desperdiciar la suya. —Max alzó una ceja—. ¡Ah! Estabas hablando de la librería.

—No puedo ayudarte con la crisis existencial, pero probablemente pueda ayudarte a levantar un mueble —ofreció Max.

—¿Estás seguro? —preguntó Sam—. Es mucha molestia.

—Esta calle ahora es *amigable*. Y, de todas formas, si me rompo la espalda, puedo demandarte. Mi marido es agente de seguros; encontrará una forma de hacer que tu compañía de seguros pague.

—¡Ah, qué bien! —comentó Sam, mientras Max saludaba a Jack, que estaba observando todo el procedimiento con interés, y se colocó al otro lado de la librería—. Ambos salimos ganando, pues.

El problema fue que, sin importar cómo intentaran maniobrar la librería, parecía imposible hacer que entrara por la puerta.

Hasta Jack había perdido el interés en su incompetencia y se había puesto a rastrear a sus archienemigas las ardillas por la calle.

Max y Sam finalmente retrocedieron para evaluar la situación.

—¿Seguro que entra? —preguntó Max y levantó su mano para cubrirse del sol, que había atravesado las nubes para asegurarse de que ese fuera el día más caluroso de septiembre *de todos los tiempos* mientras ellos luchaban con un mueble—. Es decir, ¿has tomado las medidas siquiera?

—No —admitió Sam—. Solo sentí que entraría. Es decir, es solo una librería. ¿Quién haría una librería demasiado grande como para atravesar una *puerta*?

—Tengo una cinta métrica —señaló Pen—. Puedo traerla.

Sam ni siquiera había notado que Pen estaba allí, pero esta se había detenido en la calle, tras terminar su ejercicio.

—¿Cuánto tiempo llevas ahí parada?

—Lo suficiente como para saber que «empleado de mudanzas» no es una carrera probable en vuestro futuro —respondió ella—. Dejad que os traiga la cinta métrica.

Pen regresó con la cinta y juntos se aseguraron de que sí, la librería *tenía que* pasar por la puerta.

—Creo que es algo con los ángulos —reflexionó Max.

—Sí, y Dios sabe que no sé nada de ángulos —comentó Sam—. Apenas puedo hacer la tarea de mi hijo con él.

—Bueno, *yo* no sé nada de ángulos —afirmó Max—. Soy un artista.

Sam y Max miraron a Pen.

—¿Tú, por casualidad, no habrás escrito algún artículo sobre ángulos? —preguntó Max. Pen puso los ojos en blanco.

—No, pero lo buscaré en Google. Vosotros dos sois un caso perdido.

Pero pese a la búsqueda de Pen y a sus imposibles indicaciones, como «debéis haceros más pequeños» y «pon la mano al otro lado del cuerpo», no pudieron meter la librería en la casa.

—Es alucinante que no lo hayamos logrado, incluso con matemáticas e indicaciones —señaló Max.

—La habríais podido pasar por la puerta si hubierais sido capaces de ubicar vuestros pies apropiadamente en la pared —le dijo Pen.

—Acepto la total responsabilidad por este fracaso —dijo Max.

—Necesito una cerveza —decidió Sam—. ¿Cerveza para todos?

—Cerveza para todos —coincidieron Max y Pen.

Se sentaron en los escalones de la entrada, porque, al no estar luchando ya con la librería, el calor inesperado del día ya no era una prueba que soportar, sino un placer agregado.

—Es una librería fantástica —comentó Max.

—Bueno, puedes quedártela, supongo. Ya que yo seguro que no podré —dijo Sam.

—Nuestras casas son iguales. ¿Cómo la haría entrar en la mía si tú no has podido meterla en la tuya?

—¿Magia? —Sam se encogió de hombros.

—Hablando de magia... —Max tomó la figurita que Sam había olvidado en el suelo y la levantó—. Esto es muy bonito. ¿Venía con la librería?

—¡Ah, no! Lo ha hecho el señor Hammersley.

Max y Pen lo miraron sorprendidos.

—¿El anciano? —aclaró Max—. ¿El que vive en la casa de al lado?

—Sí. Ese señor Hammersley. Él también es un artista.

—¿En serio? —Max bajó la vista al pequeño dragón, reflexivo.

—Entonces hablas con él —señaló Pen—. ¿Cómo hablas con él?

—No hablo en realidad. No lo sé. Es extraño. Creo que se ha interesado por Teddy, por alguna razón que desconozco.

—Es porque ambos quieren a Jack —afirmó Pen—. Jack une a las personas. El amor de un buen perro... —Se inclinó y rascó detrás de las orejas de Jack.

—Supongo —concedió Sam. Jack se sentó derecho de repente, moviendo la cola, con la mirada fija en el extremo de la calle.

—Los niños deben de estar a punto de llegar —afirmó Max y, de hecho, un grupo de críos ruidosos apareció en la esquina y comenzó a dispersarse en varias direcciones.

Pari Basak pasó conversando con un grupo de niños, seguida por Diya Basak, quien miró al trío reunido en la entrada, y a la librería, con curiosidad. Y luego salió del camino para evitar a Jack, que corrió entre Pari y Teddy para recibirlos. Teddy era el último y caminaba arrastrando los pies, como hacía siempre.

—Hola —dijo Sam, tan positivamente como pudo cuando Teddy se acercó—. ¿Qué tal en la escuela? ¿Has tenido un buen día?

—Ha estado bien —respondió Teddy—. Toma. —Le entregó a Sam un papel.

«¡Crónica de Las Tórtolas!», exclamaba al comienzo. Había un dibujo de una tórtola en vuelo, con un «¡Cu cu!» saliendo de su pico.

—Gracias. Deberías dar una vuelta con Jack y ver si hay algo que limpiar —sugirió Sam. Era parte de su lección acerca de la responsabilidad de tener la custodia compartida de Jack.

Teddy creía que todo lo relacionado con Jack era magnífico, así que se dispuso a limpiar la calle, con Jack trotando felizmente tras él, saltando un poco con entusiasmo y con la mirada atenta en busca de ardillas.

—Tener un perro en la calle es mucho más agradable ahora que tiene servicio de limpieza —comentó Max.

Pen comenzó a hablar de un artículo para el que había investigado sobre el problema con el estiércol de los caballos en las ciudades al final del siglo pasado, y Sam leyó la *Crónica de Las Tórtolas*. Había varios artículos acerca de lo que había estado haciendo la clase. Y justamente contaban que habían usado lo que habían aprendido sobre ángulos para construir una ciudad sin nada más que pasta seca (nada que pudiera ayudar a entrar una librería en una casa, sin embargo). También estaban escribiendo una obra para representar en Navidad, llamada *Nevada milagrosa en el desierto durante el nacimiento del niño Jesús*. El artículo siguiente la proclamaba como «una emocionante historia épica con un mensaje sobre la paz en la Tierra y el cambio climático». Luego contaban cómo estaban experimentando con diferentes sonidos en la clase de ciencia (y la escuela concluía que en adelante los sonidos más ruidosos estarían prohibidos).

Y, al final, estaba la columna semanal de la señorita Quinn, *De la pluma de la maestra*:

El mes próximo llevaremos a los niños a una excursión al Museo de Historia Natural. Necesitamos voluntarios que vayan como acompañantes de los niños. ¡Por favor, enviad una nota a la escuela a través de vuestros hijos si queréis acompañarnos!

Señorita Quinn

Sam reflexionó sobre la propuesta de la excursión. No había hecho nada en relación con la señorita Quinn desde el comienzo de las clases. Tal vez debía ser acompañante en la excursión y usarlo para coquetear con la maestra de su hijo. Aunque eso... resultaría inapropiado. Y quizás algo escalofriante también. La había visto dos veces y apenas había intercambiado una palabra con ella, nada significativo. Pero se descubría a sí mismo mirando por el rabillo del ojo en busca de un destello de pelo colorado donde fuera y algunas veces incluso se había asomado por la ventana de su despacho, como si ella fuera a pasar caminando por la calle, cuando en ese momento estaba ocupada educando a su hijo. De repente, por primera vez en años, él *quería* tener una cita, pero solo con la señorita Quinn. Nadie más le atraía (incluso había echado un vistazo en línea solo para estar seguro de ello, aunque nunca lo admitiría con Ellen).

—¿Creéis en el amor a primera vista? —preguntó de repente.

Fuera lo que fuera que Max y Pen hubiesen estado discutiendo, no iba sobre eso. Ambos lo miraron atónitos.

—¡¿Qué?!

—Lo sé —admitió Sam—. Es una pregunta que no viene a cuento.

—¿Estás haciendo alguna clase de encuesta? —preguntó Pen, como si eso hubiera sido algo normal.

—Sí, yo creo en el amor a primera vista —dijo Max con tranquilidad—. Aunque Arthur no.

—Entonces, ¿cómo va eso? —Sam lo miró—. ¿Tú lo amaste a primera vista y a él tuviste que... convencerlo?

—No. Son diferentes definiciones de «amor». Se lo pregunté, porque estaba algo ofendido. Por supuesto, yo quería que dijera que me había visto una sola vez y había sabido que nadie más sería para él. Devastadoramente romántico, ¿verdad? Yo siempre había dicho que así me había sentido con Arthur. Creía que era una maravillosa historia y que era verdad (aún pienso que es verdad, de hecho). Pero Arthur dice que yo lo vi y de inmediato quise saber más de él. Y que tras saber más de él, tras saber cómo era, retrocedí en el tiempo e interpreté esa primera chispa como «amor». Él me vio y quiso saber más sobre mí, y lo que Arthur os dirá (lo que me ha dicho a mí) es que no se enamoró al verme, sino que se enamoró de mí por *mí*, más adelante, y que esa mirada inicial fue lo que lo hizo mirar otra vez, pero que fue esa segunda mirada la que lo hizo enamorarse. Esa es la versión de Arthur del romance: eminentemente práctica y totalmente desarmante en esa practicidad. En cualquier caso, desde mi punto de vista.

—Yo puede que esté del lado de Arthur —afirmó Sam tras considerarlo—. Digamos que he conocido a alguien. En, digamos, la sección de frutas y verduras del supermercado...

—Un lugar muy cargado de sexualidad para conocer a alguien —comentó Max—. Prácticamente todo es fálico en la sección de vegetales.

—Nos conocimos donde las zanahorias.

—Fálico.

—Y la remolacha.

—Podría ser un juguete sexual —sugirió Max.

—Esta conversación es grotesca —intervino Pen.

—Estoy de acuerdo —coincidió Sam—. Solo digo que la vi y en cuanto lo hice pensé: «Quiero saber más sobre ella». Y he estado sentado aquí, por un tiempo ya, pensando en lo ridículo que es eso para mí. ¿Cómo puedo saber que quiero saber más sobre ella? No la *conozco*.

—¿Entonces por qué no llegas a conocerla y lo descubres? —preguntó Max—. Lo peor que puede pasar es que ella no sea para ti. Pero lo peor que puede pasar si no te arriesgas y no la conoces es que ella *sea* para ti y nunca lo sepas. Esa, para mí, siempre ha sido la peor de las tragedias.

—Para ser franca —agregó Pen—, creo que conocer a personas de las que quieras saber más es... infrecuente. En todos los sentidos. Todos nosotros vivimos en nuestras propias burbujas y no nos aventuramos fuera de ellas. Mira cuánto tiempo hemos vivido en la misma calle y apenas hablamos unos con otros. Mira las cosas que suceden en esta calle, las cosas que sabemos unos de otros, y ni siquiera nos decimos nada, acerca de nada. No llegamos a conocernos entre nosotros. No solemos detenernos y ayudarnos con muebles ni acabar conversando sobre la naturaleza del amor. Pero mirad, cuando lo hacemos, lo agradable que llega a ser. No sé si creo en el amor a primera vista. Pienso que lo que *sí* creo es que, de vez en cuando, como humanos, queremos salir y llegar a conocer a otro ser humano y no sentirnos solos en el planeta. Románticamente o de cualquier otra forma. Y creo que eso es importante. Cada relación que tengas es importante. —Teddy regresaba por la calle, corriendo con Jack, que estaba moviéndose tan rápido y con tanto entusiasmo, con sus pequeños saltitos, que casi tropezaba consigo mismo—. Incluso las relaciones con perros —concluyó, sonriente.

Jack cruzó el jardín frontal corriendo, tropezando para detenerse a recibir a Arthur, que se acercaba caminando y lo saludó con una palmada en la cabeza, y luego se detuvo frente a la casa.

—Hola.

—Querido —respondió Max—, ¿te gustaría tener una librería que no entra en nuestra casa?

—No especialmente —dijo Arthur—. Hola, Teddy, ¿cómo va la escuela?

—Demasiado larga —afirmó Teddy—. Y tenemos que aprender *mucho*.

—Ya veo —respondió Arthur.

—Lamento lo de la librería —le dijo Max a Sam al tiempo que se levantaba con una sonrisa.

—No pasa nada —respondió él—. Encontraré otra en algún lugar.

—¿No puedes meterla en casa? —preguntó Arthur—. Creo que debe de ser solo una cuestión de ángulos, ¿no?

—Las extremidades humanas están en el lugar equivocado para lograrlo —explicó Max mientras se acercaba a Arthur. Y, ante la mirada de este, agregó—: No preguntes. ¡Buenas noches! —Saludó a Sam, a Teddy y a Pen.

—Buenas noches —respondieron ellos y Pen se levantó.

—De hecho, debería irme también. Se supone que debería estar escribiendo hoy. Gracias por regalarme el momento de pérdida de tiempo del día.

—Cuando quieras —respondió Sam, con amabilidad—. Gracias por tu ayuda. —Luego se dirigió a Teddy y le entregó el pequeño dragón—. Mira lo que el señor Hammersley ha hecho para ti.

—¡Un dragón para que sea la mascota de Mike! —Teddy sonrió mientras lo giraba entre sus manos.

—Exacto.

—Espera —dijo Max, y Sam levantó la vista, sorprendido de ver que Max había dado la vuelta y estaba evaluando la librería—. *Sí* quiero la librería —dijo lentamente—. Si no te importa.

—No me importa. No puedo hacer nada con ella.

—¿Y para qué vas a usarla *tú*? —preguntó Pen—. No podemos meterla en vuestra casa.

—Creo que podría hacer que entre en el cobertizo del patio trasero —explicó Max—. Y la usaré para el *arte*, por supuesto.

Sam, después de que la librería fuese trasladada al cobertizo de Max y Arthur, después de haber compartido las aventuras del día con Teddy en la cena (Sam: comprar, inesperadamente, una librería de arte; Teddy: la señorita Quinn les había enseñado a hacer los mejores aviones de papel), después de haber ayudado a Teddy con la tarea (enormes cantidades, que el mismo Sam no entendía, aunque había intentado no admitirlo), después de llevar a Teddy a la cama con el sonido de la batería de Emilia (que estaba seguro que implicaba que Teddy no se dormiría hasta que ella terminara, pero Sam no quería molestar a los Pachuta por eso, porque Emilia siempre terminaba bastante rápido)... después de todo eso, Sam se sentó en su despacho para, supuestamente, hacer un poco de trabajo, pero lo que en realidad hizo fue releer la *Crónica de Las Tórtolas*.

El hecho de no querer molestar a los Pachuta por la batería de Emilia lo hizo pensar en Ellen diciendo que él quería gustar a todo el mundo, y Sam pensó en cómo su tendencia a querer gustar a la gente de algún modo se había cristalizado en querer gustarle a una persona: la maestra de Teddy. De hecho, hubiera querido que la maestra de Teddy pensara que era encantador y fantástico. Y le había estado preocupando que eso fuera irracional, pero tal vez Max y Pen tenían razón: tal vez eso era algo bueno.

Sam tomó su móvil para llamar a Ellen, lo pensó y luego le envió un mensaje de texto.

¿Se supone que debo ser capaz de hacer los deberes de cuarto?

Ellen respondió de inmediato.

Espera a los exámenes finales de secundaria.

Por suerte, Sam tendría que esperar un largo tiempo para eso. Inhaló hondo y escribió una respuesta, con la esperanza de sonar desenfadado.

Ya veo. Otra cosa, ¿sería muy... espeluznante que me ofreciera como acompañante a una excursión escolar para pasar tiempo con mi hijo y también con su maestra?

La respuesta de Ellen fue otra vez inmediata.

Solo un poco. Pero hazlo. Y sé encantador. No hables sobre remolacha. Hazme saber si necesitas que escriba algunos temas de conversación apropiados.

Sam le envió el *emoji* que, en Estados Unidos, era la señal de la paz.

Luego tomó una hoja de papel y escribió: Señorita Quinn, será un placer para mí ponerme a su servicio como acompañante en la excursión al museo. Espero verla pronto, Sam Bishop.

Luego pensó: «No, tal vez es demasiado espeluznante».

Señorita Quinn, me encantaría presentarle a Teddy las maravillas del Museo de Historia Natural, Sam Bishop. «¿Qué demonios es eso, Sam?», se preguntó a sí mismo al leerlo y tomó otro papel.

Señorita Quinn, puedo ofrecerme como acompañante a la excursión al museo, Sam Bishop.

Eso, pensó, era mucho mejor. Solo que su letra era espantosa y la señorita Quinn enseñaba caligrafía y ella misma tenía una letra preciosa, así que Sam tomó otra hoja y reescribió la nota con cuidado.

Capítulo 8

Cuaderno de deberes de Teddy Bishop, ~~10/11/10~~: Diseño Tecnológico: lo peor. Lengua Moderna: también lo peor. Informática: peor peor. Lo mejor: la señorita Quinn es realmente buena en ~~multiplacaciones~~ multiplicaciones. También lo mejor: la señorita Quinn me ha ayudado con mi vocabulario de inglés y no se ha reído de mí. Lo último mejor: la señorita Quinn me ha dejado escoger la canción para acomodarnos en la mañana.

Para Sam, el cuaderno de Teddy siempre era una rica fuente de información. Se suponía que, cada semana, debía hacer una lista con las tres mejores y las tres peores cosas de esa semana. Teddy siempre comenzaba por lo peor (lo que a Sam le parecía revelador) y siempre coincidía con asignaturas que Teddy no había tenido en el sistema educativo estadounidense, de modo que tenía dificultades con ellas. Tenía dificultades con muchas de las diferencias entre los dos sistemas educativos. También Sam, que había sido educado en ese sistema, pero nunca había sido un padre en él y, francamente, había olvidado mucho de lo que significaba ser un niño en la escuela.

Las tres mejores cosas siempre giraban en torno a la señorita Quinn, de una u otra manera. La verdad era que, si Sam nunca hubiera conocido a la señorita Quinn, hubiera creído que estaba medio enamorado de ella solo por las descripciones que Teddy hacía en su cuaderno.

La señorita Quinn también era, casi siempre, parte de las aventuras del día de Teddy cuando las repasaban en la cena. Era evidente que las personas de su trabajo protagonizaban las aventuras de Sam, así que comprendía que uno tendía a hablar de las personas con las que pasaba la mayor parte del día y, para Teddy, esa era la señorita Quinn. Pero Teddy rara vez hablaba de alguno de sus compañeros y nunca mencionaba tener algún amigo. Se centraba exclusivamente en la señorita Quinn y en Jack.

Sam se lo comentó una noche.

—Hablas mucho sobre la señorita Quinn.

—La señorita Quinn es simpática. —Teddy se encogió de hombros—. Ya lo sabes. Me gusta mucho.

—¿Es una buena maestra?

—Es la mejor. Sabe mucho y es buena conmigo. No se ríe de mí.

—¿Quién se ríe de ti? —Sam no quería decir que estaba preparado para comenzar a afilar armas para lidiar con quien fuera que se riera de su hijo, pero..., bueno, quizá sí lo estaba.

Teddy volvió a encogerse de hombros.

Sam pensó cómo abordar el tema, hasta que se decidió.

—Bueno, yo, por mi parte, espero con ansias la excursión. Así tú podrás señalar a todos los niños terribles y yo podré ser amenazante con ellos.

—Papá, tú no eres amenazante. —Teddy no pareció impresionado.

—Puedo serlo.

—No creo que puedas.

—¿No te resulto amenazante cuando te castigo? —preguntó Sam con el ceño fruncido.

Teddy, de hecho, se echó a reír.

Esa era la visión de Teddy de la escuela: «demasiado larga». Teddy sentía que *cada día* era *toda una vida*. Y sentía que nunca tenía oportunidad de tomar aire. En la escuela sentía que estaba bajo el agua en todo momento. Era como estar en un océano, incapaz de escapar de las olas. Todos hablaban demasiado rápido y usaban palabras que él solo reconocía a medias gracias al vocabulario de su padre. Asumían un nivel de conocimiento en él en cosas que no sabía. Aprendían matemáticas de una forma totalmente diferente y las asignaturas tenían nombres distintos que a él le sonaban rarísimos. Teddy le habría preguntado a su padre si podía dejar de ir a clases hacía mucho tiempo de no haber sido por la señorita Quinn.

La señorita Quinn era básicamente la mejor persona en todo el universo. La señorita Quinn era agradable, amable y paciente. La señorita Quinn siempre se reía cuando él decía algo gracioso y no en otro momento. Sonreía casi todo el tiempo, menos cuando se ponía totalmente seria. Sabía la respuesta a todas las preguntas, pero, lo mejor, podía explicarle esas respuestas a Teddy de formas que él comprendía. La señorita Quinn también podía hacer el acento estadounidense muy bien, lo que siempre hacía reír a Teddy.

Así que era una suerte que estuviera la señorita Quinn, de lo contrario se hubiera negado a asistir a la escuela. De modo que estaba la señorita Quinn, a quien quizá le gustara su padre, a pesar de que nunca lo dijera; y su padre, al que *sin duda* le gustaba la señorita Quinn, a pesar de que le gustara fingir que ella solo era la maestra de Teddy y nada más.

Estaba la señorita Quinn y Jack, que lo recibía después de la escuela cada día y era el amigo que caminaba con él a casa, ya que los otros niños no parecían interesados en ello.

Fue pasando el tiempo, el clima se volvió más frío, los días más cortos y las hojas comenzaron a caer a su alrededor, y su padre insistió en que cambiara su abrigo ligero por uno más grueso y también le aseguró a Teddy que Jack no necesitaba un abrigo porque tenía un manto de piel.

Y cada día Jack lo encontraba después de la escuela y caminaba con él, a pesar de la brisa helada, y nadie más hablaba con ellos.

Hasta el día en que uno de los chicos más grandes decidió señalarlo.

—¿Qué pasa con ese perro? ¿Es tu único amigo? —Y luego todos los demás rieron como si eso fuera divertido.

Teddy había estado acariciando a Jack, pero se tensó al verse como el foco de atención de todos los niños, y luego Jack pareció sentirlo y comenzó a moverse en círculo, con actitud protectora alrededor de Teddy, lloriqueando un poco.

—Ni siquiera es suyo —señaló Pari—. Es el perro de la calle. Nos pertenece a *todos* en la calle.

—¿Ni siquiera es tu perro? —dijo el chico mayor que había comenzado con todo eso—. ¿Por qué hacer ver que lo es, entonces?

—Él es mi perro —afirmó Teddy, con firmeza, con una mano en el collar de Jack para mantenerlo a su lado—. Es el perro de todos, lo que lo hace mío también.

—¿Estás intentando robarles el perro a todos los demás? —dijo el chico.

Teddy miró a los que lo rodeaban y encontró la mirada de Pari. Pari parecía... horrorizada. No como Teddy esperaba que pareciera.

—Espera —dijo ella—. Él no intenta robarlo. Solo ayuda a cuidar de Jack.

—Parece que pasa más tiempo del que debería con Jack —afirmó el chico—. Danos al perro.

—No —dijo Teddy, con la mano aún en el collar de Jack, aunque Jack escogió ese momento para comenzar a gruñir en dirección al mayor de los chicos.

—Haz que deje de hacer eso ahora mismo —dijo el chaval—. ¿Qué crees que estás haciendo? No es tuyo, no puedes hacer que nos gruña a los demás.

Jack no dejó de gruñir y Teddy intentó decidir qué hacer. No estaba lejos de casa y, si dejaba a Jack, podía correr. Pero ¿Jack lo seguiría? ¿Y si esos chicos mayores intentaban robárselo? Vivían a unas calles de distancia y Jack no conocería a nadie allí, y la familia de Jack estaba en *esa* calle.

Y, mientras Teddy intentaba decidir qué hacer, el señor Hammersley apareció.

—¿Qué pasa aquí?

—¡Ah! Nada, señor. —El chico, con un adulto presente, se volvió naturalmente angelical—. Solo admirábamos a este adorable perro.

Jack seguía gruñendo.

—Idos ahora mismo —ordenó el señor Hammersley—. A vuestras casas.

Los chicos comenzaron a dispersarse, incluso Pari, lanzando una mirada atrás sobre su hombro.

—Si ya lo digo yo... No sé adónde irá este mundo —comentó el señor Hammersley—. Los críos de hoy en día... ¿Estás bien?

Teddy... quería ir a casa. A casa casa. Pero se agarró al collar de Jack y asintió. Jack se dio la vuelta, se pegó contra la pierna de Teddy y lloriqueó mientras besaba la mano del niño.

—No les hagas caso, ¿eh? —dijo el señor Hammersley con una mirada hacia el perro—. A Jack le gustas tú y no ellos, y Jack es el mejor juez de carácter que conozco.

Era verdad, Jack seguía cerca de él, sin dejar de lamerlo.

—Venga, corriendo a casa —agregó el señor Hammersley.

Teddy no necesitaba que lo animaran a hacer eso dos veces.

Cuando llegó a casa, su padre estaba en la oficina, trabajando aún.

—¿Has tenido un buen día? —preguntó y Teddy asintió, luego se encerró en su habitación con Jack y se acurrucó en su cama. Su padre no apareció para hacer más preguntas, así que Teddy fue libre de esconder su rostro en el suave pelaje de Jack y solo respirar.

Teddy estaba inusualmente callado. Podía ser muy reservado, pero era más conversador después de un día de escuela, aunque sus palabras fueran quejas en su mayoría. Así que Sam tocó a la puerta de Teddy al terminar su trabajo y, cuando escuchó «pasa», asomó su cabeza.

—¿Estás bien? —le preguntó a Teddy, que estaba sentado en su cama con Jack. Teddy asintió. No *se veía* bien, pensó Sam—. ¿Ha pasado algo en la escuela?

—No, la escuela ha estado bien. La señorita Quinn es buena.

—¿La escuela ha estado bien? —Sam alzó una ceja.

Teddy se encogió de hombros. «Mmm...», pensó Sam.

De acuerdo —dijo lentamente—. Pero me dirás si algo anda mal, ¿verdad? Sabes que puedes decirme lo que sea.

Teddy asintió, pero no ofreció más información.

«Genial», se dijo Sam. ¿Cómo se suponía que tenía que hacer frente a eso?

—No sé si Jack debería estar en la cama, está sucio —añadió. Pero no insistió con eso y regresó abajo para pensar en qué podían cenar.

El timbre de la puerta sonó y, al abrir, Sam se encontró con la última persona que esperaba ver en el mundo.

—¡Pari! —dijo sorprendido y luego no pudo decir nada más, porque no sabía qué más decir.

—¿Teddy está en casa? ¿Puedo verlo? —Los ojos oscuros de Pari lucían amplios y solemnes.

No *parecía* combativa. Así que Sam intentó pensar desesperadamente por qué Pari podía presentarse de repente en su casa.

—Sí, claro. Está arriba con Jack.

—Gracias. —Pari subió de inmediato las escaleras con su energía de niña de ocho años.

Sam pensó en seguirla para espiar, pero luego pensó: «No, solo un padre horrible espiaría». Luego: «No, un momento, tal vez un padre realmente bueno espiaría», y, como no pudo aclarar su mente, decidió sentarse en el último escalón, lo que no era tan malo como estar escuchando detrás de la puerta, pero tal vez le permitiera oír *algo*.

Teddy estaba sentado en la cama con Jack y solo miró a Pari cuando entró en su habitación. Al menos la cola de Jack se movió, pero no bajó de la cama.

—Supongo que estás muy enfadado conmigo —dijo ella, después de moverse con nerviosismo un momento. Teddy no dijo nada—. Lo siento.

No quería que nada de eso pasara y no quería que te quitaran a Jack y de verdad lo siento. De verdad, de verdad que lo siento —agregó Pari a toda prisa.

Teddy siguió sin decir nada. No parecía creerla. Pero Jack bajó de la cama, se acercó a ella y le lamió el rostro.

—Hola, Jack —saludó Pari y luego le preguntó a Teddy—: ¿Puedo sentarme en tu cama?

Teddy, después de un segundo, asintió.

Pari se sentó en la cama y observó a Teddy, que parecía abatido. Al verlo antes, con Jack, Pari había sentido que era la primera vez que lo veía realmente. Teddy estaba *infeliz* y *solo*. Por eso acaparaba tanto a Jack. Él no conocía a nadie más. No tenía un hermano mayor. Ni siquiera tenía una *madre*. Y Teddy no conocía a nadie en la escuela. Y Pari sintió que no había notado lo solo que estaba, hasta que fue forzada a *verlo*. Y ahora se sentía fatal.

—Ya no quiero estar en guerra contigo —afirmó.

—Yo tampoco quiero estar en guerra contigo —dijo Teddy después de un momento.

—Entonces no estemos en guerra —decidió Pari y se encogió de hombros.

—¿Aún intentas robar a Jack? —Teddy parecía sospechar. Pari negó con la cabeza.

—Tú estás dispuesto a compartirlo. Y yo puedo ir con la veterinaria siempre que quiera y ver toda clase de animales. ¡Ayer sostuve un conejillo de indias bebé!

—Eso suena genial —concedió Teddy.

—Sí, y es mejor porque mamá no tiene que ver a los animales. Mi hermano ya no va porque se desmayó.

—¡¿Se desmayó?! —Teddy pareció impresionado.

—*Sip.* —Pari asintió—. La veterinaria le mostró una aguja y se cayó al suelo. Se golpeó fuerte la cabeza. ¡Creí que había muerto!

—¡Guau!

—Lo sé. Pero era solo una aguja, ¿sabes?

Jack saltó a la cama entre ellos y lamió sus rostros.

—Deberíamos encontrar la manera de que Jack esté en la obra escolar —propuso Pari.

—Buena idea —admitió Teddy.

—*Brillante* idea —dijo ella y le sonrió.

Sam no podía oír casi nada desde el final de la escalera y estaba a punto de rendirse y subir a espiar de un modo apropiado, cuando el timbre volvió a sonar. Sam pensó que probablemente fuera Diya buscando a Pari.

Pero era el señor Hammersley, bien abrigado, como si estuviera a punto de ir a una caminata por la Antártida.

—¡Ah! —dijo Sam, sorprendido, al abrir la puerta—. Hola. ¿Algún problema?

—No quiero que piense que voy a empezar a llamar a su puerta todo el tiempo —soltó el señor Hammersley.

—De acuerdo —coincidió Sam—. ¿Pero necesita algo?

—Por supuesto que no. Puedo ocuparme de mí mismo.

—Claro —respondió Sam, sin saber qué más podía estar haciendo el señor Hammersley en su puerta.

—Solo quería decir que Jack puede quedarse aquí esta noche y que aquí hay comida para él. —Le entregó una bolsa de comida.

—¡Ah! —dijo Sam, desconcertado. Jack se quedaba en la casa con mucha frecuencia y ya casi no se comunicaban por eso.

—Creí que su chico podía necesitarlo aquí esta noche.

—¿Teddy? —preguntó Sam sin expresión.

—Sí, creo que esos chicos lo han alterado un poco, pero él es duro, su chico. Yo no me preocuparía mucho por eso. Y Jack ha hecho su parte.

Sam observó al señor Hammersley. Estaba claro que algo había sucedido y que daba por hecho que Sam lo sabía.

—Claro. Sí. Los chicos —afirmó, porque no quería admitir que Teddy no había mencionado nada al respecto.

—Él está bien, ¿verdad? —preguntó el señor Hammersley.

—Perfectamente —le aseguró Sam, lleno de falsa fanfarronería.

Y, tan pronto como hubo cerrado la puerta, subió las escaleras y golpeó a la puerta entreabierta de Teddy.

Teddy y Pari estaban riendo juntos por algo; Jack estaba estirado entre ellos, aún sobre la cama.

Sam permaneció allí de pie durante un momento, mirándolos, y olvidó por completo la razón por la que había subido a hablar con Teddy, porque allí estaba él, *riendo*.

—¡Papá! —exclamó Teddy—. ¡Pari y yo hemos tenido la mejor idea del mundo! ¿Podemos darle un baño a Jack? ¡Así ya no estaría sucio!

Sam no tenía corazón para negarle nada a Teddy cuando lo miraba así. «Conserva esa expresión en su rostro», se dijo. Así que se encontró a sí mismo instalando a los niños y al perro en el baño, y desesperado por el desastre que estaban a punto de hacer.

—Pari, ¿cuál es el número de tu madre? —preguntó Sam—. La llamaré para avisar que estás aquí.

—¡Ah! Mi mamá no está en casa —respondió ella mientras reía de felicidad ante el perro mojado—. Ha tenido que ir a casa de mi tío para ayudar a preparar comida para una fiesta. Pero mi papá sí está en casa.

—Entiendo. ¡Qué sexista de mi parte! Déjame llamar a tu papá. —Pari le dio el número y Sam marcó—. Hola, Darsh. Soy Sam Bishop, el vecino —dijo cuando Darsh contestó.

—¡Ah! —respondió Darsh en tono agradable—. Hola.

—Solo quería avisarte de que Pari está aquí dándole un baño a Jack.

—¡Qué bonito!

Sí lo era, sí, pensó Sam.

Después de que los niños bañaran y cepillaran a Jack, con el enorme desastre correspondiente, Sam vio a Pari salir corriendo hacia casa y decidió no hacer nada más agotador que cereales para la cena, porque limpiar el baño ya había sido lo bastante agotador.

—Mi aventura de hoy —dijo—. El señor Hammersley ha venido a ver cómo estabas tras un incidente con otros niños.

Tenía esperanzas de provocar a Teddy para que le dijera lo que había sucedido, pero no lo logró.

—Mi aventura de hoy ha sido que hice una amiga —dijo este en su lugar y pareció tan complacido consigo mismo que Sam pensó que ese debía ser el día más increíble en Londres hasta entonces.

Capítulo 9

¡Hola a todos! ¡Deberíamos hacer planes para la noche de las Hogueras![2] Sería agradable ver los fuegos artificiales juntos. Pero, dado que Jack es responsabilidad de todos, también deberíamos discutir qué hacer con él durante los fuegos artificiales.

Pen

Max había pensado durante largo tiempo qué hacer con la librería que le había dado Sam. El arte multimedia no le gustaba demasiado y, aunque la librería era muy bonita, tampoco era una pieza única. Solo era una imponente pieza de madera que no había sido decorada en absoluto y a la que podría sentarle bien un poco de personalidad. Pero Max no decidía qué personalidad debía adquirir. Cada día salía al cobertizo y evaluaba la librería, pero cada día la librería se negaba a hablar con él. Algunas veces Jack aparecía y se sentaba con Max y este le decía cosas como: «¿Sabes algo de la técnica japonesa de Shou-Sugi-Ban?», y Jack lo estudiaba con atención.

Entonces Max leyó la nota que Pen había deslizado por debajo de su puerta principal (por las de todos, asumió) acerca de la Noche de las Hogueras y de cuidar de Jack, y ese día fue al cobertizo y la librería le dijo exactamente lo que necesitaba ser.

---

2. La Noche de las Hogueras es una celebración que se realiza en Reino Unido la noche del 5 de noviembre *(N. de la T.)*

Pero esa idea debía involucrar a toda la calle, pensó Max, y debía comenzar, en realidad y para ser justo, con el señor Hammersley.

Y así fue como Max se descubrió a sí mismo llamando a la puerta del señor Hammersley.

No pensó que él fuera a abrir, pero lo hizo, finalmente, con el ceño fruncido.

—¿Qué? —exigió.

—Hola, soy Max. Del otro lado de la calle.

—¿Qué quieres? —El señor Hammersley no parecía para nada impresionado.

—Tengo una propuesta para usted —respondió Max.

—No estoy interesado en nada —afirmó el señor Hammersley y se dispuso a cerrar la puerta. Max la detuvo antes de que pudiera cerrarse por completo, con lo que se ganó una mirada que, por fortuna, no fue realmente capaz de matarlo, o Max habría estado muerto.

—Al menos escúcheme —agregó en un esfuerzo por sonar animado.

—¿Por qué? —exigió el señor Hammersley.

—Porque tiene que ver con Jack.

—¿Qué pasa con Jack? —preguntó de mala gana. En cualquier caso, aquello había atraído la atención del señor Hammersley, como Max había esperado.

—Tengo una idea para un regalo relacionado con Jack. Para toda la calle. Y me gustaría que usted me ayudara.

—¿Que yo lo ayudara? —Pareció sorprendido, luego receloso—. ¿Por qué?

—Porque Jack comienza por usted. Porque en cualquier otra calle habrían llevado al perro a la protectora de animales para que alguien lo adoptara, pero usted fue el primero en acogerlo y en decidir que la calle debía adoptarlo. Así que cualquier regalo relacionado con Jack, creo que debería comenzar por usted.

El señor Hammersley parecía no saber qué decir.

—Y además —agregó Max con una sonrisa— es un proyecto artístico. Y usted es un artista.

Había algo viviendo en su buhardilla y, francamente, Sam *no* tenía tiempo para eso. Tenía mucho trabajo y ya se tomaría un día libre esa semana para ser acompañante en la excursión. Sin embargo, tenía que hacer algo al respecto, porque él y Teddy habían oído ruido de rasguños allí arriba, e incluso Jack había comenzado a ladrar hacia el techo.

Teddy creía que era divertido y esperaba que fuera una serpiente venenosa.

—¿Por qué querrías que fuera una serpiente venenosa? —preguntó Sam—. ¿Y si decidiera mordernos y matarnos mientras dormimos?

—Está atrapada en la buhardilla, papá —dijo Teddy y se encogió de hombros, nada impresionado.

—La buhardilla está conectada con la casa, ¿sabes?

—Estaremos bien —afirmó Teddy.

—Sobre todo porque no hay muchas serpientes venenosas en Inglaterra —señaló Sam.

—Hay algo en mi buhardilla —le dijo a Ellen más tarde.

—¿Un animal? —preguntó ella.

—Bueno, espero que no sea una persona.

—Relájate. —Ellen rio como si eso fuera gracioso—. Solo llama a alguien. Que alguien se encargue.

Así que Sam llamó a un exterminador y lo siguió por toda la casa. El exterminador frunció el ceño e hizo anotaciones. Se parecía un poco a un examen médico y Sam quería saber si la casa lo había pasado.

—Malas noticias —dijo el exterminador en su lugar—. Tiene murciélagos allí arriba.

—¿*Murciélagos?* —preguntó Sam—. ¿En plural?

—Tienden a vivir en colonias. —El exterminador se encogió de hombros, como si una manada de murciélagos, o como fuera su sustantivo colectivo, no resultara alarmante.

—De acuerdo —respondió Sam e intentó mantener la calma y no imaginar una buhardilla atestada de murciélagos—. ¿Y qué puedo hacer al respecto?

—Bueno, es complicado. Están protegidos, ¿sabe? Así que en realidad no se pueden perturbar sus nidos. No sin un permiso.

—¿Así que tengo que... vivir con una colonia de murciélagos en mi buhardilla? —Sam lo miró asombrado.

—¡Es fantástico! —exclamó Teddy cuando Sam se lo contó esa noche en la cena—. ¡Es la mejor aventura que hayas tenido!

—¿Así que tienes murciélagos viviendo en *tu casa*? —dijo Pari, que parecía muy impresionada, mientras compartían un chocolate caliente, envueltos en sus abrigos, en el patio trasero de Teddy. Pari lo había llamado «pícnic de día frío» y Teddy pensó que era brillante.

—Es genial, ¿verdad? Es toda una *colonia*.

—¿Qué es una colonia de murciélagos? —preguntó Pari—. ¿Como una familia?

—Eso creo, sí. Una gran familia.

—Un grupo de murciélagos con un montón de hermanos y hermanas —comentó Pari—. Probablemente estén riñendo todo el tiempo.

—¿Riñendo? —comentó Teddy.

—Sí, ya sabes, es como discutir —explicó Pari—. Mamá lo llama «riñas». Muchas «riñas».

—¡Vaya! —Teddy lo consideró—. Yo no tengo hermanos ni hermanas, así que no lo sé.

—Tú eres como Jack. Él no tiene hermanos ni hermanas tampoco. Por eso la calle es su familia, ¡lo que es fantástico!

Jack había estado recostado a sus pies, con las orejas atrás mientras buscaba ardillas en los árboles casi pelados, pero al escuchar su nombre levantó la cabeza y ladró una breve contribución a la conversación.

—¿Lo ves? —preguntó Pari—. Jack está totalmente de acuerdo. Fantástico. —Rascó detrás de las orejas al perro e hizo que su cola se sacudiera y su lengua colgara.

—Me pregunto si Jack querría hacerse amigo de los murciélagos.

—No lo sé —dijo Pari, dudosa—. No le gustan mucho las ardillas. Y siento que los murciélagos son solo ardillas voladoras.

—No, las ardillas voladoras son ardillas voladoras —afirmó Teddy—. Los murciélagos son totalmente diferentes.

—Creo que son más como ratas voladoras, ¿no? Y los gatos de la señora Pachuta persiguen a las ratas y ella dice que a Jack no le gustan sus gatos, así que tal vez a Jack *sí* le gusten las ratas y tal vez le gusten las ratas voladoras. Mmm... —Pari miró a Jack pensativa.

Jack se alejó para investigar si algo interesante podía haberse filtrado en el jardín trasero.

—No importa —afirmó Teddy—. Ni siquiera sabemos cómo llegar a la buhardilla.

La mañana de la excursión al Museo de Historia Natural, Teddy y Sam salieron de casa y casi de inmediato se encontraron con el señor Hammersley, que estaba a punto de cruzar la calle. Dado que el señor Hammersley rara vez salía de casa, Sam lo saludó, sorprendido.

—¡Vaya! Hola.

—Hola —respondió él, como si se vieran cada mañana.

—Hola, señor Hammersley —dijo Teddy, feliz—. ¡Hoy vamos al Museo de Historia Natural!

Teddy esperaba con muchas ansias esa excursión. Y Sam estaba muy aliviado y feliz, pues en realidad era como tener a su hijo de vuelta.

—Bueno, divertíos, entonces —respondió el señor Hammersley y siguió su camino.

—¿Y adónde va usted? —no pudo evitar preguntar Sam.

—Estoy trabajando en un proyecto artístico —dijo el señor Hammersley y siguió caminando.

Sam comenzó a caminar por la calle con Teddy, pero miró atrás para ver adónde se dirigía el señor Hammersley, que resultó ser a la puerta de Max y Arthur. «Increíble», pensó Sam, sorprendido.

La clase era un caos apenas organizado, con un grupo de niños sobreexcitados que conversaban unos con otros a todo volumen.

La señorita Quinn se acercó a Sam.

—¡Ah, señor Bishop! Hola —dijo y le entregó un papel y un dibujo de un pez plastificado con un imperdible detrás—. Estos son los niños de los que serás responsable. Sois el equipo Barracuda. Ponlo en tu camiseta, por favor.

—¿Barracuda? —repitió Sam.

—Mejor no preguntes —respondió la señorita Quinn con una ligera sonrisa, antes de gritar—: ¡Equipo Barracuda! ¡Por aquí!

Teddy y otros cuatro niños se acercaron obedientes y se pararon frente a Sam, sin dejar de hablar emocionados.

—Hola —les dijo Sam, aunque apenas se percataron de su presencia.

Teddy no estaba participando realmente en la conversación, pero no parecía importarle. Sí saludó a Pari Basak al otro lado de la clase, que estaba pegada a su madre, también acompañante a la excursión.

Sam miró a los otros dos padres acompañantes y notó que ambos eran hombres. Probablemente era algo sexista por su parte, pero la verdad era que, aunque no había esperado ser el único, tampoco esperaba que la mayoría fueran hombres. Y, mientras los observaba, notó lo que le pareció, bueno, una gran cantidad de coqueteo hacia la señorita Quinn. Ella parecía eludirlo con elegancia y seguir adelante, lo que a Sam le hizo reaccionar de inmediato: ¡qué arrogante y grosero había sido al presentarse en el trabajo de la señorita Quinn y asumir que ella querría ser distraída con coqueteos mientras intentaba hacer su trabajo!

Entonces se sintió, básicamente, como la peor persona del mundo por haber tenido esa idea.

Fue por eso que evitó a la señorita Quinn mientras se trasladaban al autobús y tomaban asiento. Ella tenía mucho con que lidiar en ese momento y merecía que la dejaran trabajar en paz.

Diya Basak se sentó junto a él en el autobús, sonrió y lo saludó.

—Hola —dijo Sam, y estaba a punto de decir que se alegraba de que Pari y Teddy parecieran haberse hecho amigos, pero Diya lo distrajo con su comentario:

—¿Has visto que el anciano está haciendo algo con la pareja gay?

—¡Sí! —respondió él. Los chismes de la calle ganaron la partida—. ¿Qué puede ser?

—No lo sé. Deberíamos preguntarle a la escritora. Ella lo sabe todo.

La conversación fue interrumpida por la señorita Quinn, que se puso de pie al frente del autobús y les llamó la atención.

—De acuerdo, todos estáis presentes y contados, y todos habéis recibido los distintivos correspondientes a vuestros equipos. Ahora todos sabéis con quién debéis quedaros en el museo. Os daré más instrucciones al llegar. ¡Próxima parada: Museo de Historia Natural!

Los niños aplaudieron, el autobús arrancó y Diya comenzó a hablarle a Sam de lo ocupada que estaba con una gran red de amistades y familiares, pero afirmaba que era importante pasar esos breves momentos con sus hijos, y Sam descubrió que ella no esperaba mucho por su parte, pero asentía de vez en cuando. Un poco aburrido, resultó que levantó la vista al mismo tiempo que la señorita Quinn miraba en su dirección, y ella le sonrió, con sus hoyuelos como evidencia. Y él correspondió a su sonrisa y pensó que, más adelante, cuando la excursión terminara, cuando las cosas se calmaran, invitaría a la señorita Quinn a tomar un café, como debería haber hecho siglos atrás, y no sería extraño ni siniestro, se aseguraría de que fuera... *agradable.* Porque a él le gustaba ella y ella actuaba como si él le gustara, y si ella no quería ir a tomar un café, él abandonaría la idea.

Y entonces, de repente, el autobús dio una sacudida y comenzó a detenerse.

Diya interrumpió su monólogo.

—¿Qué sucede? —preguntó.

La señorita Quinn se acercó a conversar con el conductor.

—Estoy seguro de que no es nada —dijo Sam, a pesar de que el autobús se detuvo por completo, lejos del Museo de Historia Natural.

Max había extendido un lienzo detrás de la librería y trabajaba en una pintura, y el señor Hammersley estaba tallando frente a ella. El trabajo del señor Hammersley fascinaba a Max, quien pasó tanto tiempo mirándolo, que finalmente el señor Hammersley protestó.

—Deje de mirarme.

—Lo siento. Lo siento. Es solo que es... increíble. —Max alargó la mano y pasó los dedos sobre el tallado en espiral de la madera—. Tiene muchísimo talento. Todo lo que yo hago es arrojar pintura sobre las cosas, pero esto es... extraordinario. —El señor Hammersley resopló—. ¿Solía hacerlo con mucha frecuencia cuando era más joven? —preguntó Max tras observar de nuevo el trabajo del señor Hammersley.

—Cuando era más joven estaba ocupado —bufó este—. No tenía tiempo para hacer esto ni había mucha demanda. —Dio un paso atrás y evaluó su trabajo—. Bueno, algo sí hacía —admitió luego.

—Por diversión. Entiendo —dijo Max.

—Hoy en día estáis todos perdidos —afirmó el señor Hammersley—. Creéis que todo tiene que ser divertido. ¿Qué hacéis por diversión, si lo que hacéis por trabajo es por diversión?

Max rio, pero cuando el señor Hammersley lo miró, supo que esa no era la reacción apropiada.

—Tiene razón —dijo—. Por eso estaba riendo, porque... tiene razón. No sé cuál es la respuesta a eso.

—Típico, vosotros nunca pensáis bien las cosas —comentó el señor Hammersley. Luego avanzó y volvió a trabajar en su tallado.

Max no estaba seguro de a quiénes se refería con «vosotros», pero no pensó que tuviera importancia. Estaba de acuerdo con él y no le importaba a quiénes se refiriera.

—Puede ser una crítica justa —coincidió y regresó a su lienzo.

Al principio, cuando el autobús se detuvo, Sam asumió que era algo sin importancia o temporal.

Ahora, sin embargo, empezaba a parecer algo eterno.

La señorita Quinn estaba abajo, hablando por el móvil, ocupándose del asunto, mientras el conductor estaba perdido debajo del capó y los niños comenzaban a inquietarse y a quejarse por estar parados a un lado de la carretera en lugar de estar en el Museo de Historia Natural. Los otros dos acompañantes parecían estar envueltos en una acalorada discusión futbolística, así que Sam decidió que dependía de él ayudar, y se puso de pie al frente del autobús.

—Hola, niños —dijo—. ¡Qué aventura!, ¿verdad?

Los niños siguieron protestando. No creían que aquello fuera una aventura. Y Teddy parecía horrorizado de que él estuviera allí al frente.

En cualquier caso, en lo único que Sam podía pensar era en que resultaba una buena idea mantener a los niños ocupados en *algo*, ya que no parecía que la ayuda fuera inminente.

—He oído que estáis trabajando en una obra —comentó.

—Es una obra de Navidad —le informó una niña.

—Tiene nieve y bebés —agregó otra.

—Y también trata del cambio climático —dijo una tercera.

—La hemos estado escribiendo juntos —intervino un niño.

—Es muy dramática —añadió la primera niña.

—Bien, muy bien —respondió Sam—. Parece un buen tema para pasar el tiempo. Decidme, ¿cómo trabajáis en la obra?

—Primero pensamos la trama —volvió a decir la primera niña—, y ahora estamos divididos en grupos y se supone que cada grupo debe escribir una escena.

—De acuerdo. Bueno... —Sam se quedó en silencio cuando la señorita Quinn apareció detrás de él y lo miró con sorpresa—. Lo siento —se disculpó con ella—, pensaba que tal vez podría...

—Hacer que trabajen en su obra —concluyó ella—. No te disculpes, es muy buena idea. Venga, chicos, dividíos en grupos y trabajad en vuestras escenas.

Los niños se dispersaron por todo el autobús ruidosamente para encontrar sus grupos.

—Espero que no te haya molestado —dijo Sam a la señorita Quinn—. No era mi intención entrometerme, pero parecías muy ocupada y los niños empezaban a estar algo inquietos.

—¡Qué va! Gracias por ello, de hecho —respondió la señorita Quinn—. Ha sido una buena idea. Supongo que no sabrás cómo arreglar autobuses también, ¿verdad? Resulta que el conductor no tiene ni idea.

—Por desgracia, no es una de mis especialidades—admitió Sam.

—¿No? —Ella le ofreció una de sus sonrisas con hoyuelos—. ¿Como la remolacha?

—Juré no mencionar la remolacha en nuestra siguiente conversación.

—No te preocupes por eso. Yo la he mencionado, así que estás salvado.

—¡Ah, qué bien! —respondió Sam, y luego se le borró por completo de la mente qué más podía decir.

—Ahora no tienes de qué más hablarme, ¿me equivoco? —La sonrisa de la señorita Quinn se amplió.

—Solo soy capaz de pensar en remolacha —admitió Sam apenado.

—¡Señorita Quinn! —exclamó alguien, y luego ella se giró hacia los niños y respondió—: ¡Ya voy! —Y, mientras se alejaba de él por el pasillo del autobús, le dijo—: Está bien. El tema de la remolacha te está funcionando.

«El tema de la remolacha te está funcionando...». Sam pensó que eso era algo bueno. Si estaba funcionando para él, debía ser algo bueno... ¿o no?

Sam volvió a acomodarse en su asiento junto a Diya.

—Así que te gusta la señorita Quinn... —comentó ella de inmediato.

—¿Tan evidente es? —Sam bufó y golpeó su cabeza suavemente contra el asiento.

—Sí —respondió Diya—. Pero creo que a ella también le gustas.

—¿En serio? —Sam se había inclinado hacia delante, ansioso—. ¡Ay, por Dios! —agregó luego—. Estoy sentado en un autobús escolar preguntando si le gusto a una chica. No he progresado nada en los últimos veinte años de vida en este planeta.

A la mitad del día, Max se alejó de repente de su lienzo.

—Creo que voy a por una taza de té. ¿Quiere? —preguntó.

Bill quería té, por supuesto, pero no estaba seguro de querer socializar ante una taza de té. Trabajar en el proyecto de la librería estaba bien: Max era un trabajador aplicado que no tendía a parlotear, y Bill lo apreciaba por eso. Pero no quería tener una conversación forzada con Max en la que debería admitir, al menos para sí mismo, que no tenía ni idea de lo que Max estaba hablando la mitad del tiempo. Hablar con personas jóvenes, pensó Bill, era la forma más fácil de recordarse a sí mismo lo anciano que era.

—No aceptaré un no como respuesta, el té es totalmente necesario como combustible para seguir con el arte —dijo Max y marchó adentro.

Bill, sin saber bien qué hacer, pensó que tal vez podía intentar ignorar a Max y solo regresar a su tallado de madera. El tallado era algo que entendía, no como le sucedía últimamente con el resto del mundo.

—¡Su té está listo! —exclamó Max—. ¡Venga adentro!

Bill quería simplemente negarse, pero Jack salió corriendo del cobertizo para pararse junto a la puerta trasera de Max, y no entró, sino que se detuvo y esperó a Bill, moviendo la cola. Y Bill no quería decepcionar a Jack, que parecía tan emocionado con la idea de ese té con Max.

—Está bien —bufó. Bebería ese té; no hacía falta que le *gustase*.

Max, que había servido el té y una montaña de galletas, se encontraba a punto de darle a Jack unas galletas para perro a cambio de algunas piruetas. Y este giraba sobre su lomo; algo que Bill no sabía que pudiera hacer. Aunque Bill no le hacía hacer piruetas a cambio de comida, claro, pues le parecía simplemente cruel.

Max, como no tenía un lienzo frente a él, creyó que era momento de hablar.

—Debería tallar una efigie para la Noche de las Hogueras. Podríamos echarla a la fogata. —Bill negó con la cabeza, y Max preguntó—: ¿Por qué no? Sería bonito.

—No iré a ninguna fogata para la Noche de las Hogueras —sentenció Bill.

—¡¿Por qué narices no?! —replicó Max, como si lo desaprobara.

—¿Por qué debería ir? —insistió Bill.

—Porque es algo divertido. Porque nos gustaría tenerlo allí.

—¿*Nos*? —Bill lo observó—. ¿Quieres decir tú y tu...? ¿Cómo lo llamas? —Eso era lo que Bill odiaba: no tenía ni idea de cómo llamar al hombre con el que Max vivía.

—¿Cómo llamo a quién? —preguntó Max, inexpresivo.

Bill señaló incómodamente la casa con una mano, con esperanzas de que Max sacara conclusiones de eso.

—¡Ah! —concluyó Max—. Arthur. Lo llamo Arthur. O mi esposo, supongo, si a eso se refiere. Pero no, no es de él de quien hablaba. Me refería a la calle. A los vecinos de la calle nos gustaría tenerlo con nosotros la Noche de las Hogueras. Imagino que todos saldremos para ver los fuegos artificiales juntos.

—¿Los vecinos de la calle? —Bill por poco rio. Como si alguien en la calle se hubiera interesado por él en años.

—Claro. Y es *su* calle, después de todo. Es parte de ella. Debería estar allí.

Bill negó con la cabeza.

—La Noche de las Hogueras es para vosotros, que... os conocéis unos a otros y compartís... bebidas verdes o lo que sea.

—En realidad, solo Pen prepara bebidas verdes —respondió Max—. Los demás creemos que eso es asqueroso. Y en realidad apenas nos conocemos. Usted sabe tanto como el resto de nosotros. De hecho, la verdad es que probablemente usted es quien sabe más que nadie, porque sabe más de Jack, y él es el que nos une. Usted conoce a Jack, y a Sam y a Teddy, y ahora me conoce a mí. —Max metió una galleta en su boca—. Así que debería venir. —Como si eso lo resolviera.

Bill pensó, para sus adentros, que Max estaba absolutamente loco. Pero a Jack parecía agradarle y Bill suponía que eso contaba para algo.

Diya era, en el fondo, una celestina. Siempre estaba alerta a la posibilidad de que surgiera un romance a su alrededor. Era experta en emparejar a las personas. Ella había encontrado a Darsh y tenía unos hijos preciosos, y pensaba que lo mismo debería pasarle a todo el mundo.

Así que Diya, con la falsa excusa de necesitar estirar las piernas un poco, caminó a un lado y al otro del autobús, hasta que se encontró junto a la señorita Quinn, que estaba ayudando a un grupo de alumnos con una escena.

—En realidad depende solo de vosotros, de si pensáis que el pastor debe estar jugando con su móvil mientras cuida de su rebaño —estaba diciéndoles a los niños, pero, ante la llegada de Diya, le sonrió—. Señora Basak, ¿qué puedo hacer por usted?

—Debería sentarse con Sam —respondió Diya.

—¿Sentarme con Sam? —La mirada de la señorita Quinn se disparó hacia el lugar en el que Sam estaba sentado, mirando su móvil.

—Sí —dijo Diya con firmeza. Y, como la señorita Quinn parecía a punto de poner excusas, agregó—: Creo que tiene algunas ideas sobre nuestra situación.

—¿Algunas ideas sobre nuestra situación? —La señorita Quinn alzó las cejas.

Diya asintió.

Los labios de la señorita Quinn se torcieron. Ni por un momento había creído la débil excusa de Diya, pero Diya estaba segura de que no necesitaba creerla. De hecho, pensaba que solo necesitaba alguna razón para acercarse a Sam y hablar con él.

A Sam le gustaba la señorita Quinn, y Diya confiaba en que a la señorita Quinn le gustaría Sam también si tenía oportunidad.

—Bueno, entonces, tal vez le gustaría ayudar un poco a los niños mientras yo hablo con el señor Bishop sobre nuestra situación —dijo ella.

—Sí —accedió Diya—. Buena idea.

Sam levantó la vista del juego al que jugaba en su móvil cuando alguien se deslizó en el asiento junto a él. Diya, asumió, hasta que vio a la señorita Quinn.

—Hola —dijo, sorprendido.

—Hola —respondió ella—. Eres como el pastor que cuida su rebaño y juega con su móvil.

—¿Soy como qué?

—La obra de Navidad. Es una versión moderna.

—¡Ah! Ya veo. —Sam dejó su móvil y miró hacia el fondo del autobús, desde donde Diya obviamente estaba espiándolos y de inmediato apartó la vista cuando vio a Sam mirándola. Sam regresó hacia la señorita Quinn—. ¿Diya Basak te ha enviado aquí?

—Ha dicho que tenías algunas ideas sobre nuestra situación.

—¿Qué situación? —preguntó Sam.

—Bueno... —continuó ella—, cualquier idea que puedas tener con respecto a nuestro autobús averiado o a nuestro lento vehículo de rescate será más que bienvenida, pero también aceptaría cualquier idea sobre la remolacha, ya que sé que es tu especialidad. —Ella sonrió y dio la impresión de que no le importaba su incapacidad de pensar en mejores temas de conversación.

—Tengo otros temas de conversación sobre los que soy capaz de discutir —dijo Sam de todas formas.

—¿Sí? No puedo imaginar cuáles podrían ser. No, espera: ¿información sobre la quínoa?

—Puedo preparar información sobre la quínoa para nuestra próxima conversación si quieres —ofreció Sam caballerosamente.

—Eso me hace esperar con ansias nuestra próxima conversación, con una anticipación casi insoportable, de hecho —respondió ella, con ojos brillantes pese al mechón de cabello que caía por su frente y los oscurecía.

—Espero poder obtener información interesante sobre la quínoa. No quisiera aburrirte.

—Sospecho que eso sería imposible —respondió la señorita Quinn, con ligereza, como si no fuera una afirmación tremenda, como si eso no hiciera que Sam sintiera que su cabeza era desprendida de sus hombros y flotaba—. Ahora dime, ¿de qué planeabas hablarme hoy?

—¿Qué? —preguntó Sam, consciente de que ella esperaba una respuesta, pero totalmente incapaz de procesar nada frente a..., bueno, ante la existencia de la señorita Quinn en general.

—Si tu tema de conversación no fuera la quínoa, ¿cuál sería?

Sam miró a la señorita Quinn, con su pelo rojo oscuro debajo de un gorro de lana azul, con su boca sonriente, sus ojos penetrantes.

—Tengo un murciélago (posiblemente *murciélagos*, en plural) viviendo en mi buhardilla —se oyó decir a sí mismo.

Ella rio y Sam decidió que esa sería su aventura del día: «Hice reír a la señorita Quinn».

—Te prometo que no lo digo como eufemismo —dijo, porque quería que ella siguiera riendo.

—Eso espero. Ni siquiera sé de qué podría ser un eufemismo, pero me temo que sería algo que necesitarías que analizara un médico. —Ella seguía riendo al decirlo; parecía que había bajado la guardia y se la veía relajada.

Sam no se había dado cuenta de lo tensa que se había puesto a lo largo de la desastrosa escena del autobús atascado, y ver que la tensión salía de ella lo hizo sentirse audaz. Esa, al menos, fue la única explicación que encontró al hecho de inclinarse y elevar un dedo para apartar ese cabello rebelde de los ojos de la señorita Quinn. Pudo haber sido su imaginación, pero estaba bastante seguro de que la respiración de ella se había detenido. Ella lo miró y él volvió a experimentar ese momento que había vivido al verla por primera vez en el supermercado, esa sensación de que el tiempo frenaba su ritmo y se detenía a su alrededor, para darle tiempo solo de *ver, vivir* y *respirar*.

«Estar tan cerca de ella ha sido un error táctico», pensó, aturdido. Tan cerca de ella, tan cerca del límite, era muy fácil resbalar y caer por completo dentro de esos ojos.

La miró, su mano aún estaba detenida detrás de su oreja, donde había acomodado su pelo, y, *por supuesto*, fue entonces que el nuevo autobús llegó. *Por supuesto.*

Se produjo todo un coro de «¡Señorita Quinn!» y ella parpadeó. Y él se alejó de repente, avergonzado al pensar que estaba pensando en besarla en un *autobús escolar*. ¡Jesús! Realmente necesitaba dejar de comportarse *literalmente* como un adolescente.

—Tengo que... —dijo ella, casi sin aliento.

—Sí. Sí —coincidió él mientras ella se deslizaba del asiento.

Al bajar del autobús, ella se giró para mirarlo, con una mano jugando con su colgante de estrella y una expresión indescifrable.

—¿Y bien? —preguntó Diya alegremente al regresar al asiento—. ¿Cómo ha ido?

—Eso ha sido innecesario —le dijo Sam, a pesar de que, por sus propios medios, había estado haciendo un pésimo trabajo para tener una conversación con la señorita Quinn.

—Quizá deberías haberla besado —afirmó Diya tras mirarlo con expresión de que sabía que sus acciones habían sido muy necesarias.

—Ni siquiera sé su nombre —señaló Sam.

Diya pareció impresionada. Impresionada por el terrible trabajo que estaba haciendo Sam con el coqueteo, pensó él.

—¡Madre mía! Necesitas *mucha* ayuda. Puede que tenga que convocar a toda la calle.

—¡Ay, por Dios! ¡Por favor, no! —dijo Sam, horrorizado.

—*Deberías* usar al perro. A muchas mujeres que no son yo les gustan los perros.

—¿De verdad vas a sentarte aquí conmigo y darme consejos románticos? ¡Como si no tuviera suficiente con mi hermana! Esta es la peor excursión escolar de toda mi vida y una vez, cuando tenía once años, fuimos al Museo Británico, tropecé, me caí por las escaleras y me rompí el tobillo. Así que quiero que veas el puesto que ocupa este viaje.

—Mira, he visto lo que acaba de pasar en este asiento. Y te puedo asegurar que, sin duda, nunca has tenido una excursión mejor que esta —concluyó Diya tras un resoplido.

Sam miró por la ventana a la señorita Quinn, que hablaba con el nuevo conductor. Una mano seguía jugando con su colgante de estrella, pero la otra estaba cerca de la oreja que Sam había rozado, y daba vueltas a un mechón de cabello sin pensarlo. El que él había tocado, le gustó pensar.

—De acuerdo —concedió de mala gana—. Puede que tengas razón.

Arthur pasó un momento frente a la librería de su cobertizo admirando los espirales tallados en la madera.

—¿Él ha hecho esto? —preguntó.

—Sí, el señor Hammersley —confirmó Max, con regocijo—. Mi amigo. Somos viejos amigos ahora.

—¿Ah, sí? ¡Qué rápido habéis ido!

—Hemos compartido un té y todo.

—¡Ah! Eso aclara las cosas entonces —coincidió Arthur—. Ahora ya sois amigos de toda la vida.

—Ambos somos artistas. Entendemos el *alma* del otro —continuó Max, embarcado en su tren de ridiculeces.

—¡Ajá! ¿Debería estar celoso?

—Siempre deberías estar celoso.

—¡Ajá! —repitió Arthur—. Ahora vamos a comer, ¿vale?

—Eres tan difícil de impresionar... —remarcó Max, lastimosamente, mientras seguía a Arthur por el jardín hacia la casa.

—De ahí que fueras digno de atención —comentó Arthur por encima de su hombro al entrar a la casa.

—¡Ah! Ese furtivo romanticismo tuyo. Siempre me conmueve.

Arthur rio y revisó la nevera deseando que apareciera comida por arte de magia dentro de ella.

—Me alegra que hayas tenido un buen día con tu amigo artista.

—Creo que lo he convencido de que vea los fuegos artificiales con todos nosotros en la Noche de las Hogueras.

—¿Veremos los fuegos artificiales todos juntos?

—Eso hace pensar la nota de Pen, ¿no?

—¿Y el señor Hammersley nos acompañará a ver los fuegos artificiales?

—Bueno, si no lo he convencido todavía, ya lo convenceré más adelante.

—Eso *podría* impresionarme, solo que no es muy sorprendente. Eres la persona más condenadamente obstinada del mundo.

—Mira quién habla —señaló Max. En ese momento, Jack apareció por la puerta trasera para su cuarta o quinta cena de la noche.

Arthur ignoró el comentario de Max y le entregó la comida de perro para Jack sin rechistar. Sin embargo, después añadió:

—Creo que debería ir a hablar con el señor Hammersley. Tal vez él y yo podamos tomarnos una cerveza y lamentarnos por lo imposible que resulta intentar resistirse a cualquier cosa que tú quieras que se haga.

Max sonrió sin muestra alguna de arrepentimiento.

Tras una detallada investigación sobre la frecuencia cardíaca en reposo, Pen escribió en su blog:

Avances en la calle. Ahora La Niña India y el Niño Nuevo son amigos. Y parece que el Anciano y el Gay Rubio ahora también lo son. No sé cuál de las dos nuevas relaciones es más sorprendente. La Niña India y el Niño Nuevo corren de un lado al otro de la calle con Jack pisándoles los talones. Cuando Jack monta guardia en busca de ardillas, la Niña India y el Niño Nuevo parecen ir a la caza de murciélagos. Por lo que he oído, el Anciano y el Gay Rubio se han encerrado en el cobertizo del Gay Rubio para trabajar en un proyecto de arte secreto.

Mientras tanto, la Mujer India ha añadido al Nuevo Vecino a su lista de Personas a las que Cuidar (he podido comprobar que su propia familia a menudo puede estar muy abajo en esa lista), y suele llevarle comida a casa. No estoy segura de si se debe a una nueva amistad o a algo totalmente diferente...

Capítulo 10

¡Los del cuarto curso de Las Tórtolas vamos a celebrar Halloween! Por favor, que vuestros hijos vengan disfrazados a la escuela el 31 de octubre. ¡Bu!

Señorita Quinn

—¿Pero cuántos murciélagos viven en tu buhardilla? —preguntó Pari. Se suponía que estaban trabajando en la obra de Navidad, pero volver a hablar de murciélagos les había parecido mejor.

—No lo sé —respondió Teddy—. Puede que cientos.

—¡Guau! —exclamó Pari, muy impresionada.

—Y tienen que quedarse allí para siempre, porque no se puede espantar a los murciélagos sin un permiso o algo así.

—¿Y tu papá va a pedir ese permiso? —preguntó Pari.

—Tal vez. Supongo que dependerá de la pereza que le dé hacerlo.

—A mi mamá *nunca* le da pereza nada. Nunca la veo sentada y quieta. Tal vez ella pueda averiguar algo de los murciélagos por tu papá.

—¿Ella sabe mucho de murciélagos?

Pari se encogió de hombros.

—Pero dice que a tu papá le gusta la señorita Quinn.

—Sí, eso creo —coincidió Teddy—. Ella lo hace sonreír mucho. Lo que es agradable.

—Aunque dice que él necesita mucha ayuda.

—¿Ayuda? —repitió Teddy.

—La oí hablando con mi papá y dijo que el tuyo es «un caso perdido».

—Creo que mi tía Ellen estaría de acuerdo. Tu mamá y mi tía deberían verse de vez en cuando.

—¿Crees que algunos de los murciélagos pueden ser vampiros? —preguntó Pari, de regreso al asunto más importante.

Jack levantó la vista desde el lugar en el que había estado roncando en el suelo, como si ese fuera un tema de conversación realmente importante.

—No —respondió Teddy con sabiduría—. Para nada. Son solo ratas voladoras.

Jack, más tranquilo, bajó la cabeza y volvió a roncar.

—¡Pues qué mal! —comentó Pari—. Habríamos podido usarlos para un disfraz.

Sam miró la *Crónica de Las Tórtolas*, leyó el mensaje acerca del disfraz de Halloween y maldijo. «Halloween». Tendría que haber pensado en Halloween. ¡Ups!

Durante la cena de esa noche, después de repasar las aventuras del día (Sam había logrado hacer que Roger dejara de enviar cada correo electrónico con una alerta de máxima importancia y Teddy había recordado cómo escribir bien una de las palabras de Inglaterra sin que se lo dijeran), Sam dijo:

—He leído que haréis alguna clase de celebración de Halloween en la escuela y me he dado cuenta de que ni siquiera hemos hablado de qué quieres ir disfrazado para Halloween.

—Quiero ir de jugador de fútbol —respondió Teddy.

—¿Fútbol como en...?

—Fútbol *americano*, papá. —Teddy puso los ojos en blanco en un gesto exagerado—. Fútbol *normal*.

—Aquí el fútbol no es...

—Sé la diferencia. Pero quiero ir de un jugador de fútbol americano normal para Halloween. Es mi disfraz de Halloween y representa que puedo ser lo que quiera, ¿no? ¿No es eso lo bueno del día?

Sam no podía negarlo. Se suponía que era un día para ser lo que uno quisiera ser. Y si Teddy quería ser un jugador de fútbol americano, entonces Sam supuso que no podía discutírselo.

—Tienes razón —coincidió. Ahora habría que ver dónde podía *encontrar* un disfraz de jugador de fútbol americano, por lo que Sam decidió que sería más astuto cambiar de tema—: ¿Cómo van las cosas con la obra? ¿Pari y tú estáis poniendo vuestra escena en orden?

—Sí, más o menos. Pari dice que su mamá dice que eres un caso perdido.

—¡Vaya! —dijo Sam, algo ofendido—. Creo que *eso* ha estado fuera de lugar.

—Me parece que intentará ayudarte con la señorita Quinn.

«¡Ah!», pensó Sam. Bueno, quizás en ese aspecto sí estaba bastante perdido. Aun así...

—Define «ayudar».

—No lo sé. —Teddy se encogió de hombros.

Sam frunció el ceño.

—Me estás salvando la vida —dijo Sam cuando Ellen llegó con los brazos cargados de desechos, algunos de los cuales (esperaba Sam) podrían convertirse en un disfraz de jugador de fútbol americano.

—Planeando Halloween en el último minuto, ¿eh? —comentó ella mientras lo volcaba todo en una gran pila en la encimera de la cocina.

—Sí, sí. Lo sé —respondió Sam con impaciencia—. ¿Podemos saltarnos el sermón? No tengo tiempo para un sermón. Tengo que preparar un disfraz entero de jugador de fútbol americano con restos de cosas que no se parecen en nada a un uniforme de fútbol americano.

—Sería mucho más fácil si simplemente fuera como un verdadero jugador de fútbol. Ya sabes, uno normal. Un jugador de fútbol *de verdad*.

—Créeme, no quiero entrar en otra discusión acerca de qué versión del fútbol es la «de verdad».

—Porque no hay nada que debatir al respecto —afirmó Ellen.

—Cierto. Pero durante toda su vida antes de venir aquí él tuvo otro punto de vista y, francamente, no importa cuál sea mi opinión sobre el fútbol americano. Su mamá y yo nos vimos por primera vez en un partido, él sabe esa historia y no puedo culparlo por escoger este disfraz, Ellen.

—Por supuesto que no. Tienes razón. No pretendía herir a nadie, perdona.

—Lo sé —dijo Sam, que seguía revisando las telas—. Es solo que estoy algo estresado, dado lo tarde que me he acordado de hacer esto.

—Oye, no te castigues tanto. Un año me olvidé de Halloween por completo, así que reuní todo lo que tenía a mano y vestí a Sophie y a Evie de «damas de la noche».

—¡¿Vestiste a tus hijas como prostitutas?! —Sam la miró.

—¡Dicho así suena fatal!

Sam observó por un momento cómo Ellen revisaba las cosas que había llevado.

—Espera... ¡¿Lo que tenías en casa te sirvió para unos disfraces de prostituta?! —agregó luego.

—Te he contado esa historia para hacerte sentir mejor —señaló Ellen—, pero ya me estoy arrepintiendo.

Sam sonrió y miró hacia la puerta, al notar que Jack la rascaba. Se acercó y la abrió.

—Teddy está en casa de Pari —le dijo. Jack movió la cola en agradecimiento y se alejó.

Cuando Sam se dio la vuelta, se encontró a Ellen mirándolo con una expresión suave y soñadora, como si él de pronto hubiera hecho algo increíblemente tierno.

—¿Qué? —preguntó con recelo—. Tranquila, no te asustes, no hablo idioma perruno. Es solo que él es... muy listo. No soy el doctor Dolittle.

—No creí que hablaras idioma perruno. —Los labios de Ellen se torcieron.

—¿Entonces a qué viene esa expresión como si estuvieras a punto de llorar por mi culpa?

—Son lágrimas de orgullo. Lágrimas buenas. Porque... ¡mira qué lejos has llegado! Estabas tan preocupado cuando llegaste aquí por primera vez, y ahora mírate. Teddy tiene amigos en la calle, un perro. Y es Halloween, se disfrazará y se divertirá y... has recorrido un largo camino. Y estoy orgullosa y feliz por ti. Me parece que fue ayer que te ayudé a mudarte y eras un desastre.

—No era un desastre —negó Sam.

—Eras un desastre. Venga, dejemos esto y hablemos de la maestra de Teddy. La Mujer Ensalada, o como sea que la llames.

Sam puso los ojos en blanco.

—Mujer Zanahoria. Solo que ya no la llamo así.

—¿Ah? ¿Y cómo la llamas ahora? —preguntó Ellen con una ceja en alto, como si la respuesta fuera a ser algo deliciosamente pícaro.

—Señorita Quinn —tuvo que decir Sam con el tono más desenfadado posible, mientras analizaba cuidadosamente una banda elástica en la pila de cosas de Ellen.

—¿Señorita Quinn? —repitió Ellen aguantándose la risa—. ¡Ah, sí! Sin duda es un progreso.

—Para ya, ¿vale? —Sam alcanzó a Ellen, que ahora ya estaba desternillándose abiertamente, y le dio un pequeño empujón—. Es... complicado. Ella es la maestra de Teddy y Teddy la *adora*. ¿Qué pasa si no funciona?

—¿Y qué pasa si... un montón de cosas? —respondió Ellen—. ¿Y qué si sí funciona? Ella no será la maestra de Teddy para siempre. Además, salgas con quien salgas, querrás que a Teddy le guste, así que siempre te preocupará que algo no funcione con alguien que a Teddy le guste. Sí, es complicado. Así es la vida.

Sam suspiró.

—Había olvidado la completa agonía que es toda esta situación. Eso de enamorarse es una mierda.

Ellen se aferró a ese comentario de inmediato y miró a Sam con ojos penetrantes.

—¡¿Has dicho *enamorarse*?! ¿Crees que estás enamorado de ella?

—No —respondió Sam—. Pero no sé adónde podría llevar esto, ¿sabes? Yo... quiero saber más de ella, quiero conocerla, y conocer personas con las que sientes que podrías tener conversaciones interminables es algo infrecuente, precioso y...

—Entonces no lo compliques —dijo Ellen con suavidad—. Tienes razón en todo esto, así que no lo compliques. ¿Lo has hablado con Teddy?

—No directamente —admitió Sam—. Es decir, él sabe de mi interés, pero no hemos...

—Pues yo de ti hablaría con él y dejaría de estresarme por eso. La vida es muy corta, Sam. Demasiado corta para que pierdas el tiempo preguntándote qué podría ser la felicidad.

Sam sabía que Ellen tenía razón. Sabía que él, más que nadie, debía saber eso. Así que asintió.

—Bien entonces —agregó ella—. Por lo que *sí deberías* estresarte es por tu disfraz de Halloween de último minuto.

En la mañana de Halloween, cuando sonó el timbre de la puerta, Sam estaba tomándose su primer café, necesario para acercarse a lo que debía ser un ser humano funcional, y Teddy estaba comiendo sus cereales.

—¿Eso fue el timbre? —Sam había mirado hacia la puerta, desconcertado.

Volvieron a llamar.

—¡Ajá! —comentó Teddy—. La primera aventura del día.

—Como si hacer ese disfraz para ti no hubiera sido una aventura —balbuceó Sam y fue a abrir la puerta.

Eran Diya y Pari. Pari iba vestida como un zombi muy realista. Y Diya cargaba una bandeja.

Sam se obligó a ser agradable, a pesar de que pensaba que era demasiado temprano para socializar con los vecinos.

—¡Vaya! ¡Te ves aterradora! —le dijo a Pari.

Ella sonrió, rugió y volvió a sonreír, lo que en realidad arruinó el efecto del rugido.

—¿Teddy está aquí? —preguntó.

—Sí, está terminando sus cereales. ¿Queréis ir juntos a la escuela? —Normalmente no lo hacían porque a Sam solía hacérsele muy tarde solo intentando que Teddy saliera por la puerta. No sabía cómo Diya podía ser tan serena y organizada, cuando tener a los niños listos para la escuela era como forjar un importante tratado internacional a diario.

—¿Cereales? —Pari frunció su nariz—. ¿Eso es lo que desayuna en *Halloween*? ¿Y no *cerebros*?

—Bueno, él no va de zombi —señaló Sam con razón—. Solo los zombis como tú desayunan cerebros.

—Supongo. —Pari, claramente cansada de los aburridos adultos, pasó corriendo junto a Sam y fue hacia la cocina con Teddy.

—Deduzco que en realidad no ha comido cerebros, pero imagino que no debería cuestionar el compromiso de Pari con su disfraz.

—Si agregas un poco de colorante verde a los huevos revueltos, parecen cerebros. —Diya se encogió de hombros.

—¿En serio le has preparado «cerebros» para el desayuno? —Sam la observó, sorprendido.

—Para que dejara de quejarse al respecto.

—¿Y estaban ricos, al menos?

—No se ha quejado. —Diya le entregó la bandeja—: Toma.

—¿Qué es esto? —Sam miró debajo del papel de aluminio.

—Es *chikki* de coco —respondió ella.

—¡Vaya! Se ve delicioso —afirmó Sam—. Eres muy amable, no era necesario que hicieras esto para mí.

—No lo he hecho para *ti*. —Diya frunció el ceño.

¡Ah! —respondió Sam con incomodidad y hubiera querido decir: «Estás en mi puerta ofreciéndome esta bandeja. Parecía una conclusión lógica».

—Lo he preparado para la fiesta de Halloween de la clase —explicó Diya. Sam parpadeó, horrorizado.

—¡Ay, por Dios! ¿Se suponía que debíamos hacer algo para llevar? ¿Estaba en la *Crónica de Las Tórtolas*? No lo he visto. ¡Maldición! Tendré que ir...

—No —chistó Diya, sin añadir la palabra «idiota» que quedó implícita de manera muy evidente—. Es para que *tú* lo lleves a la fiesta de Halloween.

Sam se sintió completamente confundido y ni siquiera estaba seguro de que eso pudiera ser adjudicado a la falta de café.

—¿Para que yo...?

—Sí —Diya asintió, como si él por fin estuviera entendiendo el concepto.

—Tú... —No lo estaba entendiendo—. ¿Quieres que finja haber preparado un postre indio? ¿Por qué? Nadie lo creería. Suelo arruinar hasta los cereales.

—Es precisamente por eso que nunca podrías llevar algo que hayas hecho tú a clase. —Diya puso los ojos en blanco—. La comida de la barbacoa era realmente lamentable.

—¡Ah, gracias! —dijo Sam con frialdad. Diya lo ignoró para continuar.

—Pero esto... Mi *chikki* es delicioso y la señorita Quinn quedará impresionada.

Finalmente, *finalmente*, todo encajó en su lugar. Tal vez el café hizo efecto también. Sam suspiró.

—Diya, ella sabrá que yo no he hecho esto...

—Pero apreciará que hayas pensado en ello.

—Pero *tú* has pensado en ello.

—Sí, yo he pensado en ello y te lo estoy dando a ti. Está bien. Eres un caso perdido y solo intento hacer que lo seas menos.

—No soy un caso perdido —protestó Sam.

Diya lo miró.

—No del todo perdido —se corrigió él.

—No. Si estuvieras totalmente perdido, le advertiría a la señorita Quinn que se cuidara de ti. Pero, en cambio, creo que tienes suficiente potencial y que ella debería darte una oportunidad.

—Eres muy buena para halagar a alguien sin que lo parezca —señaló Sam.

—¿Y eso qué significa?

—No importa. Supongo que ahora tengo que acompañar a los niños a la escuela y entregar el *chikki*, ¿no?

—Eso es —respondió Diya—. Que no se te caiga por el camino.

—No *tan* perdido, recuerda —le dijo Sam.

Pero luego estuvo a punto de caérsele al llevarlo a la cocina y reevaluó su afirmación.

Bill vio a Sam, a Teddy y a la niña india salir hacia la escuela. Los niños iban vestidos absurdamente, y solo entonces se dio cuenta de la fecha: Halloween.

Aún estaba de pie en la ventana, intentando descifrar de qué se suponía que iba Teddy, cuando la mujer negra del otro extremo de la calle que siempre estaba corriendo lo vio y lo saludó con entusiasmo. Jack, al verla, dejó de trotar tras los niños y siguió a la mujer mordiéndole los talones mientras ella trotaba hacia la entrada a casa de Bill.

Bill solo quería decirle que se alejara. O, mejor aún, no contestar a la puerta. Pero ella lo había visto y él se sintió obligado a no ser grosero.

Ese era el problema de hablar con toda esa gente: de pronto Bill sentía que ya no podía *ignorarlos*. Siempre pasaba algo. Nunca había un momento de tranquilidad.

La mujer llamó a la puerta y lo saludó alegremente por la ventana.

Jack ladró.

¿Podía saberse *cómo* había empezado a hablar con todas esa gente?

Ya no estaba seguro de cómo había llegado a ese punto.

—¿Qué quieres? —exigió al abrir la puerta.

Jack ladró para saludarlo y agregó un lengüetazo a su mano para enfatizarlo.

—¿Ha recibido mi nota, sobre la Noche de las Hogueras? —preguntó ella.

—Sí. La he recibido.

—Bien, pues he estado pensando. Mire, las familias con niños por supuesto querrán ver los fuegos artificiales. Y Max está loco por los fuegos artificiales; cada año se asegura de arrastrar a Arthur a ver el espectáculo. Así que pienso que tiene sentido que yo me quede en casa con Jack, pero quería asegurarme de que le parece bien que Jack se quede en mi casa, ¿o quizá prefiere que me quede aquí con Jack?

—¿Quedarse aquí con Jack? —logró decir Bill tras observarla.

—Sí —la mujer asintió.

—¿Quedarse *aquí* con Jack? —Bill sintió que la sugerencia era tan absurda que necesitaba ser repetida dos veces.

—O podría llevar a Jack a mi casa —ofreció ella—. Quería saber lo que prefiere.

—¿Y por qué querrías saberlo?

—Porque Jack pertenece a la calle y usted es parte de ella. Una parte de vital importancia. —La mujer le sonrió y Bill alzó las cejas. Esa mujer estaba totalmente loca.

—En primer lugar, ¿por qué alguien tendría que quedarse con Jack?

—Porque los fuegos artificiales son muy perturbadores para los perros; alguien debe quedarse en casa con Jack y asegurarse de que está bien. Y creo que tiene sentido que sea yo quien lo haga, pues no me importan los fuegos artificiales.

—Yo no iré a ver ningunos fuegos artificiales —afirmó Bill—. Jack puede quedarse conmigo.

—¡Oh! ¡Pero debería hacerlo! —protestó la mujer—. ¡Todos esperan verlos con usted!

—Estáis locos —fue el breve comentario de Bill.

—Tal vez. —Ella rio—. Podría tener razón. En cualquier caso, piénselo. —Y entonces, con un saludo animado, se alejó corriendo.

Jack se quedó quieto, mirándolo.

—Después de una conversación con ella, merecemos una siesta, ¿no crees?

Era temprano, pero Bill nunca había visto que Jack no estuviera totalmente entusiasmado ante la idea de una siesta.

Jack meneó su cola alegremente y trotó adentro.

Pari y Teddy parecían felices mientras caminaban hacia la escuela, charlando de sus disfraces. Los otros niños que se dirigían a la escuela también iban disfrazados y Sam los comparó críticamente con el de Teddy, y pensó que no había hecho un trabajo tan malo.

El disfraz de Teddy era algo dudoso. Sam había logrado encontrar una vieja sudadera y le había puesto unas hombreras de una horrenda chaqueta con lentejuelas que había sido de Ellen. «Una vez tuve que vestirme como Cyndi Lauper», había explicado ella. «¿Por qué?», había preguntado Sam. «No hagas preguntas de las que no quieres saber la respuesta». Pero Sam también había logrado encontrar un casco de jugador de fútbol americano original, que, aunque le quedaba algo flojo a la cabeza de Teddy, era crucial para señalar de qué era el disfraz.

Sam, sintiéndose un poco idiota, siguió a los niños al interior de la escuela, cargando cuidadosamente la bandeja de *chikki* de coco hecho por Diya. La señorita Quinn (realmente *tendría* que descubrir su nombre en algún momento) desplegó una sonrisa resplandeciente al verlo. O tal vez era una sonrisa normal para ella y Sam la interpretó como resplandeciente. Tal vez la señorita Quinn les sonreía a todos de la misma forma resplandeciente y no había nada especial en esa sonrisa.

—Hola, Teddy y Pari —saludó ella al acercarse—. Un zombi aterrador. ¿Y qué eres tú, Teddy?

—Un jugador de fútbol —respondió Teddy con firmeza.

—Un jugador de fútbol americano —aclaró Sam a la señorita Quinn, que parecía algo confundida—. Ha insistido.

—¡Ah, qué tierno! —Ella lo miró y sonrió, mientras jugaba con el colgante de estrella de su collar—. ¿A qué debo el placer de esta visita a mi clase?

¿Había habido un énfasis en la palabra «placer» o era la imaginación entusiasta de Sam, que quería ver *atracción* y *deseo* en cada mínimo movimiento de la señorita Quinn? Por supuesto, Sam estaba tan en sintonía con cada mínimo movimiento de la señorita Quinn que se había dado cuenta de ello, y se preguntó si ella también estaría tan sintonizada con cada mínimo movimiento de él, y si estaba proyectando *atracción* y *deseo*.

—Papá —siseó Teddy y Sam se dio cuenta de que se había quedado mirándola.

—¡Ah! Sí. —Sam aclaró su garganta—. He traído *chikki* de coco —explicó. Intentó ofrecer la bandeja con una reverencia, pero probablemente solo pareció un idiota.

—¡*Chikki* de coco! —dijo la señorita Quinn al mirar bajo el papel—. ¡Qué talento!

—No lo he preparado yo —aclaró Sam, decidido a que era ridículo pretender lo contrario—. Lo ha hecho la madre de Pari.

—Lo imaginé. —Ella lo miró. Sus hoyuelos se pusieron en evidencia—. Imagino que un hombre tan cautivado por las verduras no podría haber comenzado a preparar *chikki* de coco de repente.

—Puedo preparar muchas cosas —afirmó Sam, lo que no era del todo cierto. Incluso sintió que Teddy le lanzaba una mirada crítica, que él ignoró. Sam no tuvo otra opción, porque la señorita Quinn rio, y Sam habría ignorado cualquier cosa por esa risa. Sam no podía enterarse de nada si tenía a la señorita Quinn riendo frente a él.

—Nosotros vamos a jugar —anunció Teddy, que estaba poniéndose nervioso.

—Sí —afirmó Sam e hizo que su atención regresara a él—. Pasad un día maravilloso, chicos.

Pari le sonrió, también Teddy, y luego salieron corriendo juntos.

—Al final tendrás que demostrarlo, ¿sabes? —dijo la señorita Quinn—. Que en realidad eres capaz de preparar comida que puede manteneros con vida a ti y a tu hijo.

Eso... ¿podría haber sido una forma de intentar provocar una invitación a una cita? ¿O había sido solo una maestra preocupada por el bienestar de un alumno? Sam no estaba seguro. ¡Maldición! Había pasado *tanto tiempo* desde la última vez que había tenido que hacer eso... De hecho, ¿había tenido que hacerlo siquiera alguna vez? Era muy diferente conocer a alguien en quien se estaba interesado como estudiante universitario que hacerlo como adulto. Era diferente el hecho de decidir cómo intentar empezar una relación con la *maestra de un hijo*.

Así que, por supuesto, Sam dijo algo ridículo en respuesta.

—Ella cree que soy un caso perdido.

—¿Quién? —preguntó la señorita Quinn, sin ni siquiera cuestionar la mención de que era un caso perdido, porque estaba claro que era verdad.

—La madre de Pari —respondió él.

—¿Un caso perdido con qué?

—Contigo —se escuchó decir Sam, como a la distancia.

«¡No, no!», exclamó el Sam inteligente en su cabeza. «¿Qué haces? ¿Por qué has dicho eso? Resultas patético».

Pero entonces la sonrisa de la señorita Quinn se hizo más amplia, sus ojos brillaron y no apartó la vista de él; de hecho, Sam creyó que hasta se le había acercado un poco.

«Bien hecho», dijo el Sam tonto, que decía cualquier cosa que pasara por su mente. «Has dicho algo brillante».

—¿Y qué es lo que *tú* piensas de eso? —preguntó ella.

Sam la miró; sin duda estaba mucho más cerca de él, y recordó que había caído directamente en esos ojos la última vez que la había tenido cerca y que aún no había encontrado una forma de salir de ellos. Hizo una lista de las cosas que quería hacer: volver a colocarle el pelo detrás de la oreja; acercarse para presionar la nariz contra la suave piel de su mentón; sentir el sabor de esa provocadora esquina de su boca, la burlona invitación de sus hoyuelos. Sam no podía decidir qué preferiría hacer primero.

—Que estoy totalmente perdido —balbuceó mientras absorbía la imagen de ella, cada increíble y asombroso detalle—. Totalmente.

La sonrisa desapareció del rostro de la señorita Quinn y fue reemplazada por una mirada llena de intención y expectante, de labios abiertos y respiración forzada. Apartó la vista de los ojos de él para bajarla a su boca y luego subirla de nuevo. Sam pensó en lo fácil que sería rodearle la mejilla con la mano, acercarse, presionar la frente contra la suya y respirar, solo por un segundo, en esa calma que detenía el mundo y que la señorita Quinn parecía provocar en él. Todo lo demás, *todo*, parecía muy lejano. Solo estaban ellos dos, de pie allí, en silencio, con Sam a punto de tomar una decisión, a punto de acercarse a ella y...

Un grupo de niños pasó corriendo de repente, en medio de una enorme discusión por algo. La señorita Quinn los miró, el hechizo se rompió, Sam parpadeó, se enderezó lejos de ella y sacudió los vestigios de su aturdimiento. Y el Sam inteligente le gritó al Sam tonto en su mente: «¡Por amor de Dios! El único lugar peor que un autobús escolar para un primer beso de adultos sería sin duda una ruidosa y alborotada clase de cuarto curso».

La señorita Quinn le ofreció una mirada de disculpa.

—Tengo que...

—Sí —se forzó a decir Sam—. Por supuesto. Ve. —Hizo un gesto sin sentido con sus manos y exclamó «Feliz Halloween» cuando ella se fue hacia el grupo de niños y lo miró por encima del hombro con una sonrisa anhelante.

Sam salió de la clase, emprendió el camino de vuelta a casa y esa sonrisa permaneció con él, envolvió su corazón y se instaló cálidamente en su estómago, como un suave destello; y la sensación de calma y satisfactoria quietud dentro de él no se fue por completo. El mundo bullía a su alrededor, ocupado y acelerado, y Sam se sentía casi como si flotara a través de él; apenas tocaba el suelo, apenas se daba cuenta de todas las personas que se abrían paso junto a él.

Tal vez eso era como estar enamorado, pensó.

—¿Y de qué se supone que vas? —preguntó Tommy Dower, con esa mirada que solía tener.

Teddy había aprendido a odiar a Tommy Dower. Tenía una lista de cosas que odiaba en su vida e Inglaterra solía estar en primer lugar; sin embargo, últimamente el primer lugar lo ocupaba Tommy Dower. El resto de Inglaterra iba mejorando a la vista de Teddy, pero el rincón del país ocupado por Tommy Dower aún era espantoso.

—Soy un jugador de fútbol —respondió Teddy y correspondió a su *mirada*.

—¿Un jugador de fútbol? —repitió Tommy y comenzó a reír, y todos sus irritantes *amigos* rieron con él. La mayor parte del tiempo parecía que todos en la clase eran amigos de Tommy Dower a excepción de Teddy—. ¿Qué clase de jugador de fútbol de porquería es ese?

—Es un jugador de fútbol americano —intervino Pari acaloradamente. Porque Pari nunca se mantenía al margen de una posible pelea, por lo que había visto Teddy.

—¡Ah! ¿De *falso* fútbol? —preguntó Tommy con desdén.

—No es falso... —comenzó a decir Pari, en defensa de Teddy.

—Yo creo que es genial —intervino Molly Wasserstein en ese momento.

Teddy parpadeó, sorprendido.

También Tommy.

Molly los ignoró a todos, se acercó a Teddy y tomó su casco.

—¿Puedo probármelo?

Teddy y Pari se miraron igualmente confundidos. ¿Iban a hacerle *bullying*? ¿Le estaban tomando el pelo?

—¿Seguro? —respondió Teddy, para nada seguro.

Molly se puso el casco, que cubrió casi toda su cabeza, y Teddy apenas podía distinguir sus ojos a través de la rejilla protectora.

—¡Eso es genial! —exclamó.

Lo que provocó un vitoreo entre los demás niños, a excepción de Tommy. Pero todos parecían querer probarse el casco.

Teddy vio el casco pasar entre los alumnos y no pudo evitar sentir un momento de puro placer. Pari le llamó la atención con un golpecito y le sonrió cuando él la miró, como diciendo: «Esto es bueno, ¿no?».

Era bueno e incluso mejor al tener a alguien con quien compartirlo, pensó Teddy.

Teddy y Pari caminaron a casa desde la escuela, con sus disfraces de Halloween algo desaliñados, y Jack fue a recibirlos como siempre. Saltaba a su alrededor, emocionado de tenerlos de regreso y perseguía algunas hojas por la calle para entretenerlos, y a su manera les contaba todo lo que se habían perdido mientras estaban en la escuela, que en general era, asumían, enfrentamientos con las ardillas.

—¿Cómo ha ido el día? —preguntó su padre al recibir a Teddy en la puerta.

—Ha sido un *increíble* día de Halloween —respondió Teddy con entusiasmo—. A todos les encantó mi casco. Todos querían probárselo. Ha sido genial. Un gran disfraz.

—¡Vaya, qué bien! —respondió su padre mientras Teddy corría al fondo de la casa con Jack corriendo detrás y ladrando alegremente.

—El próximo año deberíamos conseguirle un disfraz a Jack también —agregó Teddy al abrir la puerta para dejar salir al perro y luego prepararse para seguirlo.

—¿Habéis pensado qué le ocurriría a alguien que viviera en un desierto, como el propietario del pesebre en la obra de la clase, si el cambio climático provocara una nevada repentina? —preguntó Libby.

Los niños de la clase fruncieron el ceño; estaba claro que todos estaban pensando en ello.

—¿Qué hacemos en nuestras casas cuando hace frío? —Libby los ayudó un poco.

—Ponemos la calefacción —respondió Marya de inmediato.

—Correcto. ¿Creéis que el propietario del pesebre tiene calefacción?

—¡¿En su *establo*?! —preguntó Pari, con la nariz arrugada.

—Exacto. —Libby se sintió complacida—. ¿Entonces qué creéis que sucedería con los animales?

—Tendrían frío —respondió Patrick.

—¿El niño Jesús no les daría calor? —preguntó Edwina.

—El niño Jesús es solo un *bebé* —resaltó Molly—. Lo único que haría sería llorar. Créeme. Mi hermanito bebé no hace *nada* más que eso.

—¿Acaso tu hermanito es el niño Jesús? —preguntó Pari, muy seria, como si aquello marcara alguna diferencia en la conversación.

—Digamos que el niño Jesús no nacería en vuestro establo porque hace demasiado frío —intervino Libby—. Todos vuestros animales tienen frío. Tendréis que encontrar un modo de darles calor. Y probablemente ni siquiera haya calefacción porque estáis en el desierto. —Los niños la escuchaban, muy serios—. Así que tenéis que pensar en algo. Y costará dinero.

—La calefacción es cara —comentó Misty.

—Muy muy cara, sí. ¿Entonces qué creéis que podemos hacer por los pobres propietarios del pesebre?

—Un seguro —sugirió Gilbert—. Cuando mi mamá tuvo un accidente de coche, el seguro la ayudó a arreglarlo porque nosotros no teníamos dinero para hacerlo.

—Exacto —respondió Libby—. Un seguro. Así que vamos a hablar de lo que es un seguro. Porque el seguro dependerá de las *probabilidades*. —Y se dirigió a la pizarra.

Teddy y Pari estaban recostados sobre sus estómagos en la alfombra del salón, trabajando laboriosamente en sus escenas para la obra de Navidad.

Llevaban un tiempo con eso y Sam, curioso, no pudo aguantarse más y se acercó a ellos.

—Bueno, contadme algo de la obra escolar —dijo.

—Es sobre el nacimiento de Jesús —respondió Teddy.

—¿Conoces esa historia? —preguntó Pari.

Algunas veces Sam no sabía si Pari le habría hecho esas preguntas a cualquiera o si estaba preocupada de verdad por que Sam tuviera una terrible falta de conocimientos.

—Conozco la historia —afirmó—. ¿De qué va vuestra escena?

—Nuestra escena trata del dueño del pesebre —dijo Teddy.

—¿En serio? No es alguien de quien se suela hablar mucho en esa historia.

—Es verdad —coincidió Pari—. Pero él tiene mucho que decir si tenemos en cuenta que todos sus animales se están muriendo de frío porque él no tiene calefacción.

—Eso debe de ser muy estresante para él. —Sam parpadeó sorprendido.

—Exacto. —Pari regresó a su papel.

—Sus animales están muriendo por el cambio climático —explicó Teddy—. Solía vivir en un desierto y ahora hay una tormenta de nieve.

—¿El niño Jesús nacerá durante una tormenta de nieve? —preguntó Sam.

Pari asintió. Sam sonrió.

—Me gusta el giro. Teddy nació durante una tormenta, ¿sabéis?

—¡Nunca me lo habías contado! —le dijo Pari a Teddy—. ¡Es genial!

—Fue en Estados Unidos —respondió Teddy, como para recordarle a Pari que no había sido una tormenta de nieve que ella también hubiera podido vivir.

—Es donde suele haber tormentas de nieve, sí —coincidió Pari—. Al menos de momento. El cambio climático puede cambiar las cosas.

—Cierto —dijo Sam.

—¡Y aquí es donde aparece el seguro! —agregó Teddy con entusiasmo.

—¿El seguro? —Sam no había esperado que ese fuera el próximo tema de conversación.

—La señorita Quinn nos lo ha contado todo acerca de los seguros y que se basan en probabilidades, que tienes que pagar más en base a lo probable que sea un evento, y no es muy probable que haya una tormenta de nieve en el desierto, así que él probablemente no tendría que pagar mucho.

—A menos que el cambio climático haga que las tormentas de nieve sean muy probables en *todos lados* —agregó Pari.

—Y si es *muy* improbable, entonces tal vez la persona dueña del pesebre ni siquiera tenga un seguro, ¿y entonces qué puede hacer? —concluyó Teddy.

—Parece que la cuestión del seguro es apasionante —comentó Sam.

—Lo es —afirmó Pari sabiamente—. Será muy dramático.

—Jack se lamentará mucho —dijo Teddy.

—¿Lamentarse por qué?

—Por toda la situación. Él «provocará empatía». La señorita Quinn dice que hay que «provocar empatía» en la audiencia si la quieres de tu lado —anunció Teddy en tono solemne.

—Eso es verdad —coincidió Sam—. Solo que no sabía que Jack estaba en la obra.

—Bueno, estamos escribiendo sobre él —respondió Pari—. Será uno de los animales del pesebre.

—¿Habrá otros animales también? ¿Burros? ¿Vacas?

Pari y Teddy lo miraron con expresión de total desaliento.

—Papá, ¿quién va a tener *vacas de verdad*?

—¿Conoces a alguien que tenga un burro? —agregó Pari.

—No —admitió Sam.

—Puede haber perros en el nacimiento de Jesús —afirmó Teddy.

—No hay nada que diga que no pueda haber perros —coincidió Pari.

—Así que Jack estará allí porque Jack es lo que tenemos.

—Jack y problemas con el seguro —señaló Sam. Y luego se le ocurrió—: Oíd. ¿Sabéis quién trabaja con seguros?

Max estaba sacando las decoraciones navideñas.

Max amaba la Navidad. Cada año, era la primera persona de la calle en poner la decoración. Y cada año, esperaba persuadir a Arthur de que lo dejara hacerlo antes de Halloween. Aún no había descubierto la magia persuasiva capaz de hacer que Arthur se lo permitiera, pero al menos había dejado de pelear con él si lo hacía justo después de Halloween. Así que, tan pronto como Halloween terminaba, las decoraciones navideñas estaban permitidas.

El plan de decoración de Max era grandioso y artístico. Cada año trabajaba intensamente en una nueva versión. No había que ser aburrido ni caer en la rutina cuando se trataba de la Navidad, por lo que decidía hacer algo nuevo y único cada año. Sus proyectos de decoración navideña eran *arte*.

Guardaba las decoraciones arriba, en su estudio, que era una buhardilla espaciosa y aireada con mucho lugar de almacenamiento. Arthur había sugerido guardarlas en el cobertizo y Max se había sentido horrorizado. Algo tan preciado como las decoraciones navideñas debía ser guardado en la casa por seguridad. ¿Y si entraban ladrones en el cobertizo?

—¿Y robarían las decoraciones navideñas? —había dicho Arthur, escéptico.

Estaba claro que Arthur no apreciaba el verdadero valor de sus espectaculares decoraciones navideñas, pero al menos Max había logrado ganar la discusión acerca del espacio de almacenamiento, ya que el estudio de arte era considerado como su dominio absoluto.

Así que Max estaba de pie en el estudio de arte arrastrando decoraciones y ordenándolas de forma sistemática en el suelo según su color, tipo, tamaño y «atractivo artístico»; algo difícil de describir, pero cuyo nivel Max percibía en el acto. En ese momento, el timbre de la puerta sonó.

—¿Cariño? —gritó Max—. ¿Puedes abrir? —Había dejado a Arthur en la cocina, pero este había dicho algo de ir a comprar y Max había estado demasiado concentrado con las decoraciones navideñas como darse cuenta de si Arthur había salido o no.

Al no recibir respuesta de Arthur, dejó su estudio y bajó hasta la mitad de la escalera. Arthur seguía en casa y había abierto la puerta, tras la cual se encontraban Teddy, Pari y Jack. Jack subió alegremente las escaleras hacia Max, moviendo la cola a modo de saludo.

—Hola, Jack —dijo él con una caricia detrás de las orejas del perro—. Y hola, niños. ¿A qué debemos vuestra visita?

—Hemos venido a preguntarle a Arthur sobre seguros —respondió Teddy con alegría.

—¡Ah! ¿De veras? —Max miró a Arthur con divertida sorpresa.

Las orejas de Arthur estaban adorablemente sonrosadas por un placer que Max sabía que él negaría con vigor si se lo cuestionaba.

—Eso dicen —agregó Arthur.

—Tenemos muchas preguntas —anunció Pari—. Es un asunto muy serio.

—No muy serio, espero. —Max miró a Arthur—. Te dejaré con tus importantes clientes.

—Gracias —respondió Arthur, que parecía confundido a la vez que de acuerdo con la gravedad con la que Pari y Teddy trataban la cuestión.

Max regresó arriba para ocuparse otra vez de las decoraciones, una tarea que en general consumía su atención por completo, pero estaba distraído sin remedio por la idea de Arthur, abajo, con dos niños que de forma inexplicable querían hablar sobre *seguros*. La idea de que Arthur estuviera con niños era irresistible en general. Ellos no tenían mucha interacción con niños.

Finalmente, Max no pudo resistirse y bajó las escaleras, apenas lo suficiente como para espiarlos. Arthur estaba en la mesa de la cocina, frente a los niños, cuyas espaldas estaban hacia Max, de modo que él podía ver el ceño algo fruncido por la concentración en el rostro de Arthur. Parecía como si realmente estuvieran teniendo una conversación muy seria. A Max le gustaba decirle a Arthur que su corazón se había rendido a él desde el primer momento en que lo había visto, y este resoplaba, pero Max lo había sentido así y volvía a sentirlo en ese momento, con Arthur tan serio y atento a los problemas de seguros de unos niños de ocho años, fueran cuales fuesen.

—Así que, si alguien no tiene seguro, ¿no hay nada que puedas hacer por él? —estaba diciendo Pari.

—Nada que la compañía de seguros pueda hacer, no —respondió Arthur—. Pero por supuesto que todos intentaríamos unirnos para ayudar.

—Pero sería mejor tener un seguro —concluyó Pari.

—Siempre es una buena idea. Así podrías dejar de preocuparte.

Max sonrió con ternura. Arthur era todo un agente de seguros.

—Algunas veces puede ser difícil dejar de preocuparse —afirmó Teddy.

Arthur lo observó con detenimiento antes de responder.

—Sí, puede ser. Y está bien. Pero algunas veces también es bueno obligarse a respirar hondo y ver lo que tienes, porque si estás demasiado preocupado por lo que podría pasar, puedes olvidarte de disfrutar de lo que hay a tu alrededor; olvidarte de apreciar las cosas buenas que hay en tu vida. A veces tienes un seguro solo para darle a tu mente la posibilidad de disfrutar de eso que intentas proteger con tanta desesperación. Es una especie de plan B para mantener a salvo las cosas que amas.

Max apoyó la cabeza contra la pared y observó la expresión en el rostro de Arthur.

—Ya veo... Es como disfrutar de tu establo con un niño Jesús en él —comentó Pari, algo que no tuvo nada de sentido para Max. Y que borró la mirada reflexiva y pensativa del rostro de Arthur.

—Sí, bueno... —dijo con ironía—. Más o menos.

—Papá hace que nos contemos aventuras cada día —comentó Teddy.

—¿Aventuras? —repitió Arthur.

—Sí. Algo divertido que nos haya pasado durante el día. Creo que lo hace para que no nos olvidemos de apreciar las cosas buenas.

—Es algo agradable. —Arthur sonrió—. Es una buena idea. Tu papá es muy listo.

—Sus aventuras suelen ser algo aburridas —afirmó Teddy—. ¿Cuál sería la tuya?

—Vivir con Max —respondió Arthur, en un tono seco, lo que hizo reír a Max y revelar su presencia.

Los niños se giraron para verlo. Arthur también lo miró; Max le guiñó un ojo y Arthur puso los suyos en blanco.

—Arthur nos ha dado mucha información sobre seguros ambientales —anunció Pari mientras se ponía de pie.

—¡Qué amable por su parte! ¿Era eso lo que queríais saber? —Pari y Teddy asintieron—. ¿Y qué hay de ti, Jack? —preguntó Max al perro, que se había acercado saltando hacia él para que lo saludara otra vez, como si Max no lo hubiera saludado antes—. ¿Qué has aprendido tú?

—Jack ha aprendido mucho de los pastelitos de chocolate y mermelada que los niños le han deslizado por debajo de la mesa —respondió Arthur—. Tened, no os olvidéis de llevarlos a casa con vosotros —dijo a los niños y les entregó el paquete que había estado sobre la mesa.

—Gracias, Arthur —dijeron a coro—. ¡Adiós, Max!

Atravesaron la puerta, seguidos por Jack, que lanzó un último ladrido de despedida, y Max los vio correr por la calle desde la ventana. Entonces miró a Arthur, que se acercó para pararse al pie de la escalera, dos escalones por debajo de donde estaba él. Max alzó las cejas.

—¿Querían información sobre seguros ambientales?

—Para su obra de Navidad de la escuela.

—Debe de ser la única obra navideña escolar en la historia con los seguros como tema destacado —señaló Max.

—Y el cambio climático —agregó Arthur.

Max rio y atrajo a Arthur hacia él. La diferencia impuesta por las escaleras hizo que Arthur quedara a la altura de su pecho.

—Suena como una obra que no hay que perderse —comentó. Y tras un momento de silencio, añadió—: Les has dado todos mis pastelillos de chocolate y mermelada, eres un buenazo.

—Venga, háblame de tu idea para el espectáculo navideño de este año —dijo Arthur tras un suspiro.

Lo que hizo que Max se emocionara y se olvidara por completo de sus pastelillos de chocolate y mermelada.

Capítulo 11

¡Fogata y fuegos artificiales!

Apertura de puertas **6:00 p.m.**

Fogata **7:00 p.m.**

Fuegos artificiales **8:00 p.m.**

Admisión:

Adultos £4 / Niños £1 / Menores de 5 gratis

Estacionamiento limitado - vehículo £1

Venta de comida

Área de juego infantil

Por seguridad, no se permiten fuegos artificiales o bengalas.

Queda prohibida la ingesta de alcohol.

Los menores de 14 años deben ir acompañados por un adulto.

Emilia estaba espiando por la ventana, así que vio el momento exacto en que los Basak salieron de su casa para ir a los fuegos artificiales. El señor y la señora Basak salieron primero, pero Pari pronto se les adelantó. Sai fue el último en salir y miró hacia la ventana de Emilia al pasar, con sus cejas en alto como invitación silenciosa.

Emilia de inmediato se apartó de la ventana y fue en busca de sus padres, que estaban sentados en silencio en el salón. Su padre miraba la televisión y su madre leía un libro.

—Quiero ir a ver los fuegos artificiales. ¿Puedo? —preguntó Emilia—. Todos los vecinos de la calle van; puedo ir con ellos. —Habló deprisa; sabía que los Basak irían a buscar a los Bishop, pero luego todos emprenderían su camino y sería difícil volver a encontrarlos.

—¿Los fuegos artificiales? —Su padre levantó la vista del televisor—. De hecho, es una buena idea. Suena divertido. No los hemos visto en años. —Él miró a la madre de Emilia, que no había levantado la vista de su libro—. ¿Anna? —dijo.

—¿Eh? —Ella levantó la vista entonces, aún con expresión distraída.

—Creo que iré a ver los fuegos artificiales con Emilia —explicó—. ¿Vienes con nosotros?

Eso no era lo que Emilia había esperado. Quería poder escabullirse a algún sitio con Sai, y estaba realmente sorprendida. No podía recordar la última vez que sus padres habían hecho algo como eso *juntos*.

Así que miró a su madre, sintiendo genuina curiosidad por lo que ella diría.

—Está bien —dijo—. Id.

—Anna —su padre suspiró—, ven con nosotros, ¿no?

—¿Pero habrá fuegos artificiales siquiera? —preguntó sin apartar la vista de su libro—. No es la mejor noche para ello.

Emilia miró por la ventana. Fuera el aire estaba tan húmedo que brillaba. No era que le importara, porque los fuegos artificiales no eran su objetivo.

—Quizá mejora antes de que empiecen. Ven con nosotros, será divertido. —Su padre se acercó a su madre, le tomó la mano, la besó y Emilia tuvo que apartar la vista de la descarada y evidente súplica en el rostro de su padre.

Al parecer su madre no se sintió conmovida, porque Emilia la escuchó responder:

—Ha sido un largo día. No me apetece salir. Me quedaré aquí con los gatos.

Se hizo un silencio. Emilia se arriesgó a mirar por encima de su hombro, para ver a su padre de pie junto a la silla de su madre, quieto y en silencio, y a ella aún leyendo su libro. Como si él no estuviera de pie justo allí.

Emilia había querido ir al espectáculo sola, pero de pronto sintió una punzada de pura furia hacia su madre por hacerle eso a su padre.

—Vamos, papá —dijo en voz alta—. Vámonos. Muero por unas patatas fritas.

Y se descubrió conteniendo la respiración, hasta que su padre finalmente respondió:

—Sí, vamos.

—Solo quiero decir —comentó Teddy escapando de Sam, que intentaba cerrarle un poco más la chaqueta— que lanzar fuegos artificiales en *noviembre* es una idea terrible. Julio es mucho mejor que estar fuera con una *lluvia helada*.

—No te lo discuto —Sam le entregó un gorro a su hijo.

—No voy a ponerme gorro. —Teddy retrocedió.

—Hace frío fuera y está lloviendo. No quiero que pilles una neumonía.

—¿Y de quién es la culpa de que estemos en un lugar en el que podría pillar una neumonía?

—De tus abuelos, por haberme concebido en este país y no en uno con un clima más cálido y seco —respondió Sam en el momento en que el timbre sonó.

Sam les abrió la puerta a los Basak y todos corearon un saludo, a excepción de Sai, que se había quedado atrás y miraba al otro lado de la calle con expresión seria, como si esperara a alguien. Arthur, Max y Pen caminaban en dirección a ellos, pero Sam dudaba que fuera a ellos a quienes Sai esperaba.

Todos se reunieron e intercambiaron comentarios acerca del clima y si se harían los fuegos artificiales. Mientras estaban debatiéndolo, la puerta de los Pachuta se abrió, se cerró, y Emilia y su padre salieron y se dirigieron hacia el grupo. Sam notó que Sai, que había estado básicamente enfurruñado, se animaba de inmediato.

—¿Os importa si nos unimos? —preguntó amablemente el padre de Emilia.

—En absoluto —respondió Sam complacido y notó cómo Sai pareció coincidir. Sin embargo, ni Marcel Pachuta, ni Diya o Darsh Basak parecieron notarlo. Darsh estaba hablando de algo con Arthur y Diya estaba ocupada dirigiéndose ruidosamente hacia Marcel para preguntarle dónde estaba Anna.

—Esperad, iré a buscar a Jack y me aseguraré de que el señor Hammersley se una a vosotros.

—Hablando del señor Hammersley —comentó Sam al encontrarse de pie junto a Max—, ¿de qué va exactamente ese proyecto de arte ultrasecreto en el que estáis trabajando?

—Es *ultrasecreto* —respondió Max, animado—. ¿Cómo va la obra navideña sobre seguros ambientales?

—¡Qué absurdo!, ¿verdad? —Sam rio—. Pero creo que va muy bien. Espero que a Arthur no le haya molestado que le enviara a los niños.

—¡¿Estás de broma?! —preguntó Max—. Ha sido lo mejor de su año hasta ahora. Estaba encantado de poder hablar de sus amados seguros.

—Creo que en la escuela están trabajando con la probabilística o algo así —explicó Sam, cuando el señor Hammersley abrió la puerta y Jack salió dando brincos.

Sam no pudo escuchar la conversación entre Pen y el señor Hammersley, pero luego Pen se dirigió a todos ellos.

—¡El señor Hammersley no quiere ver los fuegos artificiales! ¡Decidle que eso son tonterías!

—¡Tonterías! —exclamaron todos con obediencia.

—¡Por favor, señor Hammersley, será muy divertido! —exclamó Teddy.

—Desde luego, Bill —gritó Max desde su lugar junto a Sam—. ¡No podemos ir sin usted!

El señor Hammersley permaneció de pie en su puerta, sin duda desconcertado.

—¡Oh, venga, señor Hammersley! —exclamó Pari.

—De acuerdo. Supongo que iré —dijo él tras observarlos durante un largo instante.

Y los miró perplejo cuando todos festejaron en respuesta.

Anna se preparó una infusión de manzanilla, se sentó con su provisión de chocolate y se dijo a sí misma que no se arrepentía de su decisión de no reunirse con los demás para ver los fuegos artificiales. La verdad era que no le gustaban especialmente los fuegos artificiales, aunque tampoco a Marcel y Emilia. No sabía por qué habían decidido ir de repente; por qué todos en la calle habían decidido hacerlo todo juntos. En ese momento, Pen Cheever, del otro extremo de la calle, pasó caminando con ese perro callejero y la saludó alegremente por la ventana como si fueran *amigas*, cuando apenas habían hablado alguna vez.

Anna se descubrió leyendo la misma oración una y otra vez y lanzó el libro a un lado, disgustada. Era *ridículo* estar obsesionada con un evento al que no había querido asistir. ¿Qué era lo que quería? ¿Que todos se quedaran en casa con ella?

A lo lejos, los fuegos artificiales comenzaron a estallar. Anna comprobó su reloj. Era demasiado temprano para el espectáculo al que Marcel y Emilia asistirían, así que aún le quedaban horas para estar sola. Tendría que estar regocijándose: la casa estaba milagrosamente tranquila, ella tenía a sus gatos, su chocolate y su infusión. ¿Qué más podía querer?

Miró hacia la calle por la ventana, donde todo estaba en calma. Ni siquiera el perro estaba vagabundeando. Anna no se dio cuenta hasta ese momento de lo acostumbrada que estaba a ver a ese perro.

Los fuegos artificiales seguían estallando en *algún lugar*. Anna volvió a comprobar su reloj y una vez más se preguntó si podría ser el espectáculo al que habían asistido Marcel y Emilia. La curiosidad pudo con ella y decidió salir a ver si podía verlos. No era la mejor noche para eso, pero nunca se sabía...

Se dirigió a la puerta principal y la abrió... y fue entonces que Calcetines salió.

Y, mientras Anna gritaba «¡Calcetines!», Tigre lo siguió.

Pen estaba sentada de piernas cruzadas en el sofá, con el portátil sobre la falda, y observaba el último artículo en el que estaba trabajando, que trataba de las tendencias actuales en vino.

—¿Sabes algo sobre el *terroir*? —le preguntó a Jack. También le había hecho la pregunta a Chester, quien, como era habitual, se había negado a compartir cualquier conocimiento que pudiera tener con ella.

Jack no pareció mucho más comunicativo. La miró y lloriqueó, movió su cola apesadumbrado, luego caminó hacia la puerta y la miró esperanzado.

—No. —Pen negó con la cabeza—. Nada de salir para ti esta noche. He leído sobre esto y en la Noche de las Hogueras los perros deben estar dentro para que no se alteren demasiado. Y tú podrás ser un perro muy especial, pero *sí*, entras en la categoría de «perro». Así que, aunque quieras estar al tanto de la posición actual de todas las ardillas de la calle, debes quedarte dentro esta noche.

Jack no pareció convencido y dio vueltas por el salón, sin duda muy descontento con ella.

A la distancia, Pen pudo escuchar el comienzo de los fuegos artificiales, lo que explicaba por qué Jack estaba tan alterado. Miró su reloj. Era temprano para que comenzaran los espectáculos oficiales, pero probablemente algunas fiestas privadas no habían podido esperar para el evento principal.

—Son fuegos artificiales —le informó a Jack; él alzó las orejas en dirección a ella como si le prestara mucha atención—. Solo un montón de ruido y color, nada de qué preocuparse. De hecho, tú no puedes ver colores, ¿no? Entonces no me extraña que los perros los odiéis tanto; para ti solo son un montón de ruido, ¿no es cierto? Pero no te preocupes. Son para... celebrar algo que, francamente, ya a nadie le importa. Así que, en realidad, solo es una excusa para que todos hagamos mucho ruido, supongo.

Jack inclinó su cabeza a un lado. Y Pen se encogió de hombros.

—Las personas somos algo extrañas. ¿Qué quieres que te diga?

Jack resopló, caminó hacia la ventana frontal y se paró sobre sus patas traseras para mirar hacia fuera.

Pen lo observó por un momento, pero él parecía un poco más calmado, así que regresó a su portátil. «¿Cuál de estos blancos es más blanco para ti?», decía su artículo en ese punto. Pen puso los ojos en blanco para sí misma y en su lugar abrió el blog y comenzó a escribir una entrada.

¡Espero que todos estéis teniendo una genial Noche de las Hogueras! Actualmente estoy sentada con el Perro de la Calle, Jack, ya que este año me he ofrecido a quedarme en casa para calmarlo durante los fuegos artificiales. Aunque debo confesar que no estoy segura de estar haciendo un buen trabajo para tranquilizarlo. ¡Acabo de pasar un momento difícil al intentar explicarle cuál es la gracia de los fuegos artificiales, más allá de producir ese ruido que tanto molesta a Jack! En cualquier caso, todos los demás vecinos han ido a ver el espectáculo, incluso el Anciano. La única que se ha quedado ha sido la Mujer Polaca, a pesar de que su marido y su hija sí han asistido. Una vez más, no sé qué...

Jack comenzó a sollozar otra vez y su cola comenzó a golpear a un lado y al otro con furia.

—¿Qué sucede? —preguntó Pen.

Jack comenzó a moverse en círculos, sin dejar de lloriquear.

—Jack, son solo fuegos artificiales —le aseguró Pen, pero él parecía muy ansioso, así que ella se levantó, se acercó a la ventana y miró hacia fuera. La calle parecía tranquila hasta donde podía verla.

Jack, que estaba en claro desacuerdo con esa observación, comenzó a ladrar de repente, y prácticamente se lanzó contra la puerta en su avidez por salir.

Se suponía que Pen debía mantener a Jack dentro para que estuviera tranquilo, y ella lo sabía, pero al calor del momento, frente a los frenéticos ladridos de Jack, abrió la puerta sin pensarlo y Jack salió corriendo de inmediato hacia la calle.

—Así que, joven estadounidense —le dijo Max a Teddy mientras caminaban hacia el parque—, ¿sorprendido por nuestra tradición de la Noche de las Hogueras?

—La señorita Quinn nos lo ha contado todo sobre ella —afirmó Teddy—. Es básicamente como el Cuatro de Julio, solo que con más personas que estallaron por los aires.

—Bueno, de hecho, nadie acabó estallando por los aires —corrigió Arthur.

—Y es por eso que lo celebramos —agregó Pari.

—Bueno, el Cuatro de Julio no fue precisamente... una zona libre de pólvora —señaló Max.

—La verdad es que la de hoy es una celebración algo extraña —intervino Darsh—. Y en una terrible época del año.

—Esto no te lo discuto —respondió Max—. Los estadounidenses tuvieron la genial idea de planear su traición durante el verano. Ahora, dinos, ¿quién es la señorita Quinn? ¿Tu maestra?

—Sí, y es la mejor maestra de todo el universo —asintió Teddy.

—Es la que está detrás de la obra navideña que incluye los seguros ambientales, ¿cierto? —preguntó Max—. Arthur la aprueba.

—También mi papá. Si por lo menos se pusiera las pilas... —Teddy miró a su padre.

Sam fue consciente de todas las miradas que giraron hacia él y deseó que estuviera lo bastante oscuro como para que no vieran que estaba sonrojado.

—¡Vaya! —comentó Max alegremente—. ¡Esto suena a *intriga romántica*!

—No —respondió Sam—. Nada de intrigas románticas.

—Solo porque mi papá es un caso perdido. ¿Verdad que es un caso perdido, señora Basak?

—Absolutamente perdido —coincidió Diya con franqueza.

—Gracias a todos. Vuestro apoyo significa mucho para mí —dijo Sam con hosquedad.

—¡Ah! No lo tomes como algo personal —respondió Max y pasó un brazo sobre los hombros de Arthur de forma casual—. Él también era un caso perdido. Solo tienes que estar algo menos perdido por un tiempo. Puede lograrse.

Arthur puso los ojos en blanco.

—¿Usted qué cree, Bill? —preguntó Max—. Estoy seguro de que era un gran conquistador en sus días. Seduciendo con el tallado de madera y todo eso.

—No seas ridículo —gruñó el señor Hammersley—. No se trataba de eso.

—Le hizo muchas flores y figuras de madera a su esposa —comentó Teddy—. Me las ha enseñado.

El señor Hammersley solo farfulló en respuesta.

—¡Tal vez pueda hacer una de esas flores de madera para Sam! Necesita toda la ayuda posible —propuso Diya.

—No, de verdad que no la necesito —afirmó Sam—. Lo tengo todo bajo control.

—¿Cómo es que lo sabes todo sobre esta intriga romántica, Diya? —preguntó Max—. ¡Has estado ocultándomelo! Deberíamos tomar el té más a menudo.

—Fuimos acompañantes en la misma excursión escolar —respondió ella—. Y se pasó todo el viaje atontado con ella.

—¿Atontado? —repitió Max.

—¿Como embelesado? —sugirió Arthur.

—¡Sí!—asintió Diya con energía—. *Embelesado*, eso es.

—Bueno —comentó Sam—, solo estoy esperando el momento correcto.

—¡Ah, qué bien! Porque la señorita Quinn está justo ahí —anunció Teddy.

Sam levantó la vista. Estaban cerca del parque, cerca de las taquillas para pagar la entrada, y allí, de hecho, entre el mar de gente, se encontraba la señorita Quinn con su pelo rojo oscuro debajo de un gorro de lana verde brillante con un absurdo pompón en la punta, e incluso con un tonto gorro con un pompón, en una tarde de neblina en la que todo lo demás se veía desdibujado, la señorita Quinn brillaba con tanta claridad como un faro. Estaba riendo y Sam casi podía imaginar que oía esa risa por encima de las demás conversaciones banales y aburridas que tenía la gente a su alrededor.

—¿Quién es? —preguntó Max.

—La que tiene el gorro verde con un pompón —respondió Teddy.

—¡Ah! Bien hecho, Sam —comentó Max—. Es encantadora. Ve a hablar con ella.

—Habrá venido con sus amigos —afirmó Sam, no porque estuviera *nervioso*, sino porque sí, obviamente ella estaba con amigos, con los que estaba hablando—. No quiero interrumpir su noche con...

En ese momento exacto, la señorita Quinn alzó la vista y vio a Sam mirándola abiertamente desde el otro lado del césped. Sam no tuvo tiempo de fingir que no había estado mirándola y tampoco tuvo la capacidad de *no* mirarla. No podía comprender cómo todos los demás no estaban admirando a la señorita Quinn, cómo no sentían su fuerza gravitacional como él la sentía.

La señorita Quinn no pareció alarmada de verlo mirándola. Le sonrió y levantó su mano para saludar.

—Ve, ¿a qué esperas? —dijo Max—. Cuidaremos de tu hijo por ti.

Sam apartó la vista de la señorita Quinn para mirar al grupo de personas a su alrededor, y a Teddy.

—¿Seguro? —Él no estaba seguro de a quién se lo estaba preguntando. Posiblemente a todos.

Pero fue la respuesta de Teddy la que esperó. Teddy asintió y sonrió.

—Sí, papá. Estoy seguro. Diviértete.

—Cuídate —agregó Max, en un tono divertido. Sam le lanzó una mirada y besó fugazmente el gorro que cubría la cabeza de Teddy.

—Os alcanzaré más tarde. Sabes el número de mi móvil, ¿verdad?

—Vete antes de que vuelva a pensar que no estás interesado o algo así —dijo Teddy después de asentir.

Sam asintió, saludó al resto del grupo y se dijo a sí mismo que *no estaba nervioso*, mientras se dirigía hacia donde la señorita Quinn parecía estar esperándolo.

Él *no* estaba nervioso, pero luego Pari le gritó.

—¡No comas nada que te dé mal aliento, por si después hay besos! —Y eso realmente no ayudó a su situación.

Pen salió corriendo detrás de Jack en medio de la noche y casi chocó contra Anna, que también estaba corriendo.

—¡Vaya! —dijo, sorprendida—. ¿También estás persiguiendo a Jack?

—¿A Jack? No, estoy persiguiendo a mis gatos. ¡Calcetines! ¡Tigre! ¡Regresad! ¡Ay, por Dios! ¡Ese horrible perro atacará a mis gatos!

Pen miró hacia la calle, confundida por lo que estaba sucediendo, y notó que de hecho había dos gatos escapando por la calle, con Jack siguiéndolos.

—Estoy segura de que no lo hará —afirmó Pen, aunque no estaba segura de ello, pues no sabía cómo se comportaría Jack con los gatos.

En ese momento, un coche giró en la esquina y sus faros resaltaron drásticamente la estampa animal: los gatos, en apariencia desconcertados por el repentino destello de luz, dejaron de correr y se acurrucaron juntos, al borde de la acera, y miraron a Jack con cautela. Jack también se detuvo. Todos los animales se miraron unos a otros en una tensa pausa, antes de que Jack diera un cuidadoso paso al frente, olisqueando.

—¡No te atrevas a tocar a mis gatos! —gritó Anna, que seguía corriendo hacia ellos.

Jack levantó la vista, confundido.

—No creo que moleste a los gatos —afirmó Pen.

Y luego, cuando otro coche giró en la esquina, Jack hizo lo opuesto a molestar a los gatos: bajó a la calle y se ubicó a sí mismo entre los gatos y la potencial arma homicida. Los gatos, impactados, no tenían más opción que correr directamente hacia Anna si querían evitar a Jack.

Anna los levantó a ambos en sus brazos y lanzó una mirada alarmada hacia Jack, justo en el momento en que Pen los alcanzó.

—Buen chico, Jack —dijo con entusiasmo y Jack saltó para recibir una caricia detrás de las orejas—. ¡Has logrado asegurarte de que los gatos no corrieran hacia la calle frente al coche!

—Él no ha hecho eso —respondió Anna, dudosa.

—Sí lo ha hecho —insistió Pen—. Jack es muy listo, ¿sabes? Probablemente sea en parte *collie*. Los *collies* son muy listos. Son los perros más listos, de hecho. Una vez escribí un artículo sobre ellos.

Pen no estaba segura de que Anna estuviera prestando atención, porque esta estaba mirando cómo Jack olisqueaba curiosamente a los gatos, que seguían en sus brazos, y los gatos, a su vez, estiraban la nariz para oler a Jack.

—Mira —comentó Pen—, se gustan.

—Es... posible —respondió Anna con precaución mientras miraba a los gatos y a Jack.

—Oye —comentó Pen tras un momento de silencio—, por lo visto, la calle somos básicamente tú y yo en este momento. ¿Te gustaría, tal vez..., tomar una taza de té? —Pen no conocía muy bien a Anna y pensó que sería agradable que llegaran a conocerse mejor. Además sería una buena excusa para seguir evitando escribir.

—Sí —dijo Anna, dudosa, tras un momento—. Eso... sería agradable. Gracias.

Sam, al llegar al lugar en el que la señorita Quinn estaba esperándolo, aún sonriente, decidió comenzar la velada con la muy brillante opción de decir «Hola».

—Hola —respondió ella y su sonrisa se amplió.

—¿Cómo estás? —preguntó Sam, en su plan de seguir con las incómodas conversaciones banales como una efectiva estrategia de coqueteo.

—Estoy bien —dijo ella. Por fortuna, aún parecía estar entretenida con él, más que molesta—. ¿Cómo estás tú?

—Bien —respondió Sam y luego hizo una pausa para pensar en su próximo comentario.

—Me temo que has perdido a tu hijo —comentó la señorita Quinn—. Acaba de meterse en una gran multitud de gente.

—Sí. Mis vecinos. Ellos lo cuidarán por mí.

—¿Lo cuidarán por ti mientras tú haces qué? —preguntó ella, de forma deliberada, proporcionándole el más perfecto pie.

Sam lo tomó, agradecido.

—Mientras te pregunto si te gustaría ver fuegos artificiales conmigo.

—Verás, esa podría ser una increíble frase con doble sentido, pero sospecho que te referías literalmente al espectáculo de fuegos artificiales que darán otros, no nosotros.

Sam, frente a la risa de la señorita Quinn, sintió que la rigidez en su interior se liberaba. Le resultaba imposible sentirse incómodo cuando ella se reía. Era como si el estado relajado de ella, su demostración de que estaba teniendo un momento decente con él, le recordara a Sam su habilidad para conversar como un ser humano normal, como si lo animara a ponerse a su nivel. A él también le gustaba estar en su presencia y podría encontrar un modo de mostrárselo.

—Me gusta empezar desde abajo. No poner el listón muy alto. Asegurarme de que las expectativas sean razonables. No quiero prometer demasiado. Solo una fogata y espero que un espectáculo de fuegos artificiales, literal, si el clima lo permite. Quizás hasta incluso te compre algodón de azúcar.

—¡Ah, bueno! Vacilaba, pero el hecho de que mencionaras el algodón de azúcar me ha inclinado a tu favor.

—¿Vacilabas? —repitió Sam—. ¿Debería esperar esa palabra en el vocabulario de Teddy en un futuro cercano?

—Ha sido una lección de vocabulario especial para ti —respondió ella, con sus hoyuelos en evidencia al sonreírle—. Es posible que me deje convencer para dar clases privadas...

—¿Con o sin fuegos artificiales? —preguntó Sam.

La sonrisa de la señorita Quinn se amplió aún más, hasta que Sam pensó que todo a su alrededor debía haberse detenido, luego se acordó de respirar y sonreír de forma irresistible en respuesta.

—Venga, veamos qué pasa con el algodón de azúcar —dijo ella.

Marcel había oído con frecuencia por parte de Anna que él no era precisamente la persona más observadora del mundo, pero incluso él podía ver que Emilia y Sai no dejaban de mirarse el uno al otro y de apartar la vista y hacerse señas con las manos que, al parecer, creían que nadie más veía, pero que eran claros intentos de quedar para encontrarse en algún lugar. Los padres de Sai parecían no darse cuenta de ello y conversaban entusiasmados con la pareja gay y el pobre anciano, que parecía dudar de su deseo de ser parte de la conversación. Y Marcel no pudo evitar sentirse orgulloso de haberlo notado cuando los demás no lo habían hecho. Esa, pensó felicitándose a sí mismo, era la atención que prestaba a Emilia. Y no veía la hora de demostrárselo a Anna.

—¿Vamos a por unas patatas fritas? —le propuso a su hija, para poder estar a solas con ella y demostrarle lo listo que era.

Emilia, que estaba intentando traducir una serie de gestos cada vez más complejos de Sai, lo miró sorprendida.

—¡Ah! Sí, claro.

Marcel se dio la vuelta hacia donde vendían las patatas, con intención de permitir que Emilia le hiciera algunas señas a Sai.

—Has dicho que matarías por unas patatas fritas, ¿no?

—Sí. Sin duda. —Emilia sonrió, pero sin emoción—. Mamá diría que siempre estoy de humor para unas patatas fritas, ¿verdad?

—No dejes que te afecte cuando tu madre dice cosas como esa —respondió Marcel—. Lo pasó mal cuando era joven y creo que quiere asegurarse de que tú no lo pases mal jamás, en absoluto y por nada.

—¿Y tiene que hacerlo metiéndose con mi peso? —preguntó Emilia con pesar.

—Tu madre no puede controlar al resto del mundo —comentó su padre mientras pedía las patatas fritas.

—¿Así que yo soy la única cosa que intenta controlar incansablemente?

—Tal vez —admitió Marcel, que no había pensado en ello en esos términos exactos—. Puede que un poco.

—Quiero decir, pasa lo mismo con la batería. Como a *ella* no le gusta, no quiere que a *mí* me guste. Pero ella no puede controlar todo lo que me gusta, ¿sabes? Solo quiere que yo sea exactamente igual que *ella* y eso no es justo. Yo soy *yo*, no soy ella.

—¿Es por eso que no le has contado lo tuyo con el chico indio? —preguntó Marcel tras recibir las patatas y entregárselas.

Emilia levantó la vista, absolutamente perpleja.

—¿Qué? —tartamudeó—. ¿Qué estás...? Yo no... ¿Qué?

—Bueno, si antes no estaba del todo seguro, ahora sí lo estoy. —Marcel pudo haber reído por lo evidente que había sido la respuesta de Emilia.

Esta, al parecer, decidió que ya no valía la pena mentir, así que se acercó más a su padre y habló sin aliento:

—No se lo dirás a nadie, ¿verdad?

—¿Así que sus padres tampoco lo saben?

—No les gustaría porque se supone que Sai debe enfocarse solo en la universidad, todo el tiempo. Y a mamá no le gustaría Sai, porque a mamá no le gustaría nadie que a mí me guste. —Emilia parecía tan segura de eso, tan seria, que el corazón de Marcel se quebró un poco.

—Cariño... —Él se acercó y acunó la mejilla de su hija con la mano—. Eso no es verdad.

—Sí, lo es —afirmó Emilia, mientras luchaba contra sus lágrimas y frotaba sus ojos con impaciencia—. Y Sai me gusta de verdad. Él es algo que de verdad me gusta y que quiero que me guste sin tener que estar justificándolo constantemente. No quiero tenerla a ella... poniendo sus ojos en blanco o... haciendo pequeños comentarios malintencionados sobre él. Solo quiero poder disfrutarlo, ¿sabes?

—Te dejaría disfrutarlo si tú, eh..., si tú le dijeras lo importante que es para ti. Ella no intenta hacerte daño. Solo quiere protegerte. Ella te quiere.

Emilia miró a su padre con sus ojos claros y agudos.

—Pues, a veces, tiene una forma curiosa de demostrarlo —respondió.

Eso dejó a Marcel sin habla.

Emilia secó sus últimas lágrimas y comió una patata frita.

—¿Cuánto tiempo hace que os veis? —arriesgó Marcel tras observarla.

—Desde el final de las clases del año pasado —respondió ella—. Y nos hicimos algo más cercanos durante el verano. Ambos estábamos en casa todo el día.

—¿Y cómo te trata?

—¿Qué? —Emilia lo miró.

—¿Cómo te trata? Háblame de él.

—Él es... simpático.

—¿Es bueno contigo? —insistió Marcel.

Emilia asintió, con una media sonrisa brillante en el rostro, que la hizo verse tan parecida a Anna por un momento que Marcel se quedó sin aliento. Anna, veinte años antes, joven y aún sin ser abatida por la vida, sin nada urgente de qué preocuparse más allá de un chico que le gustaba y la oportunidad que ese chico representaba. Ese chico había sido Marcel y esa oportunidad se había convertido en realidad y, sí, quizás había habido algunos baches en el camino, pero Marcel no creía que lo hubieran hecho tan mal, teniendo en cuenta que tenían una hija increíble y excepcional parada allí, con esa misma media sonrisa, sin ser abatida por la vida, sin nada más urgente de qué preocuparse que un chico que le gustaba y la oportunidad que ese chico representaba. Eso, pensó Marcel, era exactamente lo que él hubiera querido si se lo hubieran preguntado veinte años atrás: una hija que se viera como Anna en aquel tiempo, cautivada por las *oportunidades*.

Todo aquello parecía haber sucedido mucho tiempo atrás y también hacía apenas un momento, y todo lo que Marcel podía pensar era que quería que todas las oportunidades de Emilia fueran lo más brillantes que pudieran ser.

Tomó a Emilia en un abrazo, que ella permitió haciendo a un lado sus patatas fritas.

—Quiero que seas feliz. Así que no se lo diré a nadie. Por ahora —dijo.

—¿Por ahora? —repitió Emilia.

—Pero tienes que prometerme que al menos considerarás la posibilidad de que tu madre, si eres honesta con ella, apoyará cualquier decisión que quieras tomar en la vida, porque tu madre de verdad te quiere. Tienes que prometerme que algún día tendrás una conversación de corazón con ella. Algún día. Es todo lo que pido.

—De acuerdo —accedió Emilia tras estar en silencio durante un largo instante—. Sí. Prometo que pensaré en ello.

Provistos de algodón de azúcar, Sam y la señorita Quinn caminaron al margen de la multitud; Sam muy complacido de ignorar todo lo que ocurría a su alrededor en pos de verla a ella comer su algodón de azúcar.

La señorita Quinn lo miró de reojo mientras caminaban.

—Así que... ¿esto es una cita? —El comentario tomó a Sam por sorpresa—. Es que, como no estamos en la sección de frutas y verduras del supermercado ni en un autobús escolar, es difícil saberlo —continuó ella.

Sam rio.

—Oye, ¿acaso lo del autobús escolar no te hizo sentir joven otra vez?

La señorita Quinn rio en respuesta.

—Siempre me pregunto por las personas que sienten nostalgia por esa época de sus vidas. Yo no tengo especial interés por recordar mis tiempos en autobuses escolares. ¿Tú sí?

—En este momento, no —respondió Sam honestamente—. En este momento estoy muy feliz de ser un adulto en una cita durante la Noche de las Hogueras.

—¡Ah! Así que es una cita... —comentó ella con astucia.

—Creo que, llegados a este punto, antes de que podamos contarlo como cita, debería saber tu nombre.

Después de un momento, la señorita Quinn estalló en una carcajada y esa carcajada la hizo doblarse de risa, jadear y apoyar una mano en el brazo de él para sostenerse. Sam observó la mano de ella en su brazo e intentó no quedar muy embelesado. Aunque, si hubiera sido un poeta, habría escrito odas a las manos de la señorita Quinn. Si eso no era embelesamiento...

—¡Ay, por Dios! —logró decir ella al fin—. ¿En serio no sabes mi nombre? ¿De verdad que nunca te lo he dicho?

Sam negó con la cabeza, un poco obsesionado aún con la mano de ella, que no había retirado de su brazo.

—¿Así que todo este tiempo has estado pensando en mí como «señorita Quinn»?

—No, por un tiempo fuiste la Mujer Zanahoria —respondió Sam.

Ella sonrió y apartó la mano del brazo de él, lo que dejó a Sam despojado por un momento, solo que luego ella la alargó hacia él con una sonrisa.

—Libby Quinn.

«Libby», pensó Sam; le quedaba bien. Él le estrechó la mano.

—Sam Bishop.

—Un placer conocerlo, señor Bishop —respondió Libby.

—Y a ti, Libby —dijo Sam, y luego, al sentirse osado, se acercó y le besó la mejilla. E intentó apartarse rápido, para no resultar perturbador, pero no pudo resistirse un momento a respirar y apreciar la ilusión de dejar que el mudo girara a su alrededor, insignificante.

—Bueno —comentó Libby en voz baja cuando él se apartó, como si no quisiera romper el hechizo—, nos acercamos a los fuegos artificiales.

Ambos gatos estaban sentados en el sofá observando a Jack. Y Jack estaba acostado en el suelo observando a los gatos.

Parecía una cautelosa tregua. Sin embargo, Anna los observaba atenta, en caso de que de pronto Jack decidiera atacarlos furiosamente. Uno nunca sabía con un perro. Pen regresó al salón con dos tazas de té y le entregó una a Anna.

—¿Demasiada leche? —preguntó.

—No, está bien —respondió Anna con honestidad tras probarlo con cuidado—. Gracias.

Pen se acomodó en la elegante silla frente a Anna, bebió su té y habló en tono entretenido.

—Pareces muy recelosa del pobre Jack.

—Siempre he sido una persona de gatos —admitió Anna—. No mucho de perros.

—Bueno, él es dulce —afirmó Pen—. Muy protector de la calle. Incluso de tus gatos.

—¿De verdad lo crees? —Anna miró a Pen dudosa—. Es decir, suena a demasiada planificación para un *perro*.

—Bueno, me gusta adjudicarle buenas intenciones a tantas criaturas como puedo. —Pen sonrió ligeramente—. ¿No es bonito imaginar un mundo en el que todo a tu alrededor intenta ser un poco *bueno*? Incluso pienso cosas buenas de Chester. —Ante la mirada desconcertada de Anna, Pen se explicó—: Mi pez dorado. —Y lo señaló.

Anna miró al pez dorado, luego otra vez a Pen, y pensó en lo que esta le estaba diciendo. Finalmente respondió con cuidado, sin querer sonar demasiado escéptica, pero temió no ser capaz de evitarlo.

—Es... una visión del mundo un tanto color de rosa, ¿no crees? Que todo sea *bueno*, quiero decir.

Pen se encogió de hombros.

—Las personas pueden tener motivaciones terribles a veces. Y si me gusta pensar que un perro ha intentado salvar a un par de gatos porque eso hace que el mundo tenga un poco más de esperanzas, bueno, ¿por qué no? Estoy segura de que debemos intentar tener pensamientos color de rosa siempre que podamos.

Anna dio un sorbo a su té para cubrir su actitud burlona hacia ese punto de vista en particular. Según su experiencia, la vida era dura y complicada, y tener pensamientos color de rosa no pagaba las cuentas.

—Tu hija es encantadora —comentó entonces Pen—. Siempre saluda cuando nos vemos en la calle.

Anna parpadeó, sorprendida. No era que pensara que Emilia *no* fuera encantadora, pero no había pensado que pudiera estar implicada con la vida de la calle.

—¡Oh! —respondió Anna, que no estaba segura de cómo debía contestar—. Gracias —decidió.

—Debes de estar muy orgullosa de ella —señaló Pen.

Pen lo dijo casualmente, sin pensarlo, como un cumplido que le diría a cualquiera, y Anna estuvo por responderlo de la misma forma; luego se detuvo, congelada por la repentina revelación de que... *estaba* orgullosa de Emilia. Nunca se había detenido a pensarlo en esos términos y le resultaba muy difícil darse cuenta de ello en medio de toda la preocupación por todas las cosas horribles que podían sucederle a la niña que había llevado al mundo, pero el motivo de toda esa preocupación era Emilia, testaruda, radiante y luminosa, en ocasiones tan distinta de Anna que no podía recordar haber sido tan joven alguna vez, y en otras tan similar a Anna que esta sufría por el mundo que la esperaba.

—Muy orgullosa —respondió y le sorprendió descubrir que tenía la garganta cerrada. La aclaró, avergonzada—. Lo siento.

—No lo hagas. No tienes por qué disculparte.

—Es solo que... —continuó Anna; se sentía tonta y pensó que debía explicarse— tienes un hijo y trabajas tan duro para darle una buena vida, que algunas veces olvidas detenerte y ver realmente a ese hijo, ¿sabes? ¡Ay! Debo de parecerte tan ridícula...

—No, en absoluto. Me pareces una madre que ama mucho y que trabaja muy duro —dijo Pen.

Anna rio, autocrítica.

—Y algunas veces esas cosas son opuestas y difíciles de equilibrar. Y no estoy segura de haber hecho siempre un buen trabajo con eso.

—Nadie hace un buen trabajo todo el tiempo. Pensar que siempre puedes hacer un buen trabajo, *eso sí* es una visión color de rosa de la vida. Es simplemente imposible. Lo haces lo mejor que puedes y eso es todo lo que cualquiera puede pedir.

Anna bajó la vista a su té y se escuchó a sí misma decir:

—No siempre estoy segura de haberlo hecho lo mejor posible siquiera. —No sabía por qué estaba diciendo esas cosas. A excepción de que... quizá no tenía ningún amigo cercano con quien hablar de ello. Ella no era Diya, que salía a socializar a diario. Se sentía tan aislada en su propia vida, rodeada de personas a las que quería, pero a las que no podía encontrar una forma de *llegar*.

—Creo que eres muy dura contigo misma —dijo Pen, con amabilidad—. Creo que si les preguntaras a las personas que te aman, dirían que eres muy dura contigo misma.

Y Anna sabía que eso era absurdo, porque Pen apenas conocía a Emilia y a Marcel incluso menos, pero había... *esperanza* en su manera de hablar. Y tal vez fuera una visión color de rosa, pero era una visión que Anna quería tener en ese momento.

—Tal vez —se atrevió a decir.

—¿Tal vez? —repitió Pen—. ¡Sin duda alguna! Después de todo, si los gatos y los perros pueden congeniar, todo es posible. —Y señaló al suelo con la cabeza.

Allí estaban Jack y los dos gatos recostados, lo bastante cerca como para tocarse, todos profundamente dormidos.

—Así que Sam Bishop —dijo Libby mientras caminaban sin rumbo entre la multitud. La fogata ardía alegremente y Sam podía escuchar carcajadas que llegaban de esa dirección, pero no podría haber estado menos interesado en eso; estaba mucho más interesado en el fascinante sonido de su nombre en la voz de Libby—. ¿Abreviatura de Samuel? —Arriesgó. Sam asintió—. Has nacido aquí, a juzgar por tu acento, aunque está algo afectado por el tiempo pasado en Estados Unidos. ¿Teddy nació allí?

Sam asintió otra vez.

—Su madre era de allí. La conocí cuando iba a la universidad. Y luego, simplemente me quedé.

—¿Qué te hizo decidir regresar aquí? A menos que sea una pregunta muy entrometida —se corrigió enseguida—. Lo siento, ¿es una pregunta muy entrometida? No tengo muchas primeras citas. Espera, supongo que debería decir que no tengo muchas *segundas* citas.

—¿Quién no te llevaría a *ti* a una segunda cita? —Sam la miró con incredulidad—. ¿Acaso todos los hombres de Londres están locos?

—De hecho, sí —respondió ella, seria—. Sé que has preguntado eso como si fuera broma, pero de verdad, honestamente, sí. Lo están. ¡No creerías la de primeras citas horribles que he tenido! Un tipo hasta trajo a su madre con él para que aprobara el largo de mi falda. Y yo no llevaba falda, así que supongo que ese fue el primer punto en mi contra. Otro procedió a explicarme con detenimiento por qué yo había escogido la carrera equivocada. ¡Imagina pensar que una primera cita es un momento apropiado para revelar que piensas que educar niños es inútil a una *maestra de escuela*!

—¡Guau! —exclamó Sam—. Haces que me alegre de haber evitado las primeras citas hasta este momento.

—Bueno, ahora estás en una.

—Para nada. Como tú misma has señalado, esta es al menos nuestra tercera cita. Cuarta si contamos la primera reunión en la escuela.

—Pues no sé si contaré la orientación para el cuarto curso de tu hijo como una cita —sentenció Libby.

Sam sonrió y avanzó sobre una pila de servilletas desechadas, aplastadas sobre el césped húmedo.

—Bueno, pues volviendo a tu pregunta original: no, no es muy entrometida. Mi esposa murió hace algunos años y sentí que finalmente... había cerrado la puerta a esa parte de mi vida. Suena duro y no tengo intención de que suene así, pero hubo mucho duelo y mucha adaptación, y luego Teddy y yo lo superamos, pero sentí que todos a nuestro alrededor... no nos dejarían hacerlo. Como si, donde quiera que fuera, todos tuvieran nociones preconcebidas sobre cómo debía comportarme. Y entonces me di cuenta de que, con los años, había descuidado mis amistades, lo que implicaba que las únicas personas que quedaban a mi alrededor eran personas que había conocido a través de Sara, mi esposa, y de pronto yo quería... ¿vivir mi propia vida? ¿Podría decirse así? En cierto modo... sentí que necesitaba una oportunidad para reencontrarme a mí mismo. Así que regresé a casa.

—Creo que eso es muy valiente —respondió Libby.

Sam la miró. Ella se veía seria y amable, pero sin ningún rastro de lástima en su rostro. De hecho, su rostro tenía una sombra de algo como respeto, fantaseó Sam.

—Es muy amable por tu parte —dijo secamente—. Creo que al pobre Teddy le ha parecido algo insensato.

—Muchas cosas valiosas parecen insensatas al principio. —Libby se encogió de hombros—. Teddy es demasiado pequeño para saber lo compleja que es la vida. Él cree que lo correcto siempre será evidente. ¡Bendito sea! A veces, a los de esa edad, creo que los pillo justo en los últimos momentos de la infancia, justo antes de que todo se vuelva complicado y los consuma por completo...

—Lo sé —asintió Sam con pesar—. Yo intento disfrutarlo al máximo y sé que voy a echar de menos esto en unos años. Pero, honestamente, tener un niño es como... una constante herida abierta. —Se escuchó a sí mismo diciéndolo y se estremeció—. ¡Vaya! Eso ha sonado... horrible. Pero...

—Tranquilo, te entiendo. Puede que no tenga hijos propios, pero tengo a todos los vuestros... Y puede que no ame de forma tan absoluta como lo hacen los padres, lo sé, pero también sé que eso es lo que hace el amor: dejar siempre al descubierto esa zona vulnerable, que puede ser magullada y herida con tanta facilidad.

Y Sam pensó que Libby era increíble por entender lo que él intentaba explicarle, y se preguntó con fervor si sería muy pronto para decir: «Creo que eres increíble». ¿Cuáles eran las reglas?

—Si te hace sentir mejor, Teddy va muy bien —continuó Libby antes de que él pudiera decidirse—. Mucho mejor que al comienzo del año. No es que fuera mal entonces, pero siempre hay un período de adaptación. Por fortuna, Pari lo ha tomado bajo su ala y Pari es un elemento a tener en cuenta. Y creo que finalmente está adaptándose al programa. De hecho, me ha dicho que incluso está comenzando a entender Diseño Tecnológico. No puedo pensar en ningún elogio más grande, viniendo de Teddy.

—No puedo agradecértelo lo suficiente —respondió Sam seriamente.

—¡Ah! Todo es mérito de Teddy más que nada. Y del trabajo que tú haces para criarlo.

—Tú has marcado una gran diferencia. Lo has hecho sentirse seguro y apoyado. Te adora.

—¡Qué tierno! —dijo Libby, sonriente—. *Él* es muy tierno. Se parece a su papá.

Sam puso los ojos en blanco y rio suavemente, algo avergonzado y sin saber cómo recibir el cumplido. Así que decidió cambiar de tema.

—Cuéntame sobre ti, Libby Quinn. ¿Abreviatura de Elizabeth?

—Exacto —asintió ella.

—¿Y naciste aquí?

—En un pequeño pueblo a las afueras de Bristol —aclaró tras negar con la cabeza.

—Pero siempre quisiste vivir en Londres, ¿no? —arriesgó Sam.

—Así es. Además, mi madre murió, y ella era la razón principal de que estuviera en Bristol. Así que, como tú, estaba buscando un nuevo comienzo y vine aquí.

—Lo lamento, por tu madre.

—Yo lamento lo de tu esposa —respondió Libby.

—¿Y te gusta esto? —preguntó Sam, determinado a no dejar que la incomodidad durara más que un instante.

—Me gusta más ahora —dijo ella, con una sonrisa traviesa. ¿Cuántas variedades de sonrisas tenía?, se preguntó Sam. Quería catalogarlas todas—. Está mejorando.

—La mayoría de lugares mejoran con mi presencia. —Sam decidió seguirle el juego y Libby rio.

—Ya sabes cómo es —agregó pensativa—. Te mudas a un lugar totalmente nuevo y te toma un tiempo estabilizarte. Yo había vivido en mi pueblo toda la vida. Me mudé a Londres como una aventura y... no sé, conocer a gente no es tan fácil como había imaginado. Esto es una metrópoli genial, grande y agitada; pensé que me toparía con gente constantemente, pero la verdad es que creo que las personas, al estar rodeadas todo el tiempo por otros seres humanos, reaccionan encerrándose en sí mismas. En el pueblo, si te topabas con alguien, decías «Hola». Aquí, si te topas con alguien, dices «Lo siento». Y me ha tomado un tiempo acostumbrarme. Te envidio, de hecho.

—¿Me envidias a *mí*? —repitió Sam.

—Tu calle parece muy unida y creo que es adorable. Eso no se ve mucho en Londres.

—Eso creo —dijo Sam tras pensarlo—. Es algo que quería de verdad. Me gustaba la idea. Después de todo, vine aquí porque quería hacer amigos.

—Y tú simplemente saliste y lo hiciste. Es admirable.

—Bueno, ahora que lo pienso, creo que fue sobre todo Jack quien lo hizo.

—¡Ah, sí! He oído hablar mucho de Jack. Tu perro, entiendo.

—El perro de la calle.

—¿El perro de la calle? ¿Eso qué significa?

—Es un perro que pertenece a la calle. Todos lo compartimos. Al principio, cuando me mudé, me pasó como a ti y creí que era una idea algo extraña. Pensé que Jack provocaría toda clase de problemas. Pensé que tener a otra criatura de la que responsabilizarme era justo lo contrario de lo que necesitaba. Pero ahora... ahora creo realmente que Jack es justo lo que todos necesitábamos. Jack nos une a todos. Jack hace lo opuesto a crear problemas. Jack los *resuelve*.

—Parece un perro extraordinario —afirmó Libby.

—Lo es —coincidió Sam, casi sorprendido de escuchar cómo se sentía con respecto a Jack—. ¡¿Cómo he acabado hablando de nuestro perro de la calle?! —dijo luego.

—No pasa nada. Resulta encantador.

Ella dejó de caminar, lo que forzó a Sam a detenerse también, a girar y mirarla. Tenía el cuello del abrigo levantado contra el frío y el pelo aplastado contra la cabeza por el gorro verde brillante que llevaba puesto y era hermosa de una forma tan encantadora que Sam pensó que parecía alguna clase de adorable duendecillo del bosque que había llegado allí en medio de la multitud.

—No suelo hacer cosas como esta, y ahora que lo pienso quizás es precisamente lo que he hecho mal en Londres —añadió ella—, porque no he estado lo bastante dispuesta a dar un paso al frente y decir lo que pensaba a la gente y tal vez he dejado que las cosas... Da igual. Me gustas. Me gustas más cada vez que te veo. Y creo que te gusto también, pero si estoy malinterpretándote, si tan solo pudieras... antes de que se vuelva incómodo para Teddy...

Sam, con poca planificación pero mucha determinación, dio un paso al frente, deslizó sus manos debajo del cuello levantado del abrigo de Libby y presionó sus labios contra los de ella. Una vez, luego dos. Y luego ella soltó un único suspiro, levantó las manos, las entrelazó entre el cabello de Sam, y entonces Sam la *besó*. La clase de beso que te hace recordar por qué los poetas escriben sonetos sobre besos, la clase de beso que te hace recordar el *sentido* de estos...

Tomó una mínima bocanada de aire y balbuceó:

—Creo que eres *increíble*. —Había decidido que no era demasiado pronto para decirlo.

Las mejillas de Libby estaban sonrosadas, sus labios estaban sonrosados, sus ojos brillaban y parecía deliciosamente bien besada. Sus manos se curvaron dentro del cabello de Sam como para mantenerlo allí para siempre, lo que era innecesario, porque Sam no tenía intención de ir a ningún sitio.

Los estallidos, chasquidos, silbidos y explosiones de los fuegos artificiales comenzaron, en algún lugar sobre sus cabezas, y bañaron los ojos verdes de Libby con destellos dorados.

—Fuegos artificiales —susurró ella y Sam estuvo bastante seguro de que no estaba hablando literalmente.

Había pasado mucho tiempo desde la última vez que Bill había salido en una Noche de las Hogueras. Solía quedarse en casa, se preparaba una buena taza de té y encendía el televisor. Si tenía suerte, era una noche en la que Jack había decidido quedarse con él, lo que implicaba que había alguien con quien pudiera criticar la programación (porque la televisión siempre merecía críticas).

En general, Bill siempre se había dicho a sí mismo que quedarse en casa para la Noche de las Hogueras era, de lejos, la mejor manera de celebrarla. Los espectáculos de fuegos artificiales eran revuelos ruidosos, las fogatas eran totalmente innecesarias y, en general, resultaba mucho más sensato quedarse dentro, donde hacía calor y se estaba cómodo, no le costaba dinero y no requería que uno estuviera rodeado de desconocidos que no eran de fiar.

Eso era lo que Bill se recordaba a sí mismo mientras estaba rodeado por todos sus vecinos, entre otros. Se recordaba a sí mismo que estar solo no era tan malo, que no había necesidad de habituarse a tener a toda esa gente a su alrededor, que realmente no necesitaba a todas esas personas. Después de todo había pasado muchas tardes placenteras sin todo ese alboroto, esas molestias y sinsentidos.

Y sin embargo... era bastante agradable.

El chico de Max, o marido o como fuera que alguien quisiera llamarlo, era una persona lo bastante decente, que le hablaba a Bill con mucha amabilidad sobre asuntos como el clima, y era fiable y práctico de un modo que Bill aprobaba. Max era buena persona, pero podía ser caprichoso. La familia india siempre le había parecido algo ruidosa y caótica y su opinión no había cambiado, pero al menos parecían ser amistosos en su propio estilo ruidoso y caótico. Bill no conocía muy bien al hombre polaco, pero parecía estable, y la jovencita le había sonreído de manera agradable.

Y luego estaba Teddy, que se deslizó junto a él mientras ardía la fogata.

—Hola —dijo.

Bill lo miró; ese pequeño niño estadounidense que se había mudado a la casa de al lado y había insistido en... *hablar* con él. Bill supuso que podía seguir la conversación.

—Así que, ¿qué te parece tu primera Noche de las Hogueras?

—Bastante buena hasta ahora. Algo húmeda. —Teddy le sonrió.

—Es Inglaterra —señaló Bill.

—Tiene sentido que tengáis que encender una fogata antes de que comiencen los fuegos artificiales. —La sonrisa de Teddy se amplió.

Bill, sin práctica en las conversaciones largas como esa, sonrió de forma aceptable, o al menos esperó haberlo hecho y también que eso sirviera como respuesta. Y aparentemente sirvió, porque Teddy siguió hablando (aunque tal vez no necesitaba estímulos para ello).

—Tengo ganas de que empiecen los fuegos artificiales. Me encantan los fuegos artificiales. ¿A usted le gustan?

Bill no estaba seguro de cómo responder a eso. Quizá sería mejor volver a como estaba antes: sin tener que tener conversaciones como esa. De todos modos, intentó considerar la pregunta seriamente, para llegar a la respuesta correcta, hasta que se decidió:

—No lo sé. Hace mucho tiempo que no pienso en ello.

—Bueno, pues seguro que, si se detuviera a pensar en ello, le gustarían, porque son algo increíble —afirmó Teddy.

Fue entonces que el espectáculo comenzó, con una enorme serie de estallidos. Teddy levantó su rostro hacia el cielo con evidente regocijo.

Bill, tras un segundo, miró también hacia el cielo. Era atravesado por luces de las que llovían chispas de colores. Bill, al ver el espectáculo, se preguntó por qué había dejado de pensar en los fuegos artificiales.

Porque eran magníficos.

Era mucho mucho más tarde cuando Pen, finalmente, volvió a sentarse con su portátil. Ella y Anna habían compartido otra taza de té, luego la había acompañado a su casa con los gatos y luego había regresado a casa, donde la esperaba Jack, que había girado sobre su lomo para que Pen le rascara la barriga. Jack había parecido tranquilo durante el resto del espectáculo de fuegos artificiales, incluso aburrido. Roncaba felizmente a sus pies, y Pen se había asomado por la ventana e intentó ver el espectáculo en el cielo.

Entonces los vecinos comenzaron a regresar rezagados, conversando ruidosa y felizmente. Y Pen sonrió, porque le pareció un agradable sonido para tener en la calle. Envió a Jack saltando hacia ellos, él bailó a su alrededor ladrando para saludarlos y tropezó por su propio entusiasmo, y los niños cayeron sobre él a su vez.

Pari y Teddy, una vez que acabaron con su alboroto por Jack, la saludaron y le dijeron que los fuegos artificiales habían sido geniales e increíbles cuando ella preguntó, y luego Teddy comenzó a decir algo sobre alguien (posiblemente la señorita Quinn), pero fue silenciado por Sam, que atrapó su cabeza en una llave de forma juguetona y saludó con alegría a Pen mientras lo hacía. Darsh y Diya también la saludaron (y parecían ignorar el hecho de que Sai se había quedado atrás, cerca de Emilia). Una parte de ella quería detener a Emilia y a Marcel y decirles lo que había hablado con Anna esa noche, pero una mayor parte de ella sabía que eran cosas que solo a Anna le correspondía compartir.

—Hola, Pen —dijo Max, que caminaba de la mano de Arthur—. ¿Cómo ha estado nuestro Jack?

—¡Ah! ¡De maravilla! —respondió Pen y miró al señor Hammersley, que caminaba junto a ellos—. ¿Cómo ha ido, señor Hammersley? ¿Lo ha pasado bien?

—Ha estado bien —respondió él con hosquedad.

Max le guiñó un ojo a Pen.

Pen sonrió, regresó adentro y se acomodó en su cama con su portátil.

Allí encontró su blog todavía abierto. Y releyó las últimas frases que había escrito acerca de Anna. Anna, quien acababa de pasar una noche hablando con ella, siendo amable, honesta y... ¿y quién era Pen para escribir sobre ella de ese modo? ¿Para estar escribiendo sobre cualquiera de ellos? ¿Tratando a los vecinos como si fueran personajes de una historia de ficción?

Pen borró todo lo que había escrito esa noche y lo reemplazó por:

¡Feliz Noche de las Hogueras a todos! Si habéis estado siguiendo este blog, os lo agradezco y espero que lo hayáis disfrutado. Sin embargo, he decidido cerrarlo. ¡Ya no habrá más aventuras sobre Jack el Perro de la Calle ni sobre la calle que le pertenece! Veréis, creo que he aprendido que esas aventuras le pertenecen a Jack, y a nosotros. ☺

Capítulo 12

En honor al Día del Recuerdo, la clase de cuarto visitará una iglesia local, en la que rendiremos un solemne homenaje a quienes han perdido sus vidas por nosotros. Será una buena forma de inculcarles a los niños la importancia de recordar el pasado, mientras avanzamos hacia un emocionante futuro.

Señorita Quinn

Las decoraciones navideñas de Max eran tan complejas que aparecieron por etapas. En ese momento, llevaba todo el día trabajando en un detallado tapiz tejido junto a los rosales del jardín delantero, vigilado por Jack, que descansaba sobre el asfalto y contribuía con útiles sugerencias en forma de ladridos periódicos. Sam había pasado el día distraído de su trabajo observando el complejo proyecto.

—¡Es espectacular! —señaló finalmente cuando salió a esperar a Teddy. Jack se acercó a saludarlo, moviendo la cola, y Sam le rascó detrás de las orejas.

Max levantó la vista y sonrió.

—Tengo que tener una decoración de Navidad impactante. ¿Quién querría comprar arte de un artista que tiene una decoración navideña aburrida?

—Supongo que tienes razón —coincidió Sam, a pesar de que nunca antes había pensado en ese asunto en particular.

—Por supuesto, de día es difícil juzgar cómo se verá —observó Max al dar un paso atrás para examinar su creación con la cabeza ladeada—. Aunque el cielo esté gris y sombrío, no es como de noche. —Aparentemente satisfecho, dio la espalda a su jardín para enfrentarse a Sam—. Y tú, ¿cuándo pondrás tus decoraciones?

—Aún no he pensado en eso —admitió Sam—. En Estados Unidos solíamos esperar hasta después de Acción de Gracias.

—Bueno, si quieres ayuda, estaré encantado de colaborar. Una vez que termine con la mía, creo que haré algo para Bill.

—¿De veras? —Sam alzó las cejas—. ¿Y él qué dice al respecto?

—¡Ah! Creo que cederá. —Max rio—. Soy un experto en persuasión. Por cierto, ¿cómo va todo? ¿Cómo está la «señorita Quinn»?

Sam solo tenía una queja con respecto a los besos que había compartido con Libby durante la Noche de las Hogueras y era que no habían dejado de burlarse de él desde entonces. Hasta ese momento había logrado ocultarle el asunto a Ellen, pero estaba seguro de que Teddy le hablaría de ello en cuanto la viera.

—Bien —respondió, con exagerada paciencia.

—¿Y has considerado qué harás en una segunda cita? ¿Cómo superarás el romanticismo y la mística de la Noche de las Hogueras?

—Ja, ja, ja —dijo Sam y pensó que quizás era más fácil cuando los vecinos no hablaban con él.

—Es una época del año complicada para salir con alguien —señaló Max—. La Navidad está a la vuelta de la esquina. Tendrás que pensar qué nivel de regalo hacerle. ¡Qué estresante!

—Podrías ser una persona más alentadora, ¿sabes? —le informó Sam.

Por fortuna, los niños llegaron de la escuela antes de que Max pudiera hacer que Sam sintiera más pánico por el estatus de su relación con Libby y Sam recibió a Teddy, que de inmediato soltó una acalorada e indignada queja sobre la obra escolar.

—¡La señorita Quinn dice que Jack no puede estar en la obra! ¡Dice que va contra las reglas!

—Bueno —respondió Sam—, estoy seguro de que ella sabe cuáles son las reglas.

—Bueno, las reglas son estúpidas. Las reglas no deberían aplicarse a *Jack*. Jack es especial. ¿Ella sabe de Jack?

—Ella sabe de la existencia de Jack, sí.

—Pero no me cree cuando le digo lo especial que es —agregó Teddy—. Es por eso que estoy preguntando si *tú* le has hablado de las habilidades interpretativas de Jack.

—¡¿Qué?! —Sam parpadeó, sorprendido.

—Será muy bueno en la obra. Es decir, él se comporta muy bien. ¿No crees que se comporta superbién? No hará nada. Solo estará ahí. Pari y yo hemos escrito todo un papel para él. Será el perro del pesebre y pasará mucho frío en la nieve y el agente de seguros dirá que el propietario del establo debería haber tenido un seguro para la nieve, solo que no lo tiene por el cambio climático, pero todos ayudarán de todas formas porque el propietario es una buena persona que ha ayudado a María y a José.

—¿Ahora vuestra obra escolar tiene un agente de seguros? —fue todo lo que dijo Sam—. Arthur estará muy complacido.

—Sí, ¿pero cómo va a tener sentido el agente de seguros si Jack no representa al perro del dueño que tiene frío en la nieve?

—Tienes razón. Sin un perro, un agente de seguros no tiene cabida en la obra de Navidad.

—¿Entonces hablarás con la señorita Quinn al respecto?

—Veo que tenemos que hablar de la señorita Quinn... —dijo Sam después de mirar a Teddy durante un momento.

—¿Qué pasa con ella? —Teddy se encogió de hombros—. Es la mejor maestra y ahora sale contigo.

Sam analizó a Teddy de cerca, pero no parecía preocupado en absoluto.

—¿Y eso es bueno? —Necesitaba aclararlo.

—¿Por qué no iba a ser algo bueno? —Teddy lo miró como si estuviera loco—. ¡Es algo increíble! Nadie más tiene un papá que salga con la maestra.

—Cierto. —Sam alzó una ceja, dudoso—. Pero eso no significa que ella te ponga de forma automática las mejores notas de la clase ni nada.

—No, ya lo sé. Ella es demasiado increíble para eso. Por eso sales con ella.

—Ella no te pondrá las mejores notas necesariamente y yo no hablaré con ella para convencerla de que tenga un trato especial contigo, por ejemplo, incluyendo a Jack en la obra escolar.

—Está bien. —Teddy suspiró—. Ya le había dicho a Pari que no funcionaría.

Sam ignoró este último comentario y prefirió enfocarse en lo que parecía ser más importante para él.

—Lo que realmente quería saber era si te parece bien que..., bueno, ella no es tu madre.

—Mamá ha muerto. —Teddy parecía confundido.

—Lo sé —afirmó Sam mientras intentaba encontrar las palabras—. Así es. Y ahora me gustaría ver más a la señorita Quinn. Y ella no es tu mamá. ¿Eso es raro para ti?

—No —dijo Teddy tras un momento en silencio—. Solo sería extraño si quisieras ver más a alguien que no fuera increíble, porque acostumbras a estar rodeado de personas increíbles. Mamá lo era y ahora la señorita Quinn también lo es. ¡Es genial!

A causa de la rutina diaria de asegurarse de mantener a su hijo con *vida*, algunas veces a uno le era fácil olvidar lo milagroso que era haber sido responsable de que otra vida llegara al mundo, y que esa vida se hubiese desprendido de la de uno para ser ella misma. Pero en ese momento Sam fue golpeado por ese milagro y por el más fantástico milagro de que Teddy se hubiera soltado para convertirse en una persona que a Sam le gustaba, una persona con la que Sam hubiera querido pasar el tiempo, aunque no fuera su hijo. Y quizá Sam no era imparcial en ese punto, pero Teddy *realmente* era increíble.

—Un buen lugar en el que estar es recordando el pasado, pero aún emocionándote por el futuro. Gracias, hijo.

—¿Por qué? —preguntó Teddy.

—Por ser mi aventura diaria.

El mundo parecía estar lleno de amapolas y para Teddy eso era algo inusual. Observó a Max llevar algunas hacia el rosal en hibernación del señor Hammersley y preguntó:

—¿Son alguna clase de decoración navideña? —Max adoraba la decoración navideña; su casa se estaba convirtiendo poco a poco en una casa compuesta en su totalidad por pequeñas luces parpadeantes y Teddy pensó que era genial y, obviamente, también demasiado trabajo para siquiera pedirle a su padre que hiciera algo parecido.

Max levantó la vista de las amapolas. Y el señor Hammersley también levantó la vista, desde su lugar de pie en la puerta, donde regañaba a Max cada vez que hacía algo que a él no le gustaba con las amapolas.

—¿No sabes lo de las amapolas? —preguntó Max.

—¿Qué les enseñan a los niños en la escuela hoy en día? —resopló el señor Hammersley.

—La señorita Quinn nos enseña muchas cosas —respondió Teddy, leal a ella—. Supongo que no hemos llegado a las amapolas aún.

—Son un homenaje —explicó Max y regresó a su trabajo con las flores—. A toda la gente que hemos perdido por culpa de las guerras. —Y miró al señor Hammersley.

Así que Teddy lo miró también. Tenía el ceño fruncido de una forma en que no lo tenía un momento antes, y eso que había estado con el ceño fruncido entonces (así era el señor Hammersley en general), pero ese era un gesto en cierto modo diferente.

—Demasiada gente —dijo de repente—. Demasiadas personas perdidas. Demasiadas personas que nunca llegaron siquiera a un cementerio. Demasiadas personas que son solo amapolas y ni siquiera te hablan de ellas en la escuela.

—Estoy seguro de que... —comenzó a decir Max, pero el señor Hammersley cerró la puerta y desapareció adentro.

Jack, preocupado por él, se levantó de su lugar de vigilancia al final del camino y se paró frente a la puerta, lloriqueando un poco y moviendo la cola.

—No era mi intención hacerlo enfadar —le dijo Teddy a Max.

—No has hecho nada de eso —le aseguró Max con amabilidad—. No has sido tú. Es la cercanía del Día del Recuerdo, eso es todo. Está sensible al respecto. Se lo he preguntado y ha admitido haber perdido a su padre en la guerra, así que puedes imaginar que es una época difícil para él.

—Hola a ambos —saludó Pen, animada. En medio de una de las muchas vueltas que corría, se había detenido para mirar el trabajo de Max—. Es precioso. Me alegra que el señor Hammersley no vaya a estar solo en el Día del Recuerdo. Suele ir a la iglesia y tan solo se sienta allí a pensar. Además va siempre en el mismo día, ni siquiera el domingo, lo que hace que esté aún más solo.

—¿Piensa en todas las personas perdidas? —preguntó Teddy.

—Exacto. —Pen le sonrió, pero fue una sonrisa triste—. Las personas perdidas por culpa de la guerra, los amigos que ha perdido con los años...

Teddy le dio una reconfortante palmada en la cabeza a Jack y se quedó pensando en ello.

—¡Amapolas! —exclamó la señorita Quinn en la escuela mientras repartía hojas de cartulina color rojo—. En eso nos enfocaremos hoy. El Día del Recuerdo, después de todo, está a la vuelta de la esquina. El día en que nos detenemos a recordar a todos los hombres y las mujeres valientes que dieron sus vidas para que nosotros tuviéramos la vida que conocemos y disfrutamos el día de hoy. Todos haremos amapolas en homenaje y luego vuestra tarea será entregar esas amapolas a la persona de vuestra elección, alguien que creáis que pueda necesitar un recordatorio de que es recordado, un símbolo del hecho de que pensáis en esa persona. Algunas veces, a medida que las personas envejecen, es fácil para ellas imaginar que ya nadie se interesa por ellas, que los sacrificios de su pasado se han vuelto obsoletos.

—¿Qué significa «obsoleto»? —preguntó Brian tras levantar la mano.

—Significa «inútil», que ya no es relevante.

Todos comenzaron a cortar el papel rojo y la señorita Quinn caminó alrededor de la clase haciendo comentarios y diciendo «¡Uh!» y «¡Ah!» ante el trabajo de todos.

Teddy estaba pensativo mientras trabajaba en sus propias amapolas.

—Son unas amapolas adorables —dijo la maestra cuando llegó a su escritorio—, y tú pareces muy pensativo.

—¿«Obsoleto» significa que ya no tienes ningún amigo? —preguntó él.

La señorita Quinn lo miró atentamente.

—Bueno, supongo que si crees que todos tus amigos han quedado atrás, sí. Tal vez. Puede hacerte sentir obsoleto el haber perdido a todos aquellos con quienes habías comenzado, pero siempre puedes hacer nuevos amigos.

—Exacto —reaccionó Teddy—. Mi vecino, el señor Hammersley, perdió a su padre en la guerra y es anciano, así que ha perdido a muchos amigos y esas cosas con los años. Él no tiene ya a nadie. Y supongo que suele pasar el Día del Recuerdo en la iglesia, solo, para recordarlos. Pero ¿no sería agradable si pudiéramos ir a la iglesia a recordarlos con él? Así podría saber que tal vez haya perdido a muchos amigos, pero que ahora tiene amigos nuevos, y que podemos recordar el pasado, pero también sentir emoción por el futuro, ¿sabe?

—Lo sé. —Entonces la señorita Quinn lo miró pensativa—. Y creo que es una idea realmente maravillosa, Teddy.

Sam leyó la última columna «De la pluma de la maestra» en la *Crónica de Las Tórtolas* y la comentó con Teddy en la cena.

—¿Iréis a la iglesia el Día del Recuerdo?

—Sí —respondió Teddy—. Hemos aprendido mucho sobre él en la escuela y le he dicho a la señorita Quinn que sería bonito si pudiéramos ir a sentarnos con el señor Hammersley mientras él se sienta solo a pensar en su padre que murió en la guerra y en todos los amigos que ha perdido.

—¿Eso es lo que el señor Hammersley ha dicho que haría?

—Eso es lo que Pen ha dicho que él hace. Y Pen sabe todo lo que todos hacen.

—Eso no suena para nada alarmante... —comentó Sam y contempló la autorización para la excursión a la iglesia que acompañaba la *Crónica*.

Desde la Noche de las Hogueras no había contactado a Libby por ningún medio. Solo habían pasado unos pocos días, después de todo, y recordaba que existían reglas complicadas acerca de quién podía llamar a quién y cuándo. Ya tenía su número telefónico guardado en su móvil y podía llamarla en cualquier momento, pero ella también tenía su número y no lo había llamado, así que parecían estar en punto muerto en las comunicaciones, desde el punto de vista de Sam, lo que no parecía una buena forma de comenzar una relación.

No podía decidir si se suponía que él tenía que ser el primero en volver a ponerse en contacto. Y ahora estaba rodeado de muchas personas a las que podía pedir ayuda, pero le avergonzaba preguntarle a cualquiera de sus vecinos y revelar lo patéticamente falto de práctica que estaba en todo eso, y evitaba preguntarle a Ellen por instinto de supervivencia. Ellen se pondría a chillar a un volumen que haría estallar los tímpanos de Sam y posiblemente los del resto de la calle también.

Sam lo consideró y luego notó que Teddy estaba hablándole.

—¿Qué estabas diciendo? —preguntó y se obligó a apartar la mirada de la autorización.

—Preguntaba cuándo crees que deberíamos poner las decoraciones de Navidad —repitió Teddy, con exagerada paciencia, para enfatizar lo difícil que podía ser su padre.

—¡Ah, sí! Justo estaba pensando en eso.

—En Estados Unidos siempre esperábamos hasta después de Acción de Gracias. Pero aquí no tienen Acción de Gracias y todos están colgando cosas por toda la calle...

—Para ser justos, Max es el responsable de casi toda la decoración exhibida hasta el momento. Así que la definición de «todos están colgando cosas» es Max sobre todo.

—Aun así —respondió Teddy.

Sam lo miró y pensó que Teddy había dicho «en Estados Unidos» y no «en casa», como lo había hecho unas semanas antes. Entonces le contó a su hijo la idea en la que llevaba unos días pensando.

—He pensado que podríamos celebrar el día de Acción de Gracias.

—¿Qué quieres decir?

—Puede que aquí no lo celebren, pero nosotros podríamos hacerlo de todas formas. Podría preparar un pavo y podríamos invitar al resto de la calle y tener una fiesta para adornar el árbol.

—¿De veras? —Teddy se animó.

—Sí. —Sam se sintió complacido—. ¿Te gusta la idea?

Teddy asintió.

—¿Invitarás a la señorita Quinn?

Sam se echó a reír.

Esa noche, después de que Teddy se fuera a la cama, Sam volvió a contemplar la autorización. Dio su permiso y firmó (esa era la parte fácil), y luego le dio la vuelta a la página y pensó qué decir.

Al final, no pudo pensar en nada que decir. ¿Debía volver a invitarla a salir? ¿Al dorso de la autorización de su hijo? ¿Debía dejarlo así? Pero ¿cómo interpretaría el silencio actual? ¿Cómo lo interpretaba *él*?

Frustrado, se decidió al fin por tomar un bolígrafo y dibujar una serie de líneas en cascada en el papel. Luego miró su trabajo y dijo «¡Ah, maldición!», porque se veía fatal.

Así que escribió al pie: «Se supone que son fuegos artificiales. S».

Y luego pensó, horrorizado, que había sido una estrategia terrible por su parte. ¿En qué había estado pensando? Pero ya era muy tarde: esa era la única copia de la autorización de Teddy y tenía que entregarla para poder ir a la excursión. De lo contrario, Teddy estaría muy decepcionado.

Sam golpeó ligeramente su cabeza contra el escritorio por la frustración.

Pero dos días después, la edición de la *Crónica de Las Tórtolas* que Teddy llevó a casa tenía la parte trasera cubierta de fuegos artificiales mucho más artísticos, y llenos de destellos de colores, porque Libby había sido tan astuta como para usar colores.

—Es un mensaje de la señorita Quinn —afirmó Teddy al ver a Sam sonriéndole a los fuegos artificiales—. ¿Estás usándome para conquistar a mi maestra?

—«Usar» es una palabra muy dura. —Sam le sonrió.

Bill solía sentir con mucha intensidad el vacío de todo lo que había perdido. Sin embargo, y por razones inciertas, últimamente se descubría pensando menos a menudo en sus viejos amigos.

De todos modos, en el Día del Recuerdo, se levantó y se vistió meticulosamente con la mejor ropa que tenía. Su madre siempre le había hecho usar sus mejores prendas para ese día, y él había mantenido esa tradición. Jack se había quedado con él la noche anterior (Teddy lo había llevado expresamente) y este miraba con mucho interés las minuciosas acciones de Bill en el baño.

Bill lo miró mientras se colocaba una amapola en la ropa.

—¿Cómo me veo? Muy elegante, ¿eh? Seguro que no creías que pudiera arreglarme tan bien. —Se agachó con cuidado para rascar detrás de las orejas de Jack, lo que hizo que el perro moviera la cola con desenfreno—. Solía pasar mucho más tiempo arreglándome, en los viejos tiempos, cuando había un motivo para hacerlo. —Miró en el espejo el destello rojo donde tenía su amapola y luego inhaló hondo—. Bueno, Jack. Hora de que vayas a patrullar mientras yo no estoy.

Jack intentó seguir a Bill por la calle y Bill tuvo que detenerse y alejarlo. A veces el perro podía ser algo tonto, se dijo Bill. Al fin (cada año parecía que el camino le tomaba más y más tiempo) Bill llegó a la iglesia local y se sentó en uno de los bancos. Inhaló profundamente el aire, con aquel aroma particular a iglesia, y cerró los ojos por un momento, luego los abrió y miró a su alrededor. La iglesia estaba, como siempre, desierta. Todo el mundo había ido allí para la misa del domingo, pero en ese momento no había nadie.

Pero entonces, cuando apenas acababa de tener ese pensamiento, comenzó un ligero alboroto que se hizo más y más fuerte. Luego Bill vio, perplejo, cómo un silencioso, solemne y serio grupo de niños marchaba al interior de la iglesia, se deslizaba entre los bancos e inclinaba la cabeza. La maestra al frente de ellos, una bonita mujer pelirroja que le resultaba vagamente familiar (aunque Bill no podía identificarla) le sonrió.

Bill miró atrás hacia los bancos llenos de niños y reconoció sorprendido a Teddy y a la pequeña india, sentados uno junto al otro.

Los observó a ambos y luego al grupo completo. Todos esos niños, en el Día del Recuerdo. *Recordando.* Donde él solía estar solo, la única persona en la iglesia polvorienta y sombría, había todo un *grupo* de gente haciéndole compañía. Bill no tenía ni idea de qué pensar al respecto.

Al cabo de un rato, en respuesta a una señal que Bill no vio, los niños se levantaron y comenzaron a pasar en una fila frente a él y cada uno le entregó una amapola de papel. Teddy fue el último, le sonrió y le hizo un guiño, y luego, tan rápido como habían aparecido, los críos se fueron de la iglesia.

Bill escuchó los sonidos alborotados del pequeño ejército de niños marchando fuera de la iglesia, miró sus manos llenas de amapolas y descubrió que, por alguna razón, estaba llorando.

Capítulo 13

Sam, al fin, se derrumbó y llamó a Ellen, quien básicamente chilló en respuesta que *sí*, que era apropiado que invitara a Libby al menos a un *café* después de haberle puesto la lengua en la garganta durante la Noche de las Hogueras. Esa era una descripción algo más gráfica de los besos de lo que a Sam le habría gustado, y no del todo apropiada, pero decidió confiar en la opinión de Ellen sobre el asunto. Así que una noche, después de llevar a Teddy a la cama, inhaló hondo y presionó «llamar» en el número de Libby en su móvil.

Contra todo pronóstico, ella no respondió, y Sam se preguntó con desespero si habría visto que él llamaba y no le habría contestado, y luego saltó el buzón de voz y Sam consideró colgar, pero ya era demasiado tarde, ella vería que él había llamado, así que simplemente habló después de la señal:

—Hola, soy Sam. Bishop. Y, bueno..., quería saber si tal vez algún día te gustaría ir a tomar un café o algo.

Libby le devolvió la llamada una hora más tarde, animada.

—Lo siento. Estaba en clase de yoga. —Eso hizo sentir a Sam como un perezoso, pues no había hecho ejercicio desde su mudanza a Inglaterra—. Un café suena maravilloso. ¿Cuándo habías pensado? ¿La próxima semana?

—Sí —coincidió Sam, aunque ni siquiera había pensado tanto como para considerar esa pregunta. Él era muy malo en eso.

Quedaron para el viernes a las siete de la tarde y Sam, para prepararse, fue donde los Basak al día siguiente.

Diya estaba de pie fuera, frunciéndole el ceño críticamente a su casa, y señaló la casa de Max y Arthur cuando Sam se acercó.

—Eso es excesivo; solo quieren lucirse. Tienen la casa iluminada como un árbol de Navidad.

—Bueno, *es* Navidad —dijo Sam.

—Y ahora va a convertir la casa del anciano en otro árbol de Navidad.

Eso era cierto. Max estaba silbando en el jardín delantero del señor Hammersley, ignorando felizmente las sugerencias de este respecto a dónde debían ir las luces. Jack estaba recostado en los escalones de la entrada, observando la actividad con interés. Al parecer, de momento aquello era más interesante que las ardillas.

—Ahora voy a tener que colocar algunas luces —protestó Diya—. Esto es ridículo.

—Vivimos en la calle Navidad —señaló Sam—. Tal vez deberíamos darlo todo para Navidad.

—Tú no tienes ninguna luz —replicó Diya.

—Estoy esperando hasta pasado el Día de Acción de Gracias —respondió Sam—. Hablando de eso, ¿has recibido mi invitación?

—¡Ah, sí! Y estoy algo preocupada. —Diya parecía seria. Sam, confundido.

—¿Preocupada por Acción de Gracias?

—¿Realmente prepararás una cena de Acción de Gracias? ¿Y harás un pavo y todo lo demás? —Diya parecía demasiado escéptica y Sam frunció el ceño.

—Sí. En realidad no hay mucho misterio en hacer un pavo. He visto muchas veces cómo se prepara: simplemente lo metes en el horno y luego el pequeño temporizador suena y, ¡pum!, ya está hecho.

—Prepararé algo para la cena también —anunció Diya. Era evidente que no estaba convencida de que un pavo fuera lo bastante fácil para Sam.

Y, dado que Sam estaba allí para discutir otros asuntos, decidió dejar de hablar de ello.

—Sí, gracias, muy amable por tu parte. Quería preguntarte si podrías cuidar a Teddy el viernes por la noche. Él y Pari suelen estar juntos de todas formas.

—Últimamente pasan mucho tiempo juntos, sí —remarcó Diya.

—Están trabajando en la obra escolar. En la que también actuará Jack.

—¿Jack? —repitió ella—. ¿Jack el perro? ¿Por qué iba a estar Jack en la obra escolar?

—Porque nuestros hijos se han empeñado en ello.

—Mmm... —Diya frunció el ceño.

—En cualquier caso —añadió Sam al sentir que estaban desviándose del tema—, ¿podrás quedarte con Teddy?

—Sí, claro —dijo ella—. ¿Es para ir a una cita con la señorita Quinn?

Sam abrió y cerró la boca. Diya hizo un gesto emocionado con sus manos que terminó teniendo el efecto de empujar un poco a Sam.

—¡Oh! ¡Tenéis una cita! ¡No esperaba que fuera cierto, pero tenéis una cita! ¡Estoy tan orgullosa de ti! ¿Dónde la llevarás?

Sam apenas había planeado lo suficiente como para responder a la pregunta de cuándo deberían verse, mucho menos para responder dónde.

—¡Ah! —respondió vagamente—. No lo sé aún. A alguna cafetería, supongo.

La boca de Diya se abrió con completo horror, como si Sam acabara de decirle que su idea de lo que era tener una cita fuera depilarse la espalda o algo por el estilo.

—No puedes simplemente llevarla a tomar *café*. Es vuestra *primera cita*. ¡Tienes que causar impresión! ¡Tienes que hacerle perder la cabeza! ¡El *café* nunca ha hecho perder la cabeza a nadie!

—¿Y si fuera un muy buen café...? —ofreció Sam con esperanza.

Diya le lanzó una mirada fulminante.

—Cuidaré a tu hijo por ti, pero debes pensar en algo mejor que «café».

Finalmente, Sam, inspirado por su primer encuentro relacionado con la comida, acabó por escribirle a Libby.

Sam: ¿Qué te parecería construir una casa de jengibre?

Libby: Siempre que no tenga que tener una estructura sólida...

Sam: Una pila de jengibre derrumbado también cuenta como casa.

Libby: ¡Brillante!

Tras un momento, Libby agregó:

Espera, no insistirás en que la casa de jengibre tenga remolacha, ¿verdad?

Sam se enamoró todavía un poco más.

El viernes siguiente, con la dirección de ella anotada en el móvil, Sam dejó a Teddy con Darsh, Diya y Pari. Al parecer, Teddy no estaba nada molesto por ello, porque le dijo que se divirtiera y corrió al jardín trasero con Pari en busca de Jack. Diya lo miró de pies a cabeza.

—Lo harás bien —le dijo.

—¡Déjalo tranquilo! —exclamó Darsh desde la cocina, divertido.

Sam decidió que Darsh era su favorito.

De camino a casa de Libby, se detuvo a comprar flores y se decidió por unas coloridas margaritas, porque parecían alegres.

El apartamento de Libby estaba en un edificio que había envejecido de manera favorable, desmejorado en algunos lugares, pero igualmente encantador. Ella le abrió la puerta, ya preparada con su abrigo azul y una boina a tono en su cabeza, y alzó las cejas al ver las margaritas.

—Mírate —comentó—. En busca de puntos extra, ¿eh? —Le ofreció una sonrisa tan complacida que él pensó que ya había ganado esos puntos.

—Espero sacar una «Matrícula de Honor» al final de la noche —respondió.

—¿Esperas que te entregue un informe? —Libby estaba ocupada en la cocina, llenando un florero con agua, y Sam intentaba ser educado y no espiar abiertamente su casa como si esta pudiera ser una ventana a su psique.

—Nunca he salido con una maestra. Asumo que debes de calificar todas las acciones sociales.

—¿Entonces debería esperar el mejor comportamiento posible? —preguntó Libby, habiendo dejado las margaritas en un florero y con las llaves en la mano. Luego cruzó la puerta caminando hacia atrás.

—Mmm... —respondió Sam al seguirla mientras observaba esas manos que parecían convertirse con tanta frecuencia en el objeto de su fascinación—. O el peor, supongo. Eso depende de la clase de cita que quieras.

Libby lo miró por un momento, luego sonrió, se le acercó y recorrió con un toque muy ligero de su dedo la nariz de Sam.

—Estas pecas —murmuró— me matan.

—¡Vaya! —dijo él, sin aliento. Nadie le había dicho eso de sus pecas antes. Se preguntó entonces si sería muy pronto para besarla, ya que estaba tan cerca que podía perderse felizmente en sus ojos.

Ella cubrió la distancia y se elevó para apoyar los labios delicadamente sobre los de él. Un beso dulce y breve que se sintió como la mejor forma de decirse «Hola»; una cálida bienvenida que hacía que uno olvidara cuántas personas desconocidas había en el mundo, porque las personas conocidas eran simplemente *maravillosas*.

—¿Vamos a por esa casa de jengibre? —preguntó ella.

Sam había escogido la clase un poco al azar, porque le había parecido que preparar una casa de jengibre le daría más oportunidades de conversar que una clase de cocina que incluyera la preparación de toda una cena. ¿Cómo de difícil podía ser hacer una casa de jengibre?

Resultó ser increíblemente difícil. Cuando no se caía el techo, lo hacían las paredes. Las ventanas estaban torcidas de forma peligrosa, la puerta era demasiado pequeña en proporción al resto de la casa y la galleta de jengibre había empezado a agrietarse, dejando entrar lo que Libby había descrito como «un frío terrible para los pobres habitantes de jengibre».

Sam no podía recordar la última vez que se había reído tanto. Libby era alegría pura y sincera, se reía de sus errores y siempre se mostraba optimista respecto a su futuro como arquitectos de jengibre, a pesar de que todo evidenciaba lo contrario. Resuelta, colocaba tejas sobre el techo mientras este yacía en pedazos sobre el papel para hornear. El instructor al frente de la clase estaba explicando a los participantes más competentes cómo decorar las cornisas con guirnaldas para que lucieran como decoraciones navideñas.

—Esto asumiendo que nuestra casa tenga cornisas —comentó Sam a Libby.

—Las tenemos —respondió ella, con voz risueña—. Son horizontales.

—Eres tan encantadora... —dijo Sam sin poder contenerse.

Libby levantó la vista de su decoración, con un cautivador rubor en sus mejillas y luego se inclinó sobre su pila de pan de jengibre destruido.

Al final metieron todos los trozos de galleta de jengibre en una bolsa y caminaron por la acera comiendo fragmentos de la casa destrozada con toques azarosos de glaseado.

—Creí que se te daban mejor las casas de jengibre. ¿Seguro que has construido alguna con Teddy?

—Sin duda he *comprado* alguna, hecha, en una tienda —respondió Sam.

Libby rio, con la cabeza un poco hacia atrás. Era una noche fresca, pero la clase había sido cálida, así que el abrigo de Libby no estaba cerrado y el colgante de estrella alrededor de su cuello destellaba por las luces de la ciudad a su alrededor.

—Tu collar es precioso —comentó Sam, porque lo era, aunque tal vez lo que quería decir era que *le quedaba* precioso, porque eso tal vez fuera más certero.

—Gracias —respondió ella y llevó los dedos al colgante—. Fue un regalo de mi padre. Cuando era más joven quería ser astronauta. —Libby sonrió al decirlo, con alegría, como si compartiera un secreto—. Quería ir al espacio y ver las estrellas estando junto a ellas.

—Eso suena adorable. Todo lo que yo quería ser era estrella de rock, por ningún motivo poético.

—¿Tocas algún instrumento? —Libby rio.

—No —confesó Sam—. Ni siquiera puedo cantar. No tengo ni idea de qué me pensaba que era.

Libby volvió a reír.

—Y yo me mareo al viajar en coche, lo que de alguna forma acabó con mi fantasía de orbitar la Tierra. ¿Cómo voy a pilotar una nave espacial si ni siquiera puedo con un utilitario?

Sam rio.

—Pero me convertí en maestra y espero no sonar demasiado lamentable si digo que aún puedo ver estrellas de cerca. Solo que una clase diferente de estrellas. ¡Ay, Dios! Eso suena fatal, ¿no?

—Suena tierno. Mi trabajo es solo algo que hago para ganar dinero. Pero creo que tú amas tu trabajo.

—Así es —coincidió Libby—. Y también me permite conocer a toda clase de hombres interesantes. —Le ofreció una sonrisa tímida, con sus hoyuelos a la vista.

—Creo que nos coleccionas sin piedad, ¿no es así? —respondió Sam—. Nos matas a todos con esa sonrisa y con tu forma de reír y luego pasas a la próxima víctima.

—Normalmente, sí —afirmó Libby, sin dejar de sonreír—. Pero ninguno de ellos ha demolido una casa de jengibre conmigo. Podría mantenerte cerca un poco más, y ver cómo se te da lo de destruir bombones para el Día de San Valentín.

Sam rio.

En su momento, había tenido todo el sentido del mundo apuntar el número de Max como el contacto principal para la agencia de adopciones. Max no tenía un trabajo de oficina, estaba pendiente de su móvil y no lo silenciaba para azarosas reuniones entre semana. Así que resultaba obvio que la agencia de adopciones contactara con él primero.

Solo que eso implicó que fuera Max quien recibiera la llamada para informarles de que habían sido escogidos para tener otro bebé.

Y eso implicó que Max se sentara en su estudio a beber en medio del día, preguntándose si debía o no decírselo a Arthur, preguntándose si llamar o no para rechazar al bebé, preguntándose si era o no el peor marido del mundo por siquiera pensarlo, preguntándose si podría o no soportar perder otro bebé en el último momento.

Fue entonces que el timbre de la puerta sonó.

Max maldijo, presionó el vaso contra su frente, y entonces se preguntó si responder o no a la puerta, y luego decidió que quizás era una buena idea liberarse de eso. Por supuesto que debía hablar con Arthur del bebé. *Por supuesto* que tenía que hacerlo.

Max abrió la puerta y encontró a Sam, que parecía algo exhausto.

—¿Has hecho hojaldre alguna vez? —preguntó de inmediato.

—¿Estás haciendo hojaldre?

—Sí. Para un pastel de calabaza. Para la cena de Acción de Gracias. Casualmente he invitado a Libby a la cena de Acción de Gracias, así que ahora necesito ver si puedo cocinar. Y la verdad es que no sé cocinar. Como ya debes de haber notado.

Max miró a Sam, que estaba en medio de una especie de pequeña crisis, y pensó que no podía manejar la pequeña crisis de nadie, porque él estaba en medio de su propia gran crisis en ese momento, así que explotó:

—A Arthur y a mí nos han asignado un bebé en adopción.

Sam parpadeó y luego le ofreció una amplia sonrisa.

—¿Sí? Eso es maravilloso...

—No es maravilloso. —Max negó con la cabeza.

—¿No quieres un bebé? —preguntó Sam, dudoso.

—Quiero un bebé. Arthur quiere un bebé. Arthur sería increíble con un niño. Arthur criaría a un pequeño agente de seguros increíblemente serio. Se nos daría bien. Pienso que se nos daría muy bien, ¿no crees?

—Sí, lo creo. Porque queréis serlo y eso es importante. Porque lo intentaréis con mucho empeño. Porque lo *amaréis*. ¿Por qué no te sientas? Parece como si...

—Pero nos asignan niños y luego nos los quitan. La primera vez fue antes de que nos lo dieran, así que todo fue algo abstracto. Fue difícil, sí, pero pudimos con eso. La segunda vez, Arthur la sostuvo y su rostro era... y su rostro era... y luego ya no pudimos tenerla porque... No sé si puedo volver a hacerlo. No sé si puedo.

—Respira —le dijo Sam, que cruzó la puerta y la cerró tras él—. ¿Has hablado de esto con Arthur?

—Sí —respondió Max—. No. No lo sé. Creo que... lo he intentado. Pero lo hice cuando la posibilidad de otro bebé aún era abstracta, cuando no sabía cuál sería la intensidad de mi ataque de pánico. Ahora me han llamado por un bebé y siento que he caído por un precipicio como un lunático.

—Detente. No eres un lunático —afirmó Sam—. Créeme. Solo estás bajo mucho estrés en este momento.

—Cierto. Y si no puedo manejar este nivel de estrés, ¿cómo podré manejar a un *niño*?

—Nadie cree poder manejar a un niño hasta que se encuentra con ello. Estarás bien. De verdad lo estarás. Pero creo que tienes que hablar con Arthur sobre cómo te sientes ante la posibilidad de perder a otro bebé.

Max no quería hacer eso en absoluto. Max no quería mencionar lo concreta que se había vuelto la posibilidad de otro bebé; no quería que Arthur se hiciera esperanzas, ni los cuidadosos preparativos de Arthur o su mesurada emoción, porque Max no quería la otra cara de todas esas cosas. Una parte de Max deseaba que hubieran tenido al primero o al segundo bebé y la otra deseaba que nunca hubieran mencionado nada de eso.

Alguien llamó a la puerta trasera y Max dijo:

—¡Ay, Dios! Toda la calle vendrá hoy de visita.

Resultó ser Bill.

—¿No se suponía que teníamos que trabajar hoy? Tu cobertizo está cerrado. ¿Qué te pasa? Tienes un aspecto terrible.

Eso significaba que Arthur, sin duda, sabría que algo le ocurría.

—Hoy no trabajaremos. Hoy solo beberemos —respondió Max.

—Y prepararemos hojaldre —agregó Sam.

—¿Hojaldre? —repitió Bill con un tono de total desaprobación.

—Sam preparará la masa. Nosotros nos burlaremos de él mientras bebemos —dijo Max.

Pari regresó a casa de la escuela de buen humor. La obra escolar sería simplemente *increíble*. La señorita Quinn los había dejado comenzar a ensayar y Pari había emitido dramáticas declaraciones sobre seguros y cambio climático, e incluso había llegado a poner la mano sobre la frente durante un instante, en casi un desmayo.

—Nuestra obra escolar es la *mejor* —le dijo a su madre.

—¡Ah! —respondió esta y apuntó una cuchara de madera hacia ella, desde donde estaba revolviendo algo en una de sus ollas gigantes—. He oído hablar de tu obra escolar.

—¿Sí? —preguntó Pari alegremente—. ¿Quién te lo ha dicho? ¿La señorita Quinn ha dicho lo fantástica que será?

—No, Sam Bishop me ha dicho que esperáis que ese perro salga en ella.

—¡Ah, sí! —respondió Pari—. ¿No es una gran idea? Estamos trabajando en ello. Creo que vamos a conseguir que la señorita Quinn nos deje.

—No debería hacerlo —afirmó su madre—. Es evidente que no debería hacerlo. De hecho, la llamaré y le diré que creo que la idea de que el perro se involucre en la obra es terrible.

Pari... la miró. Pari sintió que no podía hacer nada más que... mirarla. Porque... porque había tenido un buen día, un día tan bueno, y le gustaba su obra y tener a Jack en ella sería de lo mejor, y... y...

Su madre estaba revolviendo el contenido de la olla mientras hablaba.

—Tengo que ir a casa de Anika porque la madre de la amiga de su sobrina acaba de descubrir que tendrá otro bebé y le he dicho que llevaría *rogan josh* para la celebración.

Pari pensó que ella ni siquiera se daba cuenta. Ni siquiera se daba cuenta de que había dicho algo *horrible*.

—Jack será lo mejor de la obra —afirmó acaloradamente—. Y todo será genial. Y tú no sabes nada porque nunca prestas atención a nada. —Y luego salió disparada de la casa.

Las lágrimas quemaban en sus ojos mientras permanecía de pie en el jardín trasero y parpadeaba furiosamente. Hacía frío fuera y había olvidado ponerse su abrigo y bajo ningún concepto regresaría a buscarlo. Podría haber ido a casa de Teddy, pero no quería estar allí, aguantándose el llanto y explicando cómo su madre iba a arruinarlo *todo*. Porque a su madre simplemente no le importaba. A su madre solo le importaba la sobrina de Anika o quien fuera, a quien ni siquiera *conocía*.

Pari pasó de su jardín trasero al jardín vecino y desde allí a la calle.

Jack la siguió y parecía tan feliz de verla como siempre.

—Vete —le dijo Pari, enfadada, mientras marchaba por la calle—. Solo vete, Jack. Todo es un desastre y no te necesito saltando alrededor como si todo fuera maravilloso. Mamá solo está en casa cuando quiere hacer algo para arruinar mi vida y es horrible. Ella ni siquiera me mira, ni siquiera ve las cosas que me gustan. No le importa lo que me gusta. Y todo es lo peor y ¡vete! —Al final Pari gritó y Jack se sobresaltó. Su cola no se movía y Pari nunca lo había visto no mover la cola. Estaba parado en medio de la calle y gimió un poco y ella dijo, con firmeza—: Quédate aquí. —Y luego giró sobre sus talones y se fue.

Puede que pasaran *horas* antes de que alguien notara que se había ido, pensó. Quizá podría haber recorrido la mitad del camino hasta la Torre de Londres para entonces. Seguro que podría hacerlo.

Max, por fortuna, parecía incapaz de resistirse a la aventura de preparar un pastel desde cero. Y, sin que Sam se hubiese dado cuenta de ello, básicamente había tomado el control del proyecto y la cocina de Sam estaba llena de harina y de mantequilla que se negaban a mezclarse, pero que Max intentaba forzar al sometimiento. Teniendo en cuenta que Max había parecido estar al borde de un completo colapso nervioso al abrirle la puerta a Sam, este se sintió aliviado de que se hubiera recuperado. Estaba bastante seguro de que, si se concedía un momento de reflexión, Max vería que tenía que hablar con Arthur sobre todo aquello.

Así que Sam estaba sentado con Bill, quien parecía dudar de la aventura del pastel (de hecho, Sam sospechaba que hubiera preferido escapar de allí).

—¿Vendrá mañana para Acción de Gracias? —preguntó.

—No celebro Acción de Gracias —respondió Bill con hosquedad.

—Ninguno de nosotros lo hace —agregó Max con alegría—. Eso no significa que no podamos disfrutar del intento de cocinar de Sam.

—Oye, te culparé a ti del resultado de ese pastel —afirmó Sam. Max se encogió de hombros—. Venga para Acción de Gracias —insistió Sam al señor Hammersley—. Decoraremos el árbol de Navidad.

—Al fin, tu casa dejará de ser el hoyo negro sin alegría navideña —señaló Max.

—No es un hoyo negro sin alegría navideña. Soltaremos toda la alegría navideña en el momento apropiado —respondió Sam, altanero.

Teddy llegó entonces y los saludó a todos.

—Hola, papá. Hola, Max. Hola, señor Hammersley.

Todos dijeron «Hola» y luego Sam le preguntó por la escuela.

—Nuestra obra es tan genial... —dijo Teddy con entusiasmo—. ¡Pari ha podido ensayar su escena hoy y ha sido increíble! Lo cuenta todo sobre los seguros y es tan dramático... Incluso se pone así al final. —Teddy hizo una pose, con la cabeza hacia atrás, el dorso de su mano sobre la frente, como si estuviera a punto de desmayarse.

—Exactamente así luce Arthur cuando habla de seguros —afirmó Max y luego frunció un poco el ceño al mencionar a Arthur.

—¿Qué estáis haciendo? —preguntó Teddy mirando con curiosidad el desorden que Max había dejado.

—Preparando un pastel —respondió este.

—¿No podríamos comprar hojaldre y ya está? —sugirió Teddy.

—¡Ah, qué poca fe! —comentó Max.

—Él siempre tiene poca fe —afirmó Sam—. Es un escéptico. Siempre dudoso, con la experiencia de un alumno de cuarto curso.

—Iré a jugar *Extinción masiva* —informó Teddy tras encogerse de hombros.

—Suena inspirador —señaló Max.

—Sí... —dijo Sam—. ¿Qué hay de los deberes? —gritó hacia Teddy.

—¡Déjame extinguir algo antes! —respondió este.

Sam dejó que Max amasara y enrollara el desastre que había creado con la masa de hojaldre y finalmente miró la hora.

—¿Sabes? No puedes evitar a Arthur para siempre —dijo.

—No estoy evitándolo —afirmó Max.

—¿Os habéis peleado? —preguntó el señor Hammersley—. Deberías comprarle flores.

—¿Ahora va a darme consejos matrimoniales? —Max lo miró con seriedad.

—A mí siempre me funcionó. —El señor Hammersley se encogió de hombros—. Y estuve casado durante cuarenta y siete años. No es nada despreciable.

Diya Basak tocó la puerta trasera y Sam le abrió. En el mismo instante, Jack se acercó saltando a toda prisa, tropezando con sus propias patas como solía hacer.

—Controla a tu perro —dijo Diya, sobresaltada.

—¡Chis, Jack! Tranquilo —le ordenó Sam.

—Estoy aquí para llevar a Pari a casa. Ha tenido una pataleta terrible, pero ahora tengo que ir a casa de una amiga y su padre casi tiene la comida en la mesa.

—¿Pari? —repitió Sam inexpresivo—. Pari no está aquí.

—¿Qué? Tiene que estar aquí. Ha salido corriendo de casa.

—¡Teddy! —exclamó Sam hacia las escaleras desde abajo. Jack siguió ladrando y saltando y casi hizo que Sam tropezara—. Tranquilo.

—¿Sí? —respondió Teddy y luego apareció en lo alto de las escaleras—. Hola, Jack.

Jack le ladró.

—Pari no está allí arriba contigo, ¿verdad? —preguntó Sam.

—¿Qué? —Teddy parecía confundido—. No, no está aquí. Vinimos juntos desde la escuela, pero luego ella se fue a su casa. ¿Por qué?

Sam miró a Diya. Ella parecía molesta.

—Debe de haberse escondido en alguna parte —afirmó—. Lo más probable es que solo intente llamar la atención. —Diya giró y gritó hacia la oscuridad que se abría a su alrededor—. ¡Pari! ¡Ya has llamado la atención! ¡Sal ahora mismo!

Sam miró hacia la oscuridad con Diya. Nada se movió, a excepción de algunas hojas agitadas por el suave viento que soplaba. Y Jack, que corría en círculos por el pavimento y ladraba con furia.

—¡Pari! —gritó Diya—. Debe de estar en nuestro jardín. Iré a ver —agregó.

Sam la vio regresar a su casa.

—Eso... no pinta bien —comentó Max.

—¡Pari! —gritó Diya en el silencioso jardín trasero. Se permitía estar enfadada, porque si dejaba de estar enfadada tendría que estar preocupada—. ¡Basta ya! ¡Sal ahora mismo!

Nada se movió. En la calle, Diya aún podía escuchar a ese perro ladrando.

—¿Qué haces? —preguntó Darsh, que salió a la puerta.

—Estoy buscando a Pari —tuvo que admitir Diya.

—¿Por qué? —preguntó Sai detrás de su padre—. ¿Dónde está?

—¿Por qué no está en casa? —preguntó Darsh.

—Pensaba que había ido con los vecinos, pero no lo ha hecho —respondió Diya y entonces comenzó a preocuparse realmente—. Llámala, ella te escuchará, está molesta conmigo.

Darsh la miró dubitativo y luego salió al jardín con ella.

—¡Pari! ¡Ven a casa ahora mismo! He preparado tu cena favorita.

Silencio. Un silencio total a su alrededor, salvo por ese estúpido perro de la calle.

—¡Pari! —gritó Darsh otra vez.

—¿Dónde está? —preguntó Sai desde la casa—. ¿Creéis que la han secuestrado o algo?

—No, nadie la ha secuestrado —sentenció Diya de forma automática, incluso cuando la idea empezaba a asentarse en su estómago. Pari se había enfadado mucho y Diya había estado preparando *rogan josh* y apenas había levantado la vista... ¿Y si esa había sido la última vez que...? ¡No! No podía ser la última vez... Estaba resultando ridícula. Pari solo estaba llorando en algún lugar.

—Diya, ¿por qué dices que Pari estaba molesta contigo? —preguntó Darsh.

—Creo que... quería que ese estúpido perro de la calle saliera en su obra escolar y yo le he dicho que era una idea horrible y que hablaría de ello con su maestra, pero no ha...

—¡Mamá! —intervino Sai—. Ella quiere muchísimo a ese perro y estaba muy emocionada al respecto. ¿Por qué le has dicho eso?

—Porque *es* una idea ridícula —afirmó Diya con irritación e histeria—. Y estaba ocupada preparando *rogan josh* para la amiga de la sobrina de Anika...

—Ya... —balbuceó Sai y el estómago de Diya se revolvió aún más—. Tenemos que buscar a Pari.

—Estará bien —afirmó Darsh—. La encontraremos. No puede estar lejos.

—¿Pero qué pasa si no la encontramos? —preguntó Diya—. ¿Y si realmente ha sido secuestrada? ¿Qué he hecho? —¿Por qué no había corrido tras ella, por qué no la había *mirado* para ver lo enfadada que estaba?

—La encontraremos —dijo Darsh—. Vamos.

Diya se compuso lo suficiente como para seguirlos, a él y a Sai, fuera de la casa, con la mano en la boca, porque de otro modo sentía que tendría que gritar por el miedo y la preocupación. Su hija estaba desaparecida, *desaparecida*. Se había escapado porque ella había estado preparando *rogan josh*, porque...

El perro de la calle seguía corriendo en círculos y ladrando. Pen, que había salido a correr, y Arthur, que acababa de llegar del trabajo, estaban de pie observándolo con curiosidad.

—Hola —saludó Pen alegremente cuando se acercaron—. Algo sucede con Jack. Tal vez las ardillas lo han acabado enloqueciendo.

—Estamos buscando a Pari... —dijo Darsh.

—¡La hemos perdido! —intervino Diya, porque quería llegar a lo importante—. ¡Ha desaparecido!

—¿Qué? —preguntó Pen con tono de preocupación.

—Se ha escapado porque yo no la he escuchado —explicó Diya y secó sus lágrimas con furia, porque «las lágrimas no ayudarían»—. Y ahora tenemos que encontrarla antes de que algo horrible le suceda y quién sabe por dónde se supone que debemos comenzar...

Darsh apoyó una mano en su hombro y Pen se acercó para tomarla de las manos.

—Ayudaremos. Por supuesto. Nos dividiremos y barreremos las calles.

—Llamaré a la policía —anunció Arthur, con el móvil ya en su oído.

Diya fue apenas consciente, a través de su manto de pánico, de que Sam, Max, el señor Hammersley y Teddy habían salido de la casa Bishop, y de que Emilia había salido de la casa Pachuta, y sintió que todos estaban mirándola y juzgándola por «hacer que su hija se escapara», pero también estaban diciendo cosas como: «Sí, sí. Por supuesto. Ayudaremos».

—Llevaremos a Jack —propuso Teddy de pronto—. Puede que Jack sepa dónde está.

—¿Cómo podría saberlo Jack? —preguntó Darsh con tono desconcertado.

—Él pasa mucho tiempo con Pari. Es probable que conozca su olor. Los perros son buenos con los olores...

—Jack no es esa clase de perro —afirmó Darsh, dudoso—. Creo que estaríamos mejor sin...

Teddy se separó del grupo de gente frente a su puerta, se acercó a la calle y se agachó junto al perro. Luego miró con seriedad a los ojos del animal.

—Jack, ¿puedes ayudarnos a encontrar a Pari?

El perro ladró una vez, luego comenzó a correr por la calle, con su ridículo paso a tropezones que lo hacía verse cómico. A Diya no le parecía para nada un serio perro de rescate, sin embargo, al mismo tiempo, se descubrió siguiéndolo.

—¡Diya! —gritó Darsh tras ella.

Pero Diya no se detuvo. No podía detenerse. Tenía que encontrar a Pari, asegurarse de que estuviera bien y de que supiera lo mucho que la quería. Diya no podía creer que Pari hubiera sentido lo contrario, que se hubiera *escapado*.

El perro corrió durante lo que a Diya le pareció demasiado. Ella no había corrido hacia ningún lugar en mucho tiempo y, para cuando el perro giró en una calle en particular, ladrando sin control, estaba presionando una mano en su costado y jadeando para respirar.

Pero allí estaba Pari, hecha un ovillo en la esquina de una parada de autobús, temblando y con frío.

—¿Jack? —dijo confundida cuando el perro saltó hacia ella y lamió su rostro. Y luego, en tono aún más confundido—. ¿Mamá?

Y Diya se lanzó hacia ella, la sujetó contra su cuerpo y Pari estaba fría, tan fría...

—¡Ay, Pari! —dijo—. Pari, ¿en qué estabas *pensando*?

—¿Te has dado cuenta? —preguntó Pari—. ¿Te has dado cuenta de que no estaba?

—¡Ay, Pari! —repitió Diya y la agarró con más y más fuerza, y el perro de la calle se acercó y le lamió el rostro.

Diya llevó a Pari a la cama. Pari parecía estar perfectamente bien, como si no hubiera pasado por ningún calvario en absoluto y, de hecho, parecía estar disfrutando de ser el centro de atención. Pero Diya no podía dejar de sentirse mal. No podía dejar de revivir el momento en que Pari se había refugiado en ella, con su voz llena de asombro por el hecho de ser... *vista*.

—¿Crees que saldremos en las noticias? —preguntó Pari.

—No —respondió Diya, esforzándose por no sonar brusca.

—Ha venido la policía. Puede que salgamos en las noticias.

La policía había estado allí, brevemente, porque Arthur los había llamado. Diya dudaba de que llegara a las noticias, pero bajó la vista hacia Pari, cuyos ojos brillaban por esa aventura, y sintió que estaba *viendo* a su hija por primera vez. Su hija, a quien le gustaban todas esas aventuras, que quería un perro en la obra escolar, que estaba tan *emocionada* por esa obra.

—Háblame de la obra —pidió al mirar a Pari.

Esta le contó todo sobre la obra y el cambio climático y el agente de seguros y el papel estelar de Jack.

—Y ya no puedes decir nada malo sobre Jack, porque él *me ha encontrado* —concluyó con solemnidad.

—Sí. Lo ha hecho. —Diya acarició el pelo de Pari y se maravilló con ella.

—Ha sido una suerte que Jack estuviera allí —comentó Pari sabiamente—. Una suerte que Jack sea nuestro perro de la calle.

—Sí, es una suerte que Jack sea nuestro perro de la calle —coincidió Diya.

Pari saltó de alegría ante la afirmación de su madre.

—Pari se ha escapado —anunció Emilia en cuanto Anna atravesó la puerta.

Anna, enfocada en deshacerse de la ropa que había usado todo el día, ponerse el pijama y acurrucarse con su manzanilla junto a Calcetines y a Tigre, respondió alarmada.

—¡¿Qué?! ¿Quién?

—La pequeña que vive al lado —explicó Emilia con impaciencia—. Se ha escapado y todos hemos tenido que salir a buscarla. Ha venido la policía y todo.

—¿La han encontrado? —Entonces Emilia tenía toda su atención.

—Sí, ahora está bien, pero ha sido muy alarmante.

—¿Tú también has salido a buscarla? —preguntó Anna, repasando los detalles—. ¿De noche? ¿Sola? ¿No era peligroso?

—Mamá —Emilia la miró—, son nuestros *vecinos*. ¿No debemos ayudarlos cuando lo necesitan? ¿No querrías que te ayudaran si yo desapareciera?

Anna miró a Emilia y se sintió como una persona horrible. ¿Qué sucedía con ella, que era tan desalmada?

—Sí, sí, claro —dijo—. Debería ir a ver a Diya Basak y ver cómo está. Debería... llevarle sopa o algo.

—¿Tenemos sopa? —preguntó Emilia con incredulidad.

—No lo sé. Tenemos que tener algo. —Anna abrió la despensa y la revisó. Entre cajas diversas, extrajo una de pasta—. Podría preparar pasta, supongo.

Diya observó el *rogan josh* que había preparado para llevar a casa de la madre de la amiga de su sobrina. Sentía como si lo hubiera hecho años atrás.

—¿Para quién era el *rogan josh*? —preguntó Darsh.

—No lo sé —respondió Diya, casi histérica—. De verdad *no lo sé.*

Antes de que Darsh pudiera hacerle más preguntas, llamaron a la puerta y Diya tomó la oportunidad para recomponerse y contestar.

Anna Pachuta estaba allí, sosteniendo una olla.

—Hola, Anna —dijo Diya y se forzó a sonreír—. ¡Qué amable que hayas venido!

—Os he traído pasta —anunció Anna y señaló la olla que sostenía—. Pensé que podríais... No lo sé, oí lo que había sucedido y pensé que podríais... necesitar compañía para una taza de té.

Aquello era ridículo, pensó Diya al mirar a Anna, porque ellas nunca habían sido amigas. ¿Por qué querría que Anna estuviera allí para tomar el té? Al mismo tiempo, se dio cuenta de que *sí* quería compañía, porque entonces podría... respirar y encontrar un modo de pensar en toda esa noche sin entrar en pánico.

—Eso es adorable —afirmó—. ¿Por qué no pasas?

Darsh saludó a Anna con amabilidad y luego se disculpó para subir a ver a Pari.

Diya se ocupó en preparar el té.

—¿Cómo está Pari? —preguntó Anna con un tono algo incómodo.

—Está bien. Por fortuna, está bien.

—¿Y cómo estás tú? —preguntó luego Anna.

Y Diya se desplomó un poco. Miró las tazas frente a ella.

—Yo... no lo sé. Yo... Mi hija se escapó hoy de casa. Ella *se escapó*.

—Diya se atrevió a mirar a Anna.

Anna no la miraba con desaprobación ni lástima. Anna parecía tan exhausta que Diya vio todas sus emociones reflejadas en ella.

—Ha regresado —afirmó Anna—. Está bien. Está a salvo.

—Pero... —comenzó a decir Diya sintiéndose desamparada.

—Ser madre puede parecer una tarea imposible —agregó Anna—. Puede ser... *todo*.

—*Exacto.* —Y Diya se acercó y se sentó en la silla frente a ella—. Hay... tanto por hacer cada día. ¿Y quién lo hará si no tú? Nada sucede por arte de magia.

—Lo sé —coincidió Anna y entraron en un lapso de cómodo y pensativo silencio. —Solo quiero decir que... —arriesgó Anna tras un momento— no podemos ser perfectas. Solo podemos hacerlo lo mejor que sepamos. Y aprender, supongo.

—Sí —dijo Diya y volvió a pensar en Pari, feliz de haber sido *vista*. «Aprender», pensó. Lo mejor que podía hacer era aprender—. Es curioso —reflexionó—, siento que a veces olvido, por un momento, cuánto se puede aprender de las personas que amas.

—Las personas que amas... —repitió Anna—. Sí.

Se suponía que Anna, acurrucada en la cama con su manzanilla y los gatos ronroneando a su lado, estaba leyendo, pero en realidad estaba mirando la oscuridad del cielo más allá de su habitación, sin verla realmente, y pensando con intensidad en la conversación con Diya, en estar en casa, en la *vida*.

Marcel entró a la habitación y pareció un poco sorprendido.

—Hola —dijo, no disgustado—. Estás despierta.

—Estoy despierta —afirmó y se preguntó cuándo había comenzado a estar dormida siempre que Marcel llegaba a casa. ¿Cuándo habían adquirido ese hábito? Pensó en... quedarse despierta. En usar más de su tiempo y energía, tal vez, en las personas que amaba. Y al mirar a Marcel, mientras se sacaba su reloj y alborotaba su pelo, pensó en cómo, increíblemente, aún lo amaba. Había pasado tanto tiempo desde que había pensado en eso... Sentía que habían pasado años desde la última vez que había mirado a Marcel de verdad. El hecho de estar con alguien durante mucho tiempo era como dejar de apreciar que puedes respirar el aire a tu alrededor, pensó Anna. Quizá no lo aprecias hasta que intentas dejar de respirar por un momento.

—¿Cómo ha ido el trabajo? —preguntó.

Marcel, de camino al baño, se detuvo y la miró. Parecía tan sorprendido de que ella estuviera hablándole como lo había estado de encontrarla despierta. ¿Realmente había pasado tanto tiempo desde que habían tenido una conversación?

—Ha ido bien —respondió y le dio la espalda al baño para enfrentarla—. Largo, como siempre. ¿Cómo te ha ido a ti?

Ella le hizo sitio en la cama. Eso molestó a los gatos, pero valió la pena cuando Marcel aceptó la tácita invitación.

—También largo —respondió Anna—. Y luego he llegado a casa y me he enterado de que Pari Basak se había escapado.

—Lo sé —afirmó Marcel—. ¡Qué locura!, ¿verdad? Me alegro de que haya terminado bien.

—¿Y tú cómo lo sabes?

—Emilia me ha llamado para decirme que saldría a ayudar con la búsqueda.

—Me pregunto por qué no me habrá llamado a mí —reflexionó Anna.

—Puede que no estuviera segura de que la dejaras —respondió él, con una mirada cómplice—. A veces eres un poco... ¿*sobreprotectora*, podríamos decir?

Anna debía admitirlo y suspiró.

—Lo sé. Y no sé cómo he llegado a... —Miró a Marcel, inhaló profundamente y dijo la verdad—: Creo que envidio a Diya Basak. Con demasiadas cosas por hacer, pero menos que yo. Quedándose en casa todo el día. Capaz de *permitirse* el hecho de quedarse en casa.

—Anna —Marcel le tomó la mano que no sostenía su infusión—, siempre te digo que podríamos...

—Pero resulta que no quiero quedarme en casa. Es solo que... siempre me siento bajo tanta presión... Como si hubiera demasiado que hacer y nunca pudiera veros a ti y a Emilia. Y luego esta noche he ido a ver a Diya y he notado que... ella se siente del mismo modo. Que siempre hay algo más que podría hacerse, y se me ocurrió que, tal vez, lo que necesito es... ignorar las cosas que podrían hacerse. Solo un poco. Me he dejado llevar, pero te extraño, y creo que...

Marcel se inclinó hacia ella y la silenció con un intenso beso.

—Sí —dijo él al alejarse un poco.

Y ella se descubrió riendo e intentando en vano no derramar su infusión, mientras que los gatos, con un maullido, saltaban fuera de la cama.

—Ni siquiera has escuchado mi pregunta.

—La respuesta es sí, Anna. La respuesta siempre es sí para ti, Anna. Ni siquiera tienes que preguntar.

Y Anna hizo a un lado su infusión.

Capítulo 14

¡PERRO LOCAL RASTREA A NIÑA PERDIDA!

—El pavo dice que ya está listo —informó Sam mientras espiaba el ave que seguía en su horno.

—Entonces es probable que esté listo —dijo Ellen, que se encogió de hombros y se sirvió una copa de vino.

—Me parece demasiado rápido —comentó Sam y cerró la puerta del horno—. No me lo creo.

—Has decidido no creer a un pavo sin vida. —Ellen lo señaló con su copa de vino—. Tienes problemas de confianza.

—Cuando se trata de la cocina, sí, tengo problemas de confianza; nunca ocurre nada de lo que se supone que debe ocurrir.

—¿Sabes qué más no está ocurriendo de lo que se supone que debe ocurrir? —preguntó Sophie entrando en la cocina, seguida por su hermana—. Esta estalactita. —Levantó lo que a Sam le pareció un cuerno de rinoceronte de papel maché achaparrado. Sophie había entrado con él y de inmediato había desaparecido en el salón con Evie, y Sam no había hecho preguntas, porque asumía que era mejor no hacerlas cuando se trataba de sus sobrinas adolescentes. Pero entonces decidió que ya era hora de preguntar.

—A ver, ¿qué es eso?

—Una estalactita para tu techo —respondió Sophie.

—Hicimos un prototipo —agregó Evie—. Pero no está funcionando como imaginábamos.

—Tendremos que diseñarlos de nuevo —concluyó Sophie.

—No es necesario que pongáis estalactitas en mi techo, en serio —dijo Sam.

Sophie y Evie lo miraron con el equivalente adolescente del «¡Qué pesado puedes ser!» de Teddy.

—Tu salón es *un drama*, tío Sam —afirmó Sophie.

—*Un drama* —asintió Evie.

—Pensaba que no estaba tan mal —dijo Sam mirando a Ellen.

—No cuestiones su gusto —respondió ella—. Es impecable.

Sophie y Evie lo miraron como diciendo «¡Ahí lo tienes!». Y luego regresaron a la sala de estar.

—Estoy reconsiderando lo de la carta blanca que les concedí con la decoración.

—Demasiado tarde —respondió Ellen, despreocupada—. Tendrás que invitar a tu maestra de escuela a una casa con estalactitas en el techo.

—Ella no es *mi* maestra de escuela —replicó Sam—. Es su propia maestra.

—No, ella es la maestra de tu hijo.

—De acuerdo, eso *es* más acertado —admitió Sam.

—Bueno, por mi parte, no veo la hora de conocerla.

—Te comportarás, ¿cierto?

Ellen lo miró ofendida.

—Yo *siempre* me comporto.

Teddy y Pari estaban jugando a Doble y Tráela con Jack, que era un juego que Pari había inventado y que permitía que ambos jugaran equitativamente con Jack y las discusiones entre ellos fueran limitadas; algo que Sam había dicho que siempre era bueno.

Pen Cheever salió de su casa cargada con una caja y los saludó.

—Feliz Día de Acción de Gracias —le dijo animada a Teddy.

—Gracias. —Teddy le ofreció una amplia sonrisa. Era bueno que tuvieran el Día de Acción de Gracias. Parecía un día especial, fuera de lo común, y que todos fueran a celebrarlo juntos era asombroso, ya que su padre nunca antes había organizado Acción de Gracias por sí solo.

—Tengo una tarta de manzana aquí —anunció Pen—. Eso es tradicional, ¿no?

Teddy asintió feliz y, mientras Pen caminaba hacia la casa, miró a Pari.

—Habrá mucha comida.

—Eso espero —dijo Pari—. Mamá ha preparado todas mis cosas favoritas.

—¡Teddy! —Sam gritó hacia la calle, con la cabeza asomada por la puerta—. ¡Asegúrate de que el señor Hammersley venga a cenar!

—¡Entendido! —respondió Teddy, y luego él y Pari acordaron hacer una carrera hasta la puerta del señor Hammersley.

Jack ganó, por supuesto. Era muy rápido. Era incluso más rápido que sus propias patas algunas veces.

El señor Hammersley respondió con mucha hosquedad, pero él siempre era así, por lo que a Teddy no le importó.

—¿Vendrá a cenar, señor Hammersley? —preguntó.

—¿A ti qué te parece? —replicó el señor Hammersley. Llevaba una corbata, así que Teddy supuso que eso era un sí—. Aunque es una estúpida celebración estadounidense —continuó, de mala gana.

—No es estúpida —afirmó Teddy, firme, con sus hombros derechos—. Es importante. Papá dice que tiene orígenes dudosos, pero que es una buena oportunidad para pensar en las cosas por las que estamos agradecidos.

—¿Qué hay del hecho de que Jack ahora es todo un héroe, señor Hammersley? —preguntó Pari.

—Jack siempre ha sido un héroe —respondió él, sin darle importancia.

—Cierto, pero ahora es un *verdadero* héroe —afirmó Teddy—. Él encontró a Pari. Eso es genial e increíble, ¿verdad?

—Ella estaba apenas a unas calles de distancia —señaló el señor Hammersley.

Cuando estaban llegando a casa de Teddy, la puerta de la de Pari se abrió y sus padres salieron. Los niños los saludaron.

—¡Feliz Día de Acción de Gracias! —exclamó Teddy.

Jack se acercó saltando hacia ellos para desearles feliz día también.

—Puedo vencer a Sai en los videojuegos otra vez —comentó Teddy cuando Sai salió de la casa detrás de sus padres.

—He estado practicando —le dijo Sai con una sonrisa.

—No vamos a pasar el día jugando a videojuegos —protestó Pari—. Me dijiste que decoraríamos tu árbol.

—¡Ah! ¡Es verdad! ¡Papá y yo ya colocamos las luces y está listo!

—No voy a decorar ningún árbol —dijo el señor Hammersley.

El señor Hammersley estaba ayudando a decorar el árbol. Más que nada diciéndoles a los más jóvenes lo que estaban haciendo mal. Diya también estaba dando indicaciones. Algunas veces las de ambos se contradecían. De todos modos, Teddy y Pari ignoraban cualquier indicación, así que realmente no tenían importancia para ellos, y Sophie, Evie, Sai y Emilia iban a lo suyo, colocando uno o dos adornos en el árbol cada diez minutos, así que era evidente que tampoco eran receptivos a las indicaciones. Arthur parecía ser la única persona que les prestaba algo de atención y que se frustraba al recibir mensajes contradictorios. Incluso Anna y Marcel, que también estaban ayudando, parecían envueltos en su propio mundo juntos. Pen estaba sentada en el suelo entre Diya y el señor Hammersley, y parecía muy entretenida con todo el procedimiento; Jack tenía la cabeza sobre la falda de ella y también observaba la decoración del árbol.

Ellen y Max estaban parados a un lado, observando el asunto mientras tomaban vino.

—¿Vosotros no queréis ir a ayudar? —preguntó Sam.

—Tendrás que pagarme dinero para que me involucre en eso —respondió Max con cordialidad y señaló la escena del árbol.

—¡Amén! —dijo Ellen y chocó su copa con la de Max.

—Ese no es el verdadero espíritu navideño —los regañó un poco Sam y luego el timbre de la puerta sonó.

—¿Esa es tu maestra? —preguntó Ellen.

—No es mi maestra —le recordó Sam.

—¡Ah! ¿La has conocido? —inquirió Max—. Es adorable.

—¿Tú la conoces? —preguntó Ellen con interés. Max negó con la cabeza.

—Solo la he visto al otro lado del camino. Pero, si me atrajeran las mujeres, habría intervenido y se la habría robado a Sam.

Sam puso los ojos en blanco, se dirigió a la puerta y le abrió a Libby.

Libby estaba cubierta en blanco invernal y cargaba una pequeña caja con un alegre envoltorio que le entregó a Sam.

—Hola —saludó con una de sus sonrisas con hoyuelos—. Feliz Día de Acción de Gracias.

—No se hacen regalos en Acción de Gracias —dijo Sam, divertido, pero aceptó la caja.

—¡Ah! —respondió ella con inocencia—. No tenía ni idea; no lo he celebrado nunca.

—Pasa, pero por favor prepárate para ver a todas las personas horribles que conozco.

Libby rio y Sam se hizo a un lado para dejarla pasar.

En el momento en que había invitado a Libby para Acción de Gracias, le había parecido una idea brillante. Su cita había ido increíblemente bien, habían intercambiado mensajes cada vez más atrevidos y a Sam le había parecido raro dar una fiesta y excluirla. De hecho, le había parecido natural invitar a Libby. Sam quería pasar cada momento posible con Libby y que ese fuera un día largo y adorable con ella, decorando juntos el árbol de Navidad. En la mente de Sam, iba a ser un día lleno de *bonhomía* y júbilo. Ahora solo esperaba que sus vecinos no se metieran mucho con Libby.

Y realmente no sucedió. Pari y Teddy la saludaron con un «¡Hola, señorita Quinn!», pero ambos estaban demasiado interesados en cómo distribuirían unos adornos de ratoncitos en el árbol de la forma más efectiva como para prestarle atención. Sam presentó a Libby y todos fueron amables con ella, incluso el señor Hammersley, que fue sorprendentemente cortés y casi galante con ella de un modo muy anticuado.

Y Ellen, la querida, increíble y maravillosa Ellen, solo la abrazó.

—He oído hablar tanto de ti que es fantástico conocerte al fin.

—Todo cosas buenas, espero —respondió Libby en ese tono juguetón con el que las personas respondían a eso.

—Tan buenas que no veía la hora de conocerte.

Y Libby sonrió. Y entonces dijo algo que debió haber sido totalmente inocente, pero que acabó por ser el comienzo de «todo lo malo».

—¿Y ese es el famoso Jack? —preguntó, porque Jack se acercó a saludarla, moviendo la cola. Ella lo rascó detrás de las orejas.

—El famoso Jack —confirmó Sam.

—¡Sí, el que debería estar en nuestra obra! —gritó Pari, que de pronto estaba prestando atención a los adultos.

—La verdad es que debería estar —coincidió Teddy—. Deberíamos votar. Quien crea que Jack debería estar en nuestra obra escolar *Jesús y el pesebre del cambio climático* que levante la mano.

—¿*Jesús y el pesebre del cambio climático?* —repitió Ellen.

—Ese es el nombre que hemos decidido —explicó Teddy.

—Es una obra de Navidad —agregó Pari, como si eso lo explicara todo.

—La estrella es un agente de seguros —agregó Max.

—Yo no diría que esa es la *estrella* —contradijo Pari.

—Jack será la estrella —afirmó Teddy.

—Bueno, debo admitir que cada vez puedo resistirme menos a incluir a Jack en nuestra obra, y menos ahora que es toda una celebridad local —comentó Libby.

—¿Qué quieres decir? —Sam la miró confundido.

—Bueno, lo he leído en internet: «Perro local rastrea a niña perdida».

Ahora todos estaban mirando a Libby, incluso los adolescentes.

—¿En *internet*? —preguntó Diya—. ¿Una historia sobre Pari?

—Sí. Es decir, asumí que debía ser aquí. ¿Cuántos perros llamados Jack viven en la calle Navidad?

—Pero... ¿cómo es posible que alguien se haya enterado de eso? —preguntó Diya en tono confundido—. Yo no he dado ninguna entrevista. ¿Alguien ha hablado de eso con alguien? —Diya miró a su alrededor.

—Creo que estaba en un blog o algo... —comentó Libby.

—¡Oh, no! —dijo Pen por lo bajo y entonces todas las miradas se detuvieron en ella.

—¿Qué «¡Oh, no!»? —preguntó Diya con los ojos entornados.

—Bueno... —Pen se rascó la cabeza y habló lentamente—. Sabéis que soy escritora, ¿no? —Nadie dijo nada, porque no había necesidad de responder a esa pregunta—. Pues resulta que hasta hace poco tenía un blog —continuó Pen—. Un blog... sobre esta calle.

Y entonces hubo respuestas. Muchas respuestas. Unas encima de otras.

—¿Qué? ¿Sobre nosotros? —dijo Diya.

—¿Cómo que sobre nosotros? —preguntó Anna.

—¡Lo sabía! —afirmó el señor Hammersley.

—¿Usted sabía que Pen tenía un blog? —le preguntó Max.

Sam estaba igual de sorprendido; habría asegurado que el señor Hammersley ni sabía lo que era un blog.

—No, pero sabía que no se podía confiar en nadie —respondió él.

—Mirad, no es gran cosa —dijo Pen, aunque sonó algo desesperada—. Era una forma de distraerme de lo que fuera en que estuviera trabajando. Solo veía lo que estaba sucediendo en la calle y solo... escribía sobre eso. De hecho ya lo había cerrado, pero el asunto con Jack y Diya fue tan increíble... Tuve que usarlo como un epílogo; no puse vuestros *nombres* ni nada.

—¿Cuál es la dirección? —preguntó Arthur con su móvil en la mano.

Pen, en tono desdichado, anunció la dirección URL y todos tomaron sus móviles.

—¡¿Qué es esto?! —chilló Anna de pronto—. ¡Escribes sobre mi matrimonio! ¡Aquí, donde todos pueden verlo! ¡Sobre mi vida! —Y exhibió su móvil.

—Espera, ¡¿qué es esto?! —exclamó Diya, luego miró a Emilia y exigió—: ¡¿Estás saliendo con mi hijo?!

Emilia, que pareció impactada, parpadeó y comenzó a balbucear una respuesta. Pero Anna intervino en la discusión.

—¡¿Qué?! —exclamó—. ¿Estás saliendo con *él*?

—Mamá, no es... —comenzó a decir Emilia.

—Solo nos gustamos el uno al otro —concluyó Sai.

—No digas ni una palabra, jovencito. ¿Cuántas veces hemos hablado de lo importante que es que te centres en tus estudios?

—Pero mamá... —protestó Sai.

—Un momento —intervino Anna, muy acalorada—. ¿Tienes algún problema con mi hija? ¿Crees que ella lo haría ir mal en los estudios?

—Venga, no finjas estar feliz de que ella salga con mi hijo —sentenció Diya— Sabes que siempre me has odiado.

—Yo no te odio —respondió Anna.

Jack, alarmado por todos los gritos, comenzó a rodear a las dos mujeres, ladrando.

—Tal vez todos deberíamos calmarnos —sugirió Sam, e intentó interponerse entre Anna y Diya.

—Marcel, ¿tú crees que...? —le dijo Anna a su marido y luego jadeó y exclamó—: ¡Espera, tú lo *sabías*!

—Bueno... —Marcel la miró con timidez—. Sabía que Emilia estaba saliendo con Sai, sí.

—¿Has estado leyendo su blog? —preguntó Anna—. ¿Y no has dicho nada?

Marcel negó con la cabeza.

—No, no sabía nada del blog. Solo sabía que Emilia salía con Sai.

Se hizo un momento de silencio.

—¿Por qué no...? —Volvió a intentar Sam.

—¿Ella te lo ha dicho? —comentó Anna y su voz sonó tan débil, cruda y herida que Sam sintió que debía hacerlos salir a todos de casa.

Anna se dirigió a Emilia, que seguía de pie, algo perpleja—. ¿Tú se lo has dicho, a él? ¿Y a mí no?

Emilia miró a su padre con impotencia.

—Lo descubrí por mí mismo cuando los vi a los dos juntos en la Noche de las Hogueras —explicó Marcel—. Tú también te habrías dado cuenta si hubieras estado.

—¿Así que lo descubriste y lo has mantenido en secreto? —insistió Anna.

—Lo has mantenido en secreto para *todos* —agregó Diya.

Anna se giró de repente, balbuceó alguna clase de excusa y salió corriendo de la casa, seguida por Marcel mientras la llamaba. Emilia miró a Sai e hizo alguna clase de gesto explicativo antes de salir corriendo de la casa también.

—Vamos —anunció Diya—. Nos vamos.

—Mamá... —comenzó a protestar Pari.

—Nos vamos todos —ordenó Diya, en un tono de voz aterrador que hizo que toda su familia se colocara en fila.

—Pero, de verdad, no tenéis que... Hay todo un pavo para la cena... —dijo Sam.

—Adiós. —Diya se despidió bruscamente y guio a su familia fuera de la casa.

Sam miró al resto de sus invitados, incluida Pen, que parecía devastada.

—No era mi intención... Yo solo...

—Está bien —afirmó él, que esperaba salvar algo de su fiesta con desesperación—. Enfoquémonos en algo emocionante y positivo. Algo por lo que estar agradecidos. ¡Arthur! ¡Max! ¡Habladnos del nuevo bebé!

Max levantó la vista tan rápidamente y con tal alarma en sus ojos que Sam deseó de inmediato no haberse levantado de la cama esa mañana. Tendría que haber cancelado todo el asunto de Acción de Gracias.

—¿Qué bebé? —preguntó Arthur y miró a Max, que al instante pareció tan culpable que Sam se estremeció por empatía.

—Emmm... —dijo Max.

—Tal vez deberíamos irnos también —anunció Arthur con calma, sin apartar la vista de Max.

—Sí —asintió él y luego miró a Sam.

Sam dijo «Lo siento» con los labios, aunque sabía que una disculpa no era para nada suficiente tras haber roto la confianza de Max de manera tan estrepitosa.

—Bueno, al menos esto no ha sido por mi culpa... —dijo Pen con amargura.

—Yo también me voy —anunció el señor Hammersley y se puso de pie.

—¿Qué? —preguntó Sam—. No, por favor. Quédese. Aún podemos...

—Necesito algo de paz y tranquilidad —insistió el señor Hammersley y sacudió su mano en el aire, como si eso indicara «paz y tranquilidad», y luego salió de la casa seguido por Jack.

—Espero que no te importe, Sam, pero yo también me iré —agregó Pen.

—Pen... —comenzó a decir Sam.

—No, en serio, como puedes imaginar, no estoy de humor para fingir que me siento agradecida por algo.

—Pen, no deberías... —Sam fue interrumpido por la repentina activación del detector de humo. Maldijo y corrió a la cocina. El humo salió del horno en cuanto lo abrió, extrajo su pavo quemado y lo observó. Había intentado darle a Teddy una perfecta cena de Acción de Gracias y...—. ¡Maldición! —exclamó con sentimiento.

—¿Hay algo que pueda hacer para ayudar? —preguntó Libby con cuidado.

—Sí —respondió Sam y exhaló frustrado—. Podrías no haber dicho nada acerca de haber leído sobre Jack en internet.

—Cierto, pero no sabía... —dijo Libby tras un momento.

—Sé que no lo sabías, pero todo iba bastante bien hasta que lo has mencionado.

—De acuerdo. Primero, bajemos el tono. Segundo, nada de lo que está pasando aquí es culpa mía.

—No estoy diciendo que sea culpa tuya —respondió Sam—. Solo digo que si no hubieras dicho eso...

—Suena como si pensaras que es mi culpa —dijo Libby con calma— y, con ese tono, no parece que vaya a ser una conversación productiva, así que creo que debería despedirme. —Habló en un tono de voz entrecortado, totalmente disgustada, y se despidió de Teddy—. ¡Adiós, Teddy, nos vemos en la escuela! —Luego salió de la casa como un vendaval.

Sam resopló, frustrado.

—Bueno —señaló Ellen—, lo has manejado bastante mal.

—Soy consciente de ello. —Sam suspiró—. Lo agregaré a la lista de cosas que he manejado mal el día de hoy, en el Día de Acción de Gracias de Teddy. Puede que haya arruinado la relación de mis vecinos entre sí, he arruinado mi relación con Libby y también he arruinado el pavo. Así que declaro que este Día de Acción de Gracias queda oficialmente *cancelado*.

Ellen estaba de pie en la puerta, con Sophie y Evie detrás de ella, y lo miró.

—Creo que deberías ir tras ella —dijo luego.

—No. —Sam se rio sin humor—. Ella tiene razón. No sería productivo ahora. Necesito un momento.

—De acuerdo —concedió Ellen—. Tal vez no. —Y luego se acercó a él y lo abrazó. Porque esa era la clase de cosas que Ellen podía hacer: abrazarlo, incluso cuando él emanaba la energía más opuesta a un abrazo—. No seas duro contigo mismo —susurró, y luego lo besó en la mejilla—. Vamos, niñas. Decid adiós.

—Adiós, tío Sam —dijeron a coro, inusualmente reservadas frente al absoluto desastre del Día de Acción de Gracias de Sam.

—Adiós, niñas —se obligó a decir él. Las escuchó marcharse y luego volvió a maldecir al regresar con el pavo.

—¿Papá? —dijo Teddy en voz baja desde la puerta.

Sam inhaló hondo y luego se forzó a sonar tan jovial como le fue posible.

—Bueno, el pavo es una causa perdida, pero tal vez podamos rescatar algo del pastel de calabaza para cenar.

Teddy, después de un momento, se acercó a él y lo envolvió en un abrazo. «Algunas veces te pareces mucho a tu tía Ellen», pensó Sam y lo besó en la cabeza. «O tal vez a tu mamá se le ocurrió», porque los tiempos de los abrazos de Sara resultaban tan lejanos...

—He pasado un buen Día de Acción de Gracias, papá —afirmó Teddy.

Sam rio por la sorpresa.

—¡Oh, Teddy! Ha sido una basura, puedes decirlo.

—Han sucedido muchas cosas, sí —concedió Teddy—, pero aun así no ha sido tan malo como antes. Aun así las cosas son mejores de lo que eran. Tenemos mucho que agradecer y todo lo demás ya funcionará. ¿No fue eso lo que dijiste antes de que nos mudáramos aquí? Que las cosas funcionarían. Y, bien o mal, lo han hecho y estoy seguro de que lo seguirán haciendo. Todos harán las paces. No seguirán enfadados eternamente. Sería estúpido. Aquí las cosas no van así. De hecho, fue muy buena idea venir aquí, papá. —Teddy levantó la vista hacia su padre.

Y allí, en sus ojos, no había duda o escepticismo. Teddy estaba mirándolo con ojos llenos de confianza y adoración, en uno de esos momentos en los que Sam comprendía completamente lo que significaba ser padre. Porque por encima de todo lo demás, Teddy tenía una firme convicción respecto a la habilidad de Sam para arreglar las cosas. Incluso frente a lo ocurrido (y contra la visión de Sam sobre ello), Teddy no tenía más opción que *confiar* en él. Sam, a pesar de todo, no podía cometer errores a los ojos de Teddy. Por mucho que a veces Teddy pareciera dudar, era imposible para él creer que Sam podía guiarlo hacia un camino equivocado. De haber tenido la opción de escoger a cualquier persona, Teddy hubiera recurrido siempre a Sam y seguido sus indicaciones. Y era probable que el nivel de influencia de Sam en la vida de Teddy acabara algún día, pero allí estaba en ese momento, y Sam sentía una gran responsabilidad.

Aclaró su garganta ante su sensación de ahogo.

—Me alegra oírte decir esto, Teddy. Me alegra mucho. Eso es todo lo que quiero. Eso es en realidad todo lo que quiero.

—Yo también. —Teddy sonrió—. Que todo esté bien para nosotros.

«Para nosotros», pensó Sam, cuando él había estado pensando «Para ti. Quiero que todo esté bien para ti».

—¿Sabes qué? ¿Por qué no te ayudo a terminar de decorar el árbol? —propuso Sam.

Teddy asintió, Sam lo siguió y se forzó a centrarse en las decoraciones en lugar de en el resto de los desastres del día: Pen compartiendo los secretos de todos en internet; Diya y Anna molestas de que sus hijos estuvieran juntos; Max no habiendo hablado con Arthur del bebé; el desastroso pavo quemado... y Sam culpando injustamente de todo a Libby, quien nunca volvería a hablarle con toda probabilidad.

Se obligó a abrir la caja que ella había llevado y había dejado atrás al salir, y se encontró con un adorable adorno en forma de casa de jengibre.

—Ponlo en el árbol —dijo Teddy, animado—. Así, cuando arregles las cosas con la señorita Quinn y ella venga aquí, podrá verlo.

Así de fácil, pensó Sam. Realmente era así de fácil para Teddy. «Cuando arregles las cosas con la señorita Quinn». Ningún «si es que».

Sam lo colgó en el árbol, dejó que Teddy sacara más adornos de sus cajas y le contó historias acerca de cada uno de ellos, hasta que Teddy comenzó a reír sin parar. Y, para acabar, levantó a Teddy para que colocara la estrella en la punta del árbol, como toque final.

—¡*Tachán!* —proclamó Sam y ambos dieron un paso atrás para contemplar el árbol centelleante.

Y, a pesar de que había sido un día terrible en muchos aspectos, allí había un árbol de Navidad que Sam había podido decorar con su hijo y eso *sí* hacía que las cosas fueran mejores.

—¿Sabes qué falta? —preguntó Teddy.

—¿Qué falta?

—El sombrero de Santa de Bob. —Teddy lo sostuvo en alto.

—El sombrero de Santa de Bob. —Sam rio—. Vamos a ponérselo.

Hacía frío fuera y estaba extrañamente oscuro. La calle había estado brillando con luces navideñas los días anteriores, pero nadie las había encendido esa noche, ni siquiera Max y Arthur, lo que Sam pensó que era una mala señal. Se preguntó si debía acercarse para intentar disculparse o si eso lo empeoraría todo. Y, como no pudo decidir qué hacer, acabó por decidir enfocarse en Teddy, mientras colocaba el sombrero sobre la cabeza de Bob.

—¡Ya es oficialmente Navidad! —anunció Teddy.

Sam observó al flamenco con el sombrero de Santa e intentó despertar su alegría navideña.

Jack caminó por la calle oscura y silenciosa y nadie lo llamó, nadie pasó corriendo y nadie le ofreció de cenar. Jack rascó todas las puertas habituales y todo lo que escuchó fueron gritos que lo hicieron retroceder volando, o un silencio opresivo que lo hizo bajar las orejas.

Sam dejó pasar a Jack y se sentó con él en el sofá.

—¡Qué día! —dijo y acarició su pelaje. Le pareció muy triste que Jack pasara un momento tan solo con la cabeza apoyada sobre su rodilla, porque Sam parecía necesitarlo—. Gracias —remarcó—. Puede que necesite compañía. ¿Sabes? Es extraño, pero creo que en realidad había comenzado a acostumbrarme a la idea de... no estar solo. Había logrado tener la sensación... de que tal vez los nuevos comienzos existían. Y quizá fueran pelirrojos. —Sam suspiró con pesadez—. O quizá no. ¿Quién sabe?

Jack no lo sabía, así que solo movió la cola y esperó que eso fuera suficiente.

Capítulo 15

Cuando encuentras una calle llena de personas que de verdad parecen interesarse las unas en las otras, atesórala.

Emilia se había encerrado en la habitación de la batería, pero no estaba tocando. Anna se había preparado una taza de manzanilla y estaba determinada a no hablar con nadie.

—¿Entonces solo estarás enfurruñada? —preguntó Marcel.

—No estoy enfurruñada —replicó Anna—. Lo estaría si no fuera justificado. Y sin duda está justificado.

—Anna —Marcel tuvo el descaro de *suspirar*—, estás exagerando.

—¿Exagerando? —Anna alzó las cejas.

—Emilia no está *contrayendo matrimonio*.

—Aún. No está contrayendo matrimonio *aún*. Ese es el siguiente paso.

—¡Son solo críos!

—También nosotros lo éramos. Y no puedo creer que me ocultaras esto. No puedo creer que tú lo supieras y no...

—Eres muy dura con ella, Anna —afirmó Marcel, frustrado—. Y sé que es por amor, porque solo quieres lo mejor para ella, pero a veces eres muy dura con ella, así que le prometí que...

—No soy dura con ella. Tan solo no la *consiento*.

Marcel solo la miró, como si esa afirmación fuera demasiado ridícula como para contradecirla siquiera. Anna frunció el ceño.

—Creo que deberíamos volver a no hablar —anunció Anna y luego un destello de luces en la calle la distrajo—. Hay una ambulancia ahí fuera.

Pari estaba sentada en silencio en su habitación y se sentía injustamente tratada de manera dramática. Se suponía que tenía que ayudar a Teddy a decorar el árbol de Navidad, celebrar Acción de Gracias (¡algo que nunca antes había podido hacer en su vida!) y convencer a la señorita Quinn de dejarlos usar a Jack en la obra escolar, de lo que esta había parecido casi convencida hasta que todo se había arruinado. Pero había sido arrastrada a casa, donde su madre, su padre y Sai habían tenido una discusión ridículamente larga sobre el estúpido asunto de que Sai saliera con Emilia. Y Pari nunca había comprendido por qué el hecho de que Sai saliera con Emilia era tan grave. Cuando había dicho que era estúpido, básicamente todos le dijeron que era demasiado pequeña para comprender lo que estaba sucediendo, lo que era *extra*estúpido, porque ella comprendía muchas cosas y estaba cansada de que la trataran como si no lo hiciera.

Podría haber vuelto a escaparse, pero había pasado frío la otra vez y no quería pasar frío de nuevo, así que Pari había subido a esconderse en su habitación y su madre, su padre y Sai ya se habían quedado en silencio, después de muchos golpes de puertas.

Pari se sentó en la ventana, levantó sus rodillas contra el pecho y pensó que todo aquello era simplemente una *estupidez*. Los vecinos ni siquiera habían encendido sus luces de Navidad. Era la calle más aburrida del mundo en la que había vivido.

Y fue entonces que la ambulancia apareció.

Max, después de explicarse, dejó que el silencio se extendiera tanto tiempo como pudo soportarlo. Ese era un rasgo de Arthur, que no reaccionaba de inmediato a lo que lo alteraba. Max pensaba que Arthur creía que ese era un indicador de lo civilizado que era (el hecho de no reaccionar en un impulso de rabia), pero Max prefería una descarga de furia que un extenso tratamiento de silencio, y esa era una de las cosas menos favoritas para Max de Arthur y hacía que todas las disputas entre ellos fueran mucho peores, en opinión de Max.

Arthur estaba descargando el lavavajillas, pero llevaba demasiado tiempo haciéndolo y Max estaba casi seguro de que había vuelto a cargarlo y estaba volviendo a vaciarlo. Max se sentó en la sala de estar y estaba mirando por la ventana la calle oscura. Habría tenido que salir y encender las luces de Navidad, pero no le apetecía.

—¿Cuándo crees que podremos hablar del tema? —preguntó después de un suspiro.

—Lo siento —respondió Arthur desde la cocina—. ¿Te molesta que no esté manejando tu traición lo bastante bien?

Max suspiró de nuevo, frotó sus ojos y pensó que era por eso que odiaba lo del tratamiento de silencio, porque le resultaba imposible confrontarlo.

—¿Cuándo ibas a contármelo? —preguntó Arthur, que apareció en el salón—. ¿O solo pensabas dejar pasar la oportunidad de tener un bebé?

—Por supuesto que iba a decírtelo —afirmó Max—. Después del fin de semana. Había decidido que nos permitiría tener este último fin de semana...

—¿Antes de arruinar nuestras vidas con un bebé?

—Antes de arruinar nuestras vidas con la posibilidad de un bebé del que tú te enamorarías y de tener que recoger todos los pedazos de tu corazón roto, *otra vez*.

—En primer lugar... —comenzó a decir Arthur, pero luego de detuvo.

—¿En primer lugar qué? —lo instó Max, que prefería que lo soltaran todo antes que volver al silencio.

—Hay una ambulancia ahí fuera —dijo Arthur.

Pen estaba intentando no sentir pena por sí misma. Y no estaba lográndolo.

—Creo que lo he arruinado todo —le confió a Chester, que la miró mientras nadaba con un poco más de pena de la habitual, en deferencia a su humor—. ¿Soy una persona horrible? No *quiero* ser una persona horrible. Quiero ser una *mejor* persona. Pero ha sido tan estúpido de mi parte... Sabía que no debía estar haciéndolo y aun así yo... he seguido adelante y lo más probable es que esa sea la definición de una persona horrible. Soy una persona horrible. Puede que toda la calle me odie y tendrían toda la razón en hacerlo. —Pen se quedó en silencio mientras observaba a Chester nadar en círculos dentro de su pecera y deseó poder retroceder el tiempo y no haber comenzado nunca su blog. ¿Por qué lo había hecho?

Llena de desprecio por sí misma, entró en línea y eliminó su blog, todo lo que había de él, de principio a fin. Y lo reemplazó por una sola entrada:

Cuando encuentras una calle llena de personas que de verdad parecen interesarse las unas en las otras, atesórala.

—*Tú* no me odias, ¿o sí? —Pen apartó la vista de su portátil para mirar a Chester.

Chester guardó silencio al respecto, pero parecía querer darle la espalda, así que tal vez Chester la odiaba también. ¡Maldición! Incluso su pez dorado la odiaba. Sí que debía de ser mala persona, sí.

Pen se levantó y se acercó a la ventana a considerar si debía encender sus luces de Navidad. La calle se veía increíblemente oscura desde donde se encontraba. Sus acciones incluso habían logrado destruir la Navidad.

Y entonces la ambulancia giró la esquina.

Sam dejó salir a Jack sin pensarlo demasiado. La calle seguía a oscuras, silenciosa y sofocante, y Sam pensó que tal vez debía compartir la capacidad de consuelo de Jack. Puede que el señor Hammersley estuviera esperándolo.

—Entonces... —Teddy regresó abajo después de su baño—. ¿Deberíamos hablar del plan para arreglar las cosas con la señorita Quinn?

Y en ese momento Jack apareció en la puerta, ladrando y saltando.

—Bueno —dijo Teddy y dejó entrar al perro—, tenemos un pavo entero quemado. Quizá deberíamos darle el pavo a Jack. Sería como un regalo de Navidad para él.

—Tal vez —respondió Sam, pero no estaba prestando atención en realidad, porque Jack seguía ladrando y corriendo hacia la puerta como si quisiera volver a salir. Era raro. ¿Jack estaba atravesando una fase frenética?—. ¿Qué sucede, Jack?

—Está actuando de manera extraña —observó Teddy, que también estaba prestando atención al comportamiento de Jack.

—Sí —coincidió Sam.

Jack comenzó a tirar de la camiseta de Sam, luego de la de Teddy y otra vez de la de Sam, para intentar moverlos. Así que ellos lo siguieron, por el lado de la casa del señor Hammersley, hasta su jardín trasero, donde encontraron al señor Hammersley tendido entre sus rosales, justo junto a la toma de corriente donde se enchufaban sus luces de Navidad. Estaba completamente inconsciente.

Sam corrió a su lado y se inclinó sobre él. Por fortuna, seguía respirando, pero no reaccionaba.

—¿Qué le pasa? —preguntó Teddy, en tono temeroso.

Sam levantó la vista hacia él mientras se esforzaba por alcanzar el móvil para llamar al 911.

—Nada —mintió, de forma automática y sin aliento—. Nada. Él está bien. Lleva a Jack adentro contigo.

Teddy no lo escuchó y comenzó a llorar.

—Él está bien, ¿verdad? ¿Estará bien?

—Sí —le aseguró Sam, al mismo tiempo que el 911 contestaba, y luego Sam dijo al operador—: Una ambulancia, por favor.

Sam intentó mantener a Teddy apartado, lejos de los médicos, mientras estos trabajaban para subir al señor Hammersley a la camilla y luego a la ambulancia. Teddy estaba en silencio mientras lo observaba todo y se agarraba a Sam. Y Sam deseaba que él no mirara. La muerte de Sara no había sido así en absoluto. La muerte de Sara se había tomado su tiempo en llegar y había sucedido casi en calma, con tanta serenidad como Sara había querido, y sin que Teddy tuviera que ser testigo de ella.

Pero el señor Hammersley no estaba muerto, se recordó Sam a sí mismo. Respiraba y los médicos actuaban con determinación, así que no todo debía de estar perdido.

—¿Qué ha sucedido? ¿Puedo ayudar?

Sam notó que era Pen quien le hablaba y también que el resto de los vecinos estaban fuera, reunidos en un tenso grupo, observando.

—No lo sé —respondió Sam, porque no lo sabía.

—Deberías ir en la ambulancia con él —afirmó Pen.

Sam miró a Teddy.

—Ve con él, papá —afirmó Teddy con seriedad—. Nos vemos allí.

Sam asintió en respuesta, lo besó en la cabeza y subió a la ambulancia que esperaba.

Capítulo 16

Estáis invitados a la obra de Navidad de este año:
¡Jesús y el pesebre del cambio climático!
Amigos y familiares, sois bienvenidos.

Sam encontró una sala de espera llena con sus vecinos, también Teddy, quienes lo miraron expectantes.

—No me dicen nada. —Sam se encogió levemente de hombros con impotencia—. Sé que sigue con vida, porque estaban trabajando en él, pero no sé nada más.

—¿Saldrán y nos informarán? —preguntó Diya.

—Sí, eso han dicho. Pero no tenéis que quedaros todos. Eso en realidad no es...

—Por supuesto que tenemos que quedarnos todos —afirmó Anna—. Él es parte de nuestra calle, ¿no? Es uno de nosotros.

Sam notó que Diya miró a Anna y luego apartó la vista. No cabía duda de que los niveles de tensión en la habitación eran mucho más altos de lo que Sam podía manejar, pero comprendía por qué todos sentían que también necesitaban estar allí.

—Debimos haber traído a Jack con nosotros —dijo Teddy—. Al señor Hammersley le habría gustado mucho ver a Jack.

—No creo que admitan perros en los hospitales —comentó Pari—. Los hospitales son estúpidos.

—Pero Jack se preguntará qué ha sucedido.

—Nos aseguraremos de que Jack lo sepa —dijo Pen y le ofreció una pequeña sonrisa a Teddy—. En cuanto regresemos a casa.

—¿Cuánto tiempo han dicho que pasaría hasta que nos dijeran algo? —preguntó Anna.

—¿Tienes que ir a algún sitio? —replicó Emilia, con cierta amargura.

—No. —Anna la miró—. Ya he dicho que quiero estar aquí. Solo estaba preguntando.

—No lo sé —respondió Sam—. No me lo han dicho.

—Bueno, si vamos a estar aquí por un tiempo, supongo que iré a buscar té —comentó Emilia.

Sam la vio alejarse. Y sintió la rigidez de Diya y de Darsh, que miraron a Sai como si él pudiera seguirla. Pero fue Anna quien la siguió.

—La ayudaré a traer té para todos —anunció al levantarse—. Ya regresamos.

Todos en la habitación las miraron alejarse.

—Necesitarán más que cuatro manos para todo el té —agregó Max—. Ayudaré también. —Y luego hizo su escapada.

Sam observó al grupo de personas que quedaban en la habitación. Le parecía que Diya también habría sido feliz de escaparse si se le hubiera ocurrido una forma elegante de hacerlo y eso no la hubiera obligado a ir a buscar el té con Anna.

—¿Sabéis qué? Mi hija no tiene nada de malo —dijo Marcel de repente—. Ella es una chica buena y dulce, que es exactamente lo que pienso de vuestro hijo. Es por eso que soy el único que no está alterado por todo esto. —Luego se levantó y se alejó también, dejando a Diya y a Darsh sentados y sorprendidos tras su arrebato.

—Tiene razón —comentó Pari—. Emilia es estupenda. Siempre es superbuena conmigo.

—¿Y tú cuándo has hablado con ella? —Diya miró a Pari.

—¡Ay, por favor! Ella y Sai han pasado todo el verano juntos. Emilia me ha cuidado todo el verano. Siempre ha sido encantadora, con todos nosotros. No sé cuál es el gran problema, pero me gusta.

Sam no sabía si ayudaría o no a la situación, pero se sintió obligado a evitar que la habitación cayera en un incómodo silencio.

—Y toca muy bien la batería.

—Sé que yo he comenzado todo esto —comentó Pen—, así que probablemente no os importe lo que pienso, pero solo parecen dos chicos que se gustan y se hacen felices, y eso es bastante infrecuente en este mundo.

—Eso es lo que Max piensa también —comentó Arthur, con tono exhausto, pero también firme.

—¿Vosotros también sabíais que estaban saliendo? —Diya miró a Arthur.

Arthur alzó las cejas en una mirada consciente hacia Sai.

—Solían usar nuestro patio trasero para ir y venir entre vuestras casas.

Sai pareció algo disgustado por eso.

—Y Max diría que encontrar a personas con las que quieras pasar tiempo es algo muy difícil. Cuando las encuentras, te aferras a ellas. ¿No es por eso que estamos todos aquí? —Arthur se puso de pie—. Ahora, si me disculpáis, debo encontrar a mi marido y decirle cosas bonitas a la cara, en lugar de a sus espaldas.

—¡Emilia! —Anna la llamó mientras la seguía por el pasadizo. ¡Maldición! ¿Por qué era tan rápida? La hizo sentir muy vieja cuando Emilia al fin se detuvo, Anna la alcanzó y Emilia ni siquiera estaba respirando con dificultad.

—¿Qué? —preguntó Emilia, enfurruñada—. ¿Ahora ni siquiera puedo ir a buscar té?

—No, sí puedes... Solo quería hablar contigo.

—¿Sobre qué, mamá? —exigió Emilia—. Creo que ha quedado muy claro para mí la gran decepción que soy para ti...

—¿Gran decepción? —repitió Anna, impactada—. ¿Qué quieres decir?

—... y que no me gustan las cosas correctas, incluso el chico correcto, y que básicamente desearías tener a cualquier otra hija antes...

—Eso *no es verdad*, Emilia —dijo Anna con intensidad y agarró los hombros de Emilia para forzarla a mirarla—. Mírame. Eso *no es verdad*, ¿me oyes? Creo que eres increíble, que eres asombrosa. Lo eres todo menos una decepción. En la vida habría imaginado tener que cuidar a nadie tan valioso para mí y... lo estoy haciendo fatal. ¡Ay, por Dios!

Emilia la miró, con la boca abierta y una expresión de tal sorpresa que el corazón de Anna se estremeció. ¿Cómo...? ¿Cómo había llegado al punto en que su hija se sorprendiera al saber cuánto la quería? ¿Cómo había podido hacerlo tan *mal*?

—Voy a mejorar —juró Anna.

—¿A mejorar en qué? —preguntó Emilia, en tono confundido.

—A mejorar en la tarea de ser tu madre, en demostrarte cuánto te quiero. Porque te amo, muchísimo. Tu felicidad es lo más importante en el universo para mí. —Anna pensó en la acusación de Marcel—. Y si soy dura contigo es porque... porque deseo asegurarme de que no cometas mis errores. Deseo tanto asegurarme de que tú...

—¿Tus errores, mamá? —interrumpió Emilia angustiada, al parecer—. ¿De qué errores hablas? Sería feliz de cometer cada uno de tus errores para ser como tú. Papá te ama tanto y vivimos en esta increíble calle y me encantaría ser madre algún día y... ¿Te das cuenta de que yo no veo tu vida como un *fracaso*? ¿Te das cuenta de que no debería ser una enorme tragedia para ti el verte reflejada en mí?

Anna, por un momento, no pudo decir nada. Sintió como si todo este tiempo hubiera estado mirando a través de un caleidoscopio y las cosas hubieran adquirido de repente una nueva configuración. Llevó las manos a las mejillas de Emilia y la miró a los ojos, y sí, vio los suyos devolviéndole la mirada. Todo el tiempo, Anna había querido salvar a Emilia de cometer sus mismos errores, pero, de repente, Anna supo que lo que en realidad necesitaba hacer era salvarse a *sí misma* de los errores que había cometido su propia madre.

—Necesito que sepas esto —dijo, tras humedecer sus labios—. ¿Me escuchas?

Emilia asintió, con un breve movimiento y su rostro transfigurado por las lágrimas.

—Eres la persona más importante de mi vida —continuó Anna—. Tú. Todo lo que hago es por ti. Todo lo que he hecho mal ha sido por ti. Y lo lamento todo. Pero, por favor, intenta no olvidar que no hay nada que puedas hacer que me haga darte la espalda. Nada. Siempre seré tu madre. Siempre estaré aquí. —¡Ah! Lo que Anna hubiera dado por que su madre le dijera esas cosas a ella; por haber sentido que tenía un sistema de apoyo para protegerla, solo para tener dónde caer, en lugar de sentirse tan abandonada, tan abatida, tan perdida, que casi había arruinado todas las cosas buenas de su vida en su feroz intento de conservarlas.

Debía aprender la lección que no había aprendido aún, la de confiar en las personas que amaba, pensó Anna.

—Yo también, mamá —dijo Emilia casi sin voz y asintió—. Yo también. Siempre.

Anna tomó a Emilia en un abrazo y Emilia hundió su rostro en el cuello de ella, como lo hacía cuando era pequeña, con las mejillas húmedas por las lágrimas. Anna acarició con su mano el familiar pelo rubio de su hija, tan querida y amada, y se preguntó cuándo había dejado de darle consuelo de ese modo, y juró hacerlo desde entonces, por el resto de sus vidas.

Miró por encima de la cabeza de Emilia, hacia donde Marcel se había detenido en el corredor.

Y le sonrió.

—Hola —dijo Arthur a la rígida espalda de Max, que estaba mirando por una ventana del hospital.

—Hola —fue todo lo que dijo Max con una mirada sobre su hombro, antes de volver a mirar por la ventana.

—Te has perdido yendo a buscar el té, por lo que veo —señaló Arthur y se apoyó contra la ventana para poder ver a Max.

—Este lugar es un laberinto —respondió Max en voz baja.

—Mmm... —pronunció Arthur, evasivo—. Max...

—Ya me he disculpado, ¿sabes? —afirmó Max—. No puedo seguir disculpándome con esperanzas de que la vez número cincuenta resulte ser suficiente para ti.

—¿Yo te hago hacer eso?

—No. —Max suspiró—. Pero no sé qué más decir...

—Pues ahora soy yo quien quiere disculparse contigo, si dejas de hablar lo suficiente como para escucharme.

—¿Disculparte por qué? —Max dejó de hablar y observó a Arthur con curiosidad.

—Tienes razón. Y me lo has dicho muchas veces y yo no te he escuchado. No lo he hecho del modo apropiado. Y lo lamento. —Max no dijo nada, solo frunció el ceño y analizó a Arthur. Así que Arthur siguió hablando—. Siempre dejo que tú cargues con todo el peso emocional...

—No, tú no... —comenzó a protestar Max.

—Sí, lo hago —lo cortó Arthur—. Siempre lo he hecho. Y pensaba que eso estaba bien, porque tú eres mejor con las emociones y yo tomo el lado insensible de las cosas y así estamos bien. Pero hemos tenido muchas emociones en los últimos meses y no la suficiente insensibilidad, por lo que estamos fuera de equilibrio, y tú estás hundiéndote y has intentado decírmelo y yo no te he escuchado. Así que lo siento.

—Arthur —pronunció Max, pero luego no dijo nada más, como si no supiera qué más quedaba por decir.

Arthur se acercó un paso, porque pensó que se le permitiría, y lo cierto es que Max no se apartó.

—Cargaré más peso emocional durante las próximas semanas. Y voy a empezar ahora mismo. ¿Recuerdas cuando comenzamos a salir?

—Por supuesto que lo recuerdo. No somos tan viejos, querido, no es una historia *tan* antigua.

—En nuestro aniversario de una semana, me propusiste matrimonio. ¿Recuerdas eso? Nuestro aniversario de *una semana*.

—Estaba siendo... exuberante. —Max sonrió ligeramente—. Me gustaba ver cómo se sonrojaban tus orejas por lo encantador que me encontrabas.

—Lo sé. Estaba horrorizado. Y sí, también, por supuesto, fascinado, porque tú tenías razón, desde el comienzo, en que siempre me sentiría fascinado contigo. Tuviste razón siempre. Lo supiste desde el principio, y a mí siempre me ha tomado más tiempo y a cada oportunidad tú siempre me has pedido que diera un salto de fe, que confiara en que tú me atraparías si caía, y siempre lo he hecho. Sé que piensas que soy cauteloso, pero no lo soy contigo, tú siempre me has llevado más rápido de lo que suelo querer ir y me está bien, pero esta vez soy yo, aquí, el que te pide que des un salto de fe por mí. Salta conmigo y confía en que te atraparé si caemos. *Prometo* que lo haré, que ya estoy preparado para ello. Lo prometo.

Max lo miró, sus ojos recorrieron las facciones de su rostro, y Arthur contuvo la respiración.

Y luego Max hundió sus manos en el cabello de Arthur y lo besó con tanta intensidad que probablemente no debió haberlo hecho en el pasillo de un hospital.

Lo que lo convirtió, por supuesto, en el mejor beso de la vida de Arthur.

Emilia, Marcel y Anna regresaron a la sala de espera, sin tazas de té y con los ojos llorosos. Max y Arthur también regresaron sin tazas de té, pero tomados de las manos.

—Nunca he visto a tantas personas ir a buscar té y regresar sin él —señaló Sam, aliviado de que se liberara parte de la tensión. Lo que hizo que todos rieran un poco y se liberara más tensión.

—Así que, Emilia —comentó Diya, con algo de timidez y eso en sí mismo fue sorprendente—, Sai estaba contándonos que tocas la batería.

—Sí, lo hago. —Emilia pareció sorprendida, luego miró a Sai y le ofreció la más brillante sonrisa.

—Ella es realmente buena, mamá —afirmó Sai mientras le sonreía con amor a Emilia.

—¡Ah! El amor juvenil... —comentó Max con alegría y presionó sus labios sobre la cabeza de Arthur, y este ni siquiera puso sus ojos en blanco.

Sam sonrió y les preguntó:

—¿Debería disculparme? Siento que debería hacerlo.

Max negó con la cabeza.

—Pensabas que se lo diría y, francamente, tendría que haberlo hecho. Y tendría que haberte advertido de que aún era un secreto. Estoy volviéndome muy malo para mentirle, tendré que mejorar en el futuro.

—Eres un idiota. —Arthur sí había puesto los ojos en blanco esta vez.

—Hay niños presentes —señaló Max.

—Dado este momento de tregua —comentó Sam—, tal vez deberíamos mencionar el último motivo de descontento vigente.

Lo que provocó que todos miraran a Pen, que parecía como si estuviera intentando encogerse sobre sí misma en la silla en la que estaba sentada.

—Lo siento tanto tanto... Comencé solo porque... no os conocía a ninguno de vosotros. Y me sentaba en mi casa, cada día, y veía todas las cosas que pasaban en vuestras vidas, y no os conocía y sentía curiosidad, y quería saber más, y era demasiado cobarde como para dar el paso que dio Sam para conoceros a todos. Así que supongo que... os convertí en personajes, como si fuera toda una historia en lugar de vuestras vidas reales y de ese modo logré despegarme de la consciencia de lo que estaba haciéndoos pero yo *sabía* que estaba mal... Y no sé qué espero al decir que lo siento muchísimo y que no lo volveré a hacer. —Pen los miró a cada uno, con sus ojos amplios y persuasivos—. Pero ahora que os conozco a todos, yo... me siento tan afortunada de compartir la calle con personas tan maravillosas que no puedo creer que os tratara como si fuerais solo *personajes*. Sois tanto más que eso..., ¡tan maravillosos, complejos y adorables!, ¡y me siento tan honrada de conoceros! Yo solo espero que queráis seguir conociéndome...

El silencio se extendió por la sala de espera; solo fue interrumpido por un médico que atravesó la puerta y pareció sorprendido por la cantidad de personas que había allí.

—¡Vaya! No esperaba a toda una comitiva —dijo.

—¿Cómo está el señor Hammersley? —preguntó Teddy, ansioso.

—Está muy bien. —El médico le sonrió con amabilidad—. Ha tenido un pequeño susto con el corazón, pero lo ha superado. Por supuesto, tendrá que adoptar una dieta más saludable, hacer un poco de ejercicio y tomárselo todo con calma, pero... está muy bien. Estará en casa a tiempo para la Navidad. Ahora... ¿Vosotros sois la familia? —El médico miró a Teddy y a Sam.

—Sí —afirmó Anna antes de que Sam pudiera decir nada. Luego miró a Pen y sonrió.

Diya también miró a Pen antes de mirar al médico.

—*Todos* somos su familia.

Bill despertó en una habitación de hospital, algo que siempre había sido un gran temor para él. Miró hacia el techo sobre su cabeza, soso y blanco, y pensó: «Esto es todo. El principio del fin». Ya no quedaba nada más que esperar. Al final le había llegado la vejez, la inutilidad... y él se desvanecería, solo y olvidado, patético, en alguna residencia.

Bill se sentía avergonzado por el hecho de que se le habían acumulado algunas lágrimas en los extremos de los ojos, que habían hecho que el techo sobre su cabeza brillara como si fuera agua.

El médico estaba hablándole. Decía algo acerca de su corazón y de que solo era un susto; uno grande, pero solo un susto, sin razón para pensar que no le quedaban muchos años por delante, siempre que hiciera algunos pequeños «cambios en su estilo de vida...».

Bill no le prestó atención. Hacer «cambios en su estilo de vida» requería más energía de la que merecía la pena. Era fácil pensar que tenía sentido hacer «cambios en el estilo de vida» cuando se era joven como ese médico.

Luego él dijo algo como:

—Ahora iré a darle el informe a su familia. ¿Está bien para que lo visiten?

—¿Mi familia? —Bill apartó la vista del techo, seguro de que había escuchado mal.

—Le gustará verlos, ¿no es así? —El médico le sonrió.

Bill emitió un sonido que no pudo decidir si significaba sí o no. En realidad significaba «¿qué familia?».

Y luego Teddy atravesó la puerta corriendo, seguido por la niña india, seguida por el padre de Teddy, por Max y su marido, por la mujer que siempre corría, el hombre polaco con su esposa, la adolescente polaca de la mano del adolescente indio y la pareja india al final. Había tantas personas reunidas en la habitación que no entraban.

Bill miró a cada una de ellas.

Teddy se acercó, tomó su mano y la presionó.

—Me alegra que esté mejor, señor Hammersley.

—¡Vaya! —comentó la niña india con franqueza—. ¡Está *cubierto* de tubos!

—¡Pari! —la regañó su madre, en tono horrorizado.

—Nos han dicho que va a reponerse por completo —afirmó Sam y le sonrió, como si... como si de verdad le *interesara*. Como si de verdad fuera *importante* para él.

—Pero también nos han dicho que debe adoptar una dieta más saludable. No se preocupe, tengo muchas ideas al respecto —dijo la mujer negra y Bill se imaginó recibiendo bebidas verdes. Sonaba horrible. No sonaba para nada como algo que a él podría llegar a gustarle. Todo ese alboroto. Toda esa *gente*.

Luego Bill los miró a todos, a su alrededor, y se descubrió pensando que sí podría aceptar las bebidas verdes y a esa terrible muchedumbre a su alrededor todo el tiempo. Eso... podría no ser tan malo.

—¿Qué hacéis todos aquí? —preguntó, sorprendido.

—Max ha sido muy persuasivo para convencer al médico de que debían dejarnos pasar a todos —respondió el marido de Max—. Todos conocemos su poder de persuasión.

Max le guiñó un ojo a Bill.

Esa no era la pregunta que Bill había hecho, así que volvió a intentarlo.

—No, quiero decir... ¿qué hacéis todos vosotros aquí?

—¿Por qué no íbamos a estar aquí? —preguntó Sam con amabilidad.

—Estamos aquí porque somos su familia —afirmó Teddy.

Bill los miró a todos y se sintió ridículamente emocionado otra vez. Tenía que ser la medicación que le habían administrado.

—No se preocupe por Jack, todos cuidaremos de él hasta que pueda regresar a casa —agregó Sam.

—Veremos si podemos colarlo dentro del hospital —susurró Teddy.

Todos rieron.

A excepción de Bill, que solo seguía mirándolos a todos.

—Pensé que estabais todos peleados.

—Ya no —respondió Anna—. Hemos hecho las paces.

—Todos hemos tenido muy buenas charlas —agregó Diya.

—Y nosotros tendremos un bebé —anunció Max, lo que hizo que Arthur sonriera y lo mirara.

—¿Tener un bebé? —repitió Bill—. ¿Cómo funciona *eso*?

—Alguien lo tiene por nosotros, claro —explicó Max—. Nosotros no tenemos... las partes correctas.

—Tampoco creía que el mundo hubiera cambiado *tanto* —remarcó Bill y todos rieron otra vez.

—Así que todo arreglado —dijo Sam—. Solo nos queda llevarlo de vuelta a casa.

—Y que la señorita Quinn y tú hagáis las paces —agregó Teddy y luego hizo el anuncio para todo el grupo—: Papá y la señorita Quinn se han peleado.

Hubo un coro general de «¡Oh, no!».

—Bueno, arreglaremos eso también —afirmó Diya.

—Por supuesto —coincidió Max—. Debemos poner el poder de la calle en favor de tus asuntos románticos.

—Pronto tendréis un nuevo bebé y estaréis demasiado ocupados como para lidiar con mis problemas románticos —señaló Sam.

—Más razón para trabajar rápido. Y además, como es evidente, dejaré el asunto en las capaces manos de Diya.

—¿Debo hornear algo otra vez? —preguntó ella.

—Yo puedo ayudar —respondió Anna.

—Me alegra tanto que estemos todos unidos por la preocupación respecto a mi vida amorosa... —comentó Sam—. Pero estoy seguro de que puedo encargarme solo...

Para disgusto de él, todos negaron con la cabeza e hicieron comentarios negativos al respecto. Incluso Bill sintió que debía corregirlo.

—Eres muy malo con las mujeres —dijo—. Si crees que necesitas tomar prestada alguna de mis obras de madera, adelante. Quizá podría ayudar.

—¡Ay, por Dios! —expresó Sam.

—¿Y cómo podríamos arreglar las cosas entre vosotros? —preguntó Teddy.

—Bueno —intervino Max—, todo lo que tengo que decir es: será Navidad en la calle Navidad. Así que creo que eso tiene que ser algo increíblemente bueno.

El día de la obra de Navidad también fue el día en que el señor Hammersley regresó a casa. Y también resultó ser el día en que Max y Arthur llevaron a casa al pequeño bebé que habían conocido tres días antes.

—Antes de ir a la obra —dijo Sam mientras ayudaba al señor Hammersley con su abrigo—, creo que podríamos pasar por casa de Max y Arthur y conocer al bebé.

—Asistir a una obra de Navidad —protestó el señor Hammersley mientras abotonaba su abrigo—. ¡En mi vida he escuchado nada más absurdo!

Pero Sam notó que no pedía quedarse en casa y Sam había estado presente cuando el señor Hammersley había recibido la autorización para asistir a la obra.

Ayudó que Libby hubiera accedido a permitir que Jack representara al «perro del pesebre en crisis ambiental». Este llevaba un collar festivo de color rojo, especial para la ocasión, y repasaba su papel con Teddy y Pari fuera. Considerando que su parte consistía únicamente en «quedarse quieto en el establo», Sam confiaba en que sobresaldría y no sería confundido por la audiencia.

—¿Es hora de irse? —preguntó Teddy con ansias cuando Sam salió de casa del señor Hammersley.

—En un momento. ¿Te gustaría ver al nuevo bebé de Max y Arthur antes de irnos?

—¡Sí! —exclamó Teddy.

—Yo ya lo he visto —anunció Pari—. Mamá me llevó antes a su casa.

—¿Y no tienes interés en verlo otra vez? —preguntó Sam, divertido, porque la pequeña nariz de Pari estaba arrugada ante la idea.

—Él no hace gran cosa —respondió Pari.

—Aún no, en todo caso. —Sam rio—. Antes de que te des cuenta, estará caminando y persiguiendo a Jack.

Sam, Teddy y el señor Hammersley fueron hasta la casa de Max y Arthur y llamaron a la puerta. Abrió Arthur, que parecía fascinado con el estado del universo.

—¿Habéis tenido un flujo constante de visitas? —preguntó Sam, sonriente.

—Sí —respondió Max desde la otra habitación—. Pero pasa, nunca nos cansamos de presumir.

—Es solo un bebé —dijo el señor Hammersley—. Todos vosotros habéis comenzado así también.

—Seguro —respondió Max—, pero ninguno de nosotros era ni la mitad de hermoso de lo que es este.

Sí, era hermoso, pensó Sam. Aunque no tan hermoso como recordaba que había sido Teddy. Él era un bebé adorable. Y ese niño era muy pequeño. Sam no podía recordar que Teddy hubiera sido tan pequeño. Parecía estar absorbido por los brazos de Max, cómodamente acunado en la curva de su codo, durmiendo con el invariable cansancio con el que los recién nacidos reciben al mundo. Max se agachó y lo levantó un poco para que Teddy pudiera verlo.

—Mira qué nariz tan bonita —afirmó Max—. Arthur no puede dejar de hablar de la belleza de su nariz.

—Cierra la boca —protestó Arthur, en un tono algo avergonzado, pero también muy complacido.

—Es adorable —afirmó Sam—. El segundo bebé más hermoso que he visto nunca.

—Mmm... —Max miró a Teddy con fingida seriedad—. Supongo que concederé la posibilidad de que Teddy fuera un bebé hermoso.

—¿Cómo se llama? —preguntó Teddy.

—Jack —respondió Max.

—¿De veras? —Los ojos de Teddy se abrieron como platos.

—No —intervino Arthur—. Charlie, se llama Charlie.

Sam rio.

—Al final decidimos que Jack querría conservar su propio nombre.

—Para salvaguardar la cordura de la calle, pensamos que era mejor no tener una cierta cantidad de gritos hacia dos seres llamados Jack —agregó Arthur. Y después de una pausa—: Además, nos gusta el nombre de Charlie.

—Charlie es bonito —dijo Teddy—. Y pronto estará corriendo por ahí con Jack, así que será bueno que tengan nombres diferentes.

—No nos apresuremos —comentó Arthur—. Dejadme disfrutar de la falta de movilidad por un tiempecito.

—¿Usted qué cree, Bill? —preguntó Max al señor Hammersley, que había estado en silencio hasta entonces—. ¿Lo aprueba?

El señor Hammersley bajó la vista hacia el bebé y Sam pensó que diría algo hosco, pero en cambio dijo:

—Es un pequeñito afortunado.

Sam supo que Max había sido tomado por sorpresa por el modo en que parpadeó como reacción.

—Gracias —dijo luego, con genuino placer.

—Lamento perderme la obra de Navidad sobre agentes de seguros —le dijo Arthur a Teddy.

—Supongo que Charlie es muy pequeño para asistir, ¿no? —arriesgó Teddy.

—Un poco. Pero espero que Pari y tú la hagáis para mí mañana.

—Arthur está muy ansioso por ver al heroico agente de seguros —comentó Max.

—Pari y yo la haremos para ti con Jack, que es la verdadera estrella de toda la obra.

—¿Y qué hay de los preparativos para *después* de la obra? —preguntó Max y miró con intención a Sam.

—Con suerte funcionará —respondió él—. Libby y yo hemos estado escribiéndonos y de algún modo ha aceptado mis disculpas, así que creo que lo demás funcionará.

—Por supuesto que sí —afirmó Max—. Es brillante.

—¡Qué mal que no supiéramos antes que tendríais a Charlie! —comentó Teddy de pronto—. Podría haber representado al niño Jesús en el pesebre.

—Quizás el próximo año —respondió Arthur.

—Este año está ocupado siendo el mejor regalo de Navidad en todo el mundo —agregó Max.

Todos los vecinos de la calle caminaron juntos hacia la escuela, a excepción de Arthur, Max y Charlie. Y quizá fuera demasiado que todo ese grupo asistiera a la obra de Navidad, pero resultaba perfecto. Sam se sentó en medio de una multitud de personas a las que ni siquiera conocía unos meses atrás, y vio a su hijo en su primera obra de Navidad y de repente lo sintió, como un impacto: él y Teddy lo habían logrado. Se habían embarcado en una gran aventura y habían acabado allí, rodeados de una red de apoyo con la que Sam ni tan solo podría haber soñado. Todas esas personas, todas, se interesaban por su hijo, todas habían enriquecido sus vidas. Sam pensó en lo solitarios que habían estado los dos antes, cuando solo se tenían uno al otro para apoyarse, y pensó en cómo cada persona de la calle, a su manera, había iluminado sus vidas.

Teddy se paró, como un ángel en una tormenta de nieve en el desierto, y anunció grandes noticias. Y Sam miró a todo el grupo a su alrededor —nadie era desconocido, todos eran inesperada y notablemente queridos— y pensó: «Grandes noticias, sin duda».

Jack se comportó muy bien, básicamente siguiendo a Teddy y a Pari por el escenario. Pari representó al agente de seguros y disfrutó cada frase de su libreto. Fue severa con respecto al cambio climático, pero hizo una tierna mención acerca de que el propósito de los seguros era dar lugar para poder disfrutar de las cosas que amas.

—Como nuestro clima, y el niño Jesús —concluyó.

La audiencia los aplaudió de pie cuando terminaron. Jack se paró, miró a la multitud y movió su cola, como si él hubiera sido el responsable de todo.

—¿Qué le ha parecido? —le preguntó Sam al señor Hammersley.

—La pequeña... ¿Cómo es su nombre? —preguntó él—. ¿Pari? ¿Realmente ha representado a un agente de seguros?

Sam rio.

—¡Sam! —chilló Ellen, que se acercó a él y lo abrazó con fuerza—. ¡Teddy ha estado *brillante*!

—¿Crees que tiene futuro en el escenario?

—No, pero ha estado brillante de todas formas. Ahora, ¿irás detrás del escenario para hablar con la señorita Quinn? —Ellen lo miró con preocupación.

—No lo haré.

—Sam... —Ella suspiró.

—Ya, ya, no necesito un sermón. Creo que ya casi hemos solucionado la pelea. Me he disculpado, y ella parece haber aceptado la disculpa, pero también parece algo recelosa.

—Pero tenemos un plan —anunció Diya, que se involucró de inmediato en la conversación—. Tenemos *un muy buen plan* para reconquistarla.

Libby, cuando al fin terminó de conversar con el último padre, pensó que deseaba ir a casa y regalarse una buena copa de vino y un largo baño de burbujas. Había resultado extenuante lograr hacer la obra, pues había requerido la negociación de múltiples personalidades, y además todo el proceso había estado teñido por una molesta e inquietante falta de satisfacción con Sam. Era ridículo que le hubiese afectado tanto una discusión tan al principio de la relación, ridículo el sentirse desequilibrada por ello, como si Sam ya se hubiera convertido en algo tan habitual en su vida como para ser *extrañado*. Era ridículo y quizá parte del problema era lo mucho que Teddy le recordaba a él. En cualquier caso, Libby se sintió aliviada de haber terminado con la obra y tenía esperanzas de que, con un poco más de espacio mental, podría decidir lo que quería hacer con respecto a Sam.

Quizá pudiera decidir si ella lo quería más a él de lo que él la quería a ella, lo que parecía ser el caso. Él no le había dado la impresión, en la serie de mensajes que habían intercambiado desde su último encuentro, de extrañarla tanto como ella lo extrañaba a él.

Y entonces, detrás del escenario, se encontró con Jack, sentado junto al abrigo que iba a recoger de camino a la salida.

—Jack —dijo sorprendida—, ¿qué haces aquí todavía? —Miró a su alrededor, pero no había nadie detrás del escenario con ella y sabía que el corredor estaba vacío; acababa de estar allí.

Jack meneó la cola y reveló el hecho de que, prendido a su collar de lazo rojo, tenía un papel con una elegante instrucción en él: «Sigue las estrellas».

Libby miró a Jack, a la nota, y luego otra vez a Jack.

—¿Qué es esto? ¿Me cuentas el secreto? —Jack solo movió la cola otra vez—. Ya veo. No vas a decirme nada, ¿verdad? —Sabía que podía guardar la nota en su bolsillo y simplemente ignorarla, que podía ir a casa por un baño de burbujas y una botella de vino.

Pero no quería hacerlo. Quería ver a Sam. Quería que él la hiciera reír al decir algo absurdo. Quería sentirse como lo hacía cuando él la miraba. Y era Navidad. ¿No debía uno tener lo que quería en Navidad, al menos?

Así que Libby salió, con toda la intención de seguir las estrellas.

No tenía ni idea de que eso sería tan *literal*. Pero, justo frente a la puerta, había unas cuantas estrellas de plástico que brillaban ligeramente, y había otra pila unos metros más adelante y otra a unos metros de esa. Libby se encontró «siguiendo las estrellas», con Jack caminando a su lado, olisqueando las estrellas cuando se acercaban, todo el camino hasta la calle de Sam.

Puede que ella hubiera ido simplemente a casa de Sam, pero él apareció de pie al otro lado de la calle, saludándola con una mano en alto, debajo de una pérgola.

Así que Libby comenzó a caminar hacia él. Y, mientras lo hacía, las casas de la calle comenzaron a iluminarse a medida que pasaba delante de ellas. Miles de lucecitas titilantes, arregladas en forma de estrellas que seguían su progreso por la calle. Era... encantador. Absolutamente encantador. Se detuvo al llegar a Sam, para girarse y ver por encima de su hombro las estrellas centelleantes en todas las casas de la calle, y luego sí se enfrentó a él, que estaba de pie debajo de la pérgola, mirándola, con las manos en los bolsillos.

—Hola —dijo él con una sonrisa ladeada, y Libby se había sentido muy inclinada a perdonarlo por completo antes de seguir las estrellas hasta la calle llena de luces que se encendían solo para ella, e incluso más inclinada a hacerlo después de eso, pero fue esa sonrisa ladeada la que lo acabó de lograr; la que hizo que Libby agarrara la chaqueta de él y se acercara para besarlo. Un beso suave, dulce, amoroso y perfecto; un beso compuesto de estrellas.

Libby, con sus ojos cerrados, permaneció muy cerca de Sam y respiró en él.

—¡Demonios! —susurró Sam—. Ni siquiera he tenido que usar el muérdago de mi bolsillo.

—No tenías por qué hacerlo —dijo Libby y abrió sus ojos para mirarlo—. No tenías por qué hacerlo. Creo que esto es demasiado para mí —agregó, temerosa de repente de la intensidad de todo aquello.

—Solo he iluminado toda una calle para ti. Es decir, todos los vecinos han ayudado, y mucho.

—Me mudé a Londres, a este lugar totalmente nuevo, y nada aquí me pareció un hogar hasta que te conocí —dijo ella.

Sam le sonrió, con una sonrisa muy suave y dulce, y Libby pensó que solo quería sentarse y seguir el curso de sus sonrisas durante años.

—Me mudé a Londres, a este lugar totalmente nuevo, y encontré este increíble hogar, y quiero que seas parte de él. Y aunque creo que no soy muy bueno con las citas...

—Nadie es bueno con las citas —afirmó Libby.

—... sí sé que no siento que me cortes la respiración. Siento que me la devuelves. Siento que me haces sentir como si pudiera respirar hondo por primera vez en un largo tiempo, y me gustaría conservar eso. Si quisieras aceptarme. Incluso aunque a veces sea un completo idiota.

—Puedo lidiar con tu completa idiotez, siempre y cuando solo sea ocasional.

—Sí —respondió Sam entre risas—. En realidad espero que solo sea ocasional.

Libby estaba a punto de inclinarse y besarlo otra vez, pero se distrajo por los repentinos copos de nieve en el cabello color arena de Sam. No lo besó, sino que echó su cabeza hacia atrás y miró al cielo, de donde caían los copos de nieve, atrayendo el brillo de las lucecitas de la calle y centelleando como pequeños diamantes sobre el manto negro del cielo sobre sus cabezas.

Era, pensó Libby, con la respiración cerrada en su garganta, como estar en medio de un cielo lleno de estrellas a su alrededor.

Volvió a mirar a Sam y le preguntó, con la voz susurrante a tono con la nieve:

—¿Tu mágica calle ha hecho *que nieve?*

—No descartaría esa posibilidad —dijo Sam y la besó hasta que sus mejillas se sonrosaron y la nieve se acumuló en sus pestañas.

Epílogo

Si Jack tuviera que contar esta historia, diría:

La mañana de Navidad, en una calle llamada Navidad, a un perro llamado Jack le mostraron una librería que había sido tallada y pintada por algunos miembros de su familia. La librería, le dijeron, tenía su nombre tallado en el frente por el hombre llamado Bill. Tenía su imagen pintada atrás por el hombre llamado Max. Y el propósito de la misma era que todos los vecinos de la calle guardaran allí golosinas y juguetes para él.

La librería estaba en un cobertizo y sus estantes reunían cubos de golosinas, trozos de cuerda mordidos, perfectos para jugar a tirar la soga, amadas pelotas de tenis y animales de peluche andrajosos que podían ser arrancados, arrojados y perseguidos. Los miembros de la familia de Jack se acercaban a contribuir con los estantes o a buscar juguetes cuando querían jugar con él, y a Jack le encantaba la librería.

A Jack también le encantaba su nueva cama, en la casa del niño llamado Teddy y el hombre llamado Sam. Le encantaba que hubieran derribado la cerca entre su jardín y el del hombre llamado Bill, para que él pudiera ir y venir a voluntad. Le encantaba cuando la mujer llamada Libby estaba en casa de Sam y Teddy, porque era la mejor rascando su lomo. Y le encantaba cuando Bill también estaba en casa de Sam y Teddy y todas sus personas favoritas estaban en un solo lugar.

Jack no estaba tan encantado con respecto al pequeño humano que acababa de comenzar a gatear y a tirarle del pelo. Pero Jack pensó que quizá mejoraría.

Las cosas siempre parecían mejorar.

Jack había perdido una familia, pero había ganado muchas más.

Cada día era Navidad para Jack.

Jack es un perro especial.

Agradecimientos

Al pequeño ejército que ha ayudado a crear este libro, ¡gracias!

Con un agradecimiento especial para:

Thalia Proctor y Maddie West, por darme esta gran oportunidad, por dejarme compartir este adorable mundo de historias con todos sus personajes, por confiarme este increíble proyecto, por alentarme en el camino y hacer en general que el proceso creativo fuera divertido.

A todo el equipo de Little Brown, por recibir este libro y por impulsarlo a tomar la mejor forma posible.

A mi agente Andre Somberg, por su incansable fe y apoyo.

A Sonja L. Cohen, por estar siempre dispuesta a leer borradores y tolerar la escritura frenética, incluso cuando parecía que estábamos en el Mundo Harry Potter.

A Larry Stritof, por tolerar también dichas cosas.

A Kristin Gillespie, Erin McCormick, Jennifer Roberson y Noel Wiedner, por ser faros de luz.

A Aja Romano, por enseñarme estructura narrativa, aunque lo ignorara todo.

A todas las personas de internet que, a través de Fandom, Twitter, Tumblr y Slack, han estado dispuestas a satisfacer mi amor por los romances navideños y me han enseñado a diario, de la mejor manera, cómo ser una mejor escritora, y que también me recuerdan a diario, de la mejor manera, cuánto me gusta escribir.

Y a mamá, papá, Ma, Megan, Caitlin, Bobby, Jeff, Jordan, Isabella, Gabriella y Audrey, por ser siempre mi clase de caos favorito. Os amo mucho a todos.

¿TE GUSTÓ ESTE LIBRO?

escríbenos y
cuéntanos tu opinión en

 /Sellotitania    /@Titania_ed

/titania.ed

#SíSoyRomántica

Ecosistema digital

Floqq
Complementa tu lectura con un curso o webinar y sigue aprendiendo.
Floqq.com

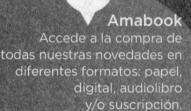

Amabook
Accede a la compra de todas nuestras novedades en diferentes formatos: papel, digital, audiolibro y/o suscripción.
www.amabook.com

Redes sociales
Sigue toda nuestra actividad. Facebook, Twitter, YouTube, Instagram.

EDICIONES URANO